Mein Beschützer, der Wolf

Der Autor

Christopher Ross hat sich als Verfasser romantischer Abenteuerromane einen Namen gemacht. Auf zahlreichen Reisen und während längerer Aufenthalte in Alaska und Kanada entdeckte er seine Vorliebe für den Hohen Norden, den bevorzugten Schauplatz seiner Romane. Für seine Bücher erhielt er zahlreiche Preise.
Mehr über Christopher Ross erfahren Sie im Internet unter *www.christopherross.de.*

Christopher Ross

Mein Beschützer, der Wolf

Roman

Weltbild

Besuchen Sie uns im Internet:
www.weltbild.de

Projektleitung: librisco consult, München
Redaktion: Ingola Lammers
Umschlaggestaltung: zeichenpool, München
Umschlagmotiv: Corbis, Düsseldorf (© Beat Glanzmann);
Shutterstock (© Geoffrey Kuchera; © Mihai Simonia)
Satz: Lydia Kühn
Druck und Bindung: CPI – Clausen & Bosse, Leck
Printed in the EU
ISBN 978-3-86800-421-2

2013 2012 2011 2010
Die letzte Jahreszahl gibt die aktuelle Lizenzausgabe an.

1

Clara trat in dem langen Brautkleid, das sie von ihrer Mutter geerbt hatte, vor den Spiegel und strich mit einer unbewussten Bewegung den Stoff über ihren Hüften glatt. Das Kleid war etwas aus der Mode gekommen, zu weit geschnitten und ungefähr zwei Zoll zu lang. Auch der spitzenbesetzte Saum passte nicht mehr in die späten Zwanzigerjahre. Eine Erkenntnis, die ihr kaum zu schaffen machte. Sie war nie mit der Mode gegangen und hätte es sich als Lehrerin auch gar nicht leisten können, die kurzen Kleider und Röcke anzuziehen, die man jetzt in San Francisco, New York oder Monterey trug.

Zu schaffen machte ihr nur der bedeutsame Schwur, den sie in diesem Brautkleid vor Gott und allen Verwandten, Freunden und Bekannten leisten sollte. Bis dass der Tod euch scheidet. Ein Gedanke, der sie erschaudern ließ und ihr das Gefühl gab, eine Fremde im Spiegel zu sehen. Eine junge Frau, die sich dem Wunsch ihres Onkels und ihrer Tante beugte und aus falscher Dankbarkeit einer ungewollten Heirat zustimmte. Sie hätte den Ring, den sie am linken Ringfinger trug, niemals annehmen und das Brautkleid ihrer Mutter nicht aus der schwarzen Kleidertruhe nehmen dürfen.

Mit Tränen in den Augen drehte sie sich zu ihrer Tante um. »Ich kann nicht, Tante Ruth! Ich kann ihn nicht heiraten!« In ihrer Stimme klangen Verzweiflung und ein Anflug von Panik mit. »Lass uns die Hochzeit absagen!«

»Unsinn!«, erwiderte Ruth Bingham lächelnd. Sie war eine stämmige Farmerfrau mit einem harten, von zahlreichen Enttäuschungen geprägtem Gesicht und grauen, zu einem Knoten gebundenen Haaren. »Du bist nervös, das geht fast jeder Braut am Morgen ihrer Hochzeit so. Das ist ganz normal.«

Clara schüttelte den Kopf, sie hätte das Brautkleid am liebsten ausgezogen und in die Ecke geschleudert. »Ich brauche noch etwas Zeit, Tante Ruth.«

»Beruhige dich, Clara. Du hast plötzlich Angst, dich für ein ganzes Leben an einen Mann zu binden, das ist alles. Aber glaube mir, sobald er dir den Ring an den Finger steckt und dich in die Arme nimmt und küsst, sind alle Vorbehalte vergessen. Benjamin ist ein guter Mann. Du hättest es nicht besser treffen können. Sei dem lieben Gott dankbar, dass du ihn heiraten darfst!«

»Aber ich liebe ihn nicht, Tante Ruth!«

»Natürlich liebst du ihn. Und wenn nicht, wirst du ihn lieben lernen. Ich bin deinem Onkel Horatio auch nicht gleich um den Hals gefallen. Eine Liebe muss wachsen. Viel wichtiger sind gegenseitiger Respekt und Anerkennung.«

»Lass uns die Hochzeit wenigstens verschieben.«

Ruth Bingham packte sie an den Oberarmen und blickte sie eindringlich an. »Schluss mit dem Unsinn! Wasch dir dein Gesicht, und leg etwas Make-up auf. Du wirst sehen, dann sieht die Welt gleich anders aus. Aber geh sparsam mit der Wimperntusche und dem Lippenstift um. Du weißt doch, Benjamin mag es gern etwas dezenter.« Sie bemerkte, wie verstört ihre Nichte noch immer war und lächelte aufmunternd. »Nun komm schon. Benjamin ist der richtige Mann für dich. Eine bessere Partie könntest du nicht mal in San Francisco machen.«

»Eine gute Partie? Heiratet man nur deswegen?«

»Natürlich nicht«, erwiderte ihre Tante. Sie verbarg nur mühsam ihre Ungeduld. »Benjamin Carew ist ein stattlicher Mann, nach dem sich alle jungen Frauen in dieser Gegend umdrehen. Er hätte auch eine dieser reichen Millionärstöchter aus Monterey oder San Francisco haben können. Dass er dich gewählt hat, betrachte ich als große Ehre. Vergiss nicht, dass er aus einer angesehenen und erfolgreichen Familie kommt. Carew & Sons haben in den letzten Jahren ein Vermögen mit ihrem Salat gemacht. In den gekühlten Eisenbahnwaggons transportieren sie ihre Ernte bis nach Chicago. Das hat keine andere Farm in Salinas und Umgebung geschafft.« Sie blickte zur Tür und hätte sich wohl etwas Beistand von ihrem Mann gewünscht. Hoffnungsvoll fügte sie hinzu: »Seine Eltern könnten sich übrigens gut vorstellen, deinem Onkel und mir bei der Umwandlung unserer Farm zu helfen. Wir wollen auch Salat anpflanzen. Du weißt doch selbst, wie wenig Zuckerrüben noch bringen.«

Clara befreite sich aus ihrem Griff und funkelte sie wütend an. »So ist das also! Ich soll ihn heiraten, damit euch seine Eltern eine neue Farm finanzieren und ihr aus den roten Zahlen kommt! Deshalb habt ihr uns also verkuppelt!«

»Nein, Clara«, erwiderte ihre Tante, immer noch um einen versöhnlichen Tonfall bemüht, »natürlich wollen wir nicht, dass ihr nur deswegen heiratet. Und wir haben euch auch nicht verkuppelt. Ihr habt euch auf der County Fair in Salinas kennengelernt. Wir waren nicht einmal in der Nähe. Aber wir freuen uns natürlich, dass du nicht nur einen liebenswerten, sondern auch wohlhabenden Mann heiraten wirst. Du weißt doch, wie schlecht es den meisten Leuten geht und wie viele Arbeitslose es gibt. Die Carews sind die große Ausnahme. Bei Benjamin brauchst du keine Angst vor der Zukunft zu haben, und du darfst deinem Onkel und mir nicht böse sein, wenn wir uns auch ein wenig darüber freuen, mit ihrer Hilfe ein neues Leben beginnen zu können.«

Es klopfte, und ihr Onkel steckte den Kopf zur Tür herein. Er war ein hagerer Mann mit kantigem Gesicht, das verblüffende Ähnlichkeit mit einem Nussknacker hatte. Sein Sonntagsanzug mit der sorgfältig gebundenen Krawatte war ihm etwas zu eng geworden und wirkte fremd an ihm. Zum letzten Mal hatte Clara ihn vor vier Jahren in dem Anzug gesehen, als sie auf der Silbernen Hochzeit der benachbarten MacAllisters gewesen waren. Seine Augen blitzten erwartungsvoll. »Was macht unsere Braut? Bist du so weit, Clara?«

»Sie macht sich nur noch ein wenig zurecht«, beeilte sich seine Frau zu sagen. Ihr Lächeln wirkte etwas gezwungen. »In einer Viertelstunde, okay?«

»Du willst doch nicht zu deiner eigenen Hochzeit zu spät kommen.« Er drückte die Tür auf und bemerkte die verweinten Augen seiner Nichte. »Was ist denn mit dir los? Hast du geweint?« Er blickte sie verwundert an, lächelte aber gleich wieder. »Ich hoffe, nur aus Vorfreude. Du freust dich doch?«

Wieder antwortete ihre Tante: »Sie ist ein wenig nervös, Horatio. Das ist ganz natürlich vor einem so großen Ereignis. Weißt du noch, wie durcheinander ich vor unserer Hochzeit war? Mir wäre beinahe nicht mehr eingefallen, was ich vor dem Altar antworten soll. Stell dir vor, ich hätte Nein gesagt ...«

Ihr Mann erinnerte sich. »Das hätte ich nicht gelten lassen. Ich hatte immerhin ein ganzes Jahr um dich geworben. Weißt du, wie anstrengend das war?« Er lächelte Clara an. »Mach es deinem Benjamin etwas leichter, okay?«

»Genug spioniert, Horatio!« Ruth Bingham stand auf und schob ihren Mann sanft in den Flur zurück. »Du bekommst die Braut noch früh genug zu sehen. Männer haben im Zimmer der Braut nichts zu suchen. Mein Vater hat mir auch nicht dabei zugesehen, wie ich mir die Haare hochgesteckt habe.«

Sie wartete, bis ihr Mann auf der Treppe war, und drehte sich noch einmal zu Clara um. »Wir lieben dich wie eine Tochter«, versicherte sie ihrer Nichte, »und wir wollen nur dein Bestes. Das darfst du niemals vergessen, Clara.«

»Das weiß ich doch, Tante Ruth.«

Ruth Bingham nickte. »So gefällst du mir schon besser. Denke immer daran, dass dies der schönste Tag deines Lebens ist.« Sie gab ihr einen aufmunternden Klaps. »Und jetzt beeil dich! Du hast deinen Onkel gehört. Wenigstens zu seiner eigenen Hochzeit sollte man pünktlich kommen.«

Nachdem ihre Tante gegangen war, wagte Clara nicht, in den Spiegel zu sehen, und blieb noch eine ganze Weile unschlüssig stehen, bevor sie ins Bad zurückkehrte und ihre Tränen mit einem kalten Waschlappen von den Wangen wischte. Beinahe mechanisch begann sie, ihr Gesicht zu pudern, und legte Rouge auf ihre Wangen. Auch beim Auftragen ihres Make-ups war sie eher zurückhaltend, so wie es sich für eine junge Lehrerin geziemte. Die schwarzen Wimpern und den grellroten Lippenstift der knapp bekleideten Frauen auf den Werbetafeln an den Highways hatte sie immer verabscheut.

Sie stützte sich auf den Rand des Waschbeckens und blickte in den ovalen Spiegel. Das weiße Puder verdeckte die gesunde Bräune, die sie während der anstrengenden Feldarbeit erworben hatte, und der altmodische Knoten, zu dem ihre honigblonden Haare hochgesteckt waren, ließen sie zwei oder drei Jahre älter, aber auch erwachsener und reifer aussehen. Ihr Gesicht erinnerte sie an ihre Mutter, die auf dem Hochzeitsfoto, das seit beinahe zwanzig Jahren auf ihrem Nachttisch stand, wunderschön aussah und ihr jeden Abend vor dem Schlafengehen tief in die Augen sah. Clara hatte ihre tiefblauen Augen geerbt, »so blau und tief wie der Lake Tahoe«, wie sich Benjamin einmal ausgedrückt hatte, eine seiner schamlosen Übertreibungen.

Ihre Tante hatte recht, sie hatte ihn auf der County Fair in Salinas kennengelernt, einem bunten Jahrmarkt, der parallel zu den Pferderennen und dem Rodeo auf der Rennbahn abgehalten wurde. Vielleicht war es ein Fehler gewesen, ihm zuzuwinken, als er während der feierlichen Parade an ihr vorbeigeritten war und in einer übertriebenen Geste seinen breitkrempigen Cowboyhut gezogen hatte. Denn noch am selben Tag war er zu ihrem Stand gekommen und hatte sie von den Kindern ihrer High School weggelockt, deren selbst hergestellte Süßigkeiten sie auf der Fair verkauften. Sie war so begeistert von der gemeinsamen Fahrt auf dem Riesenrad gewesen, dass sie ohne lange nachzudenken zu einem Date am nächsten Samstag eingewilligt hatte.

Über ein Jahr war das nun her, und sie brauchte nur die Augen zu schließen, um sich diesen Tag noch einmal ins Gedächtnis zu rufen. Ein heißer Sommertag, den sie mit ihrer Tante und ihrem Onkel auf dem Acker verbracht hätte, wenn sie nicht verabredet gewesen wäre. Aber weder Tante Ruth und Onkel Horatio, die sie nach dem Tod ihrer Eltern adoptiert hatten, noch sie selbst dachten an diesem Samstag an das frisch gemähte Heu. Ihre Tante und ihr Onkel im besten Sonntagsstaat und sie in ihrem blauen Kleid standen auf der Veranda, als Benjamin Carew in seinem brandneuen und leuchtend grünen Chevrolet Capitol Sports Cabriolets vor ihrem Farmhaus hielt.

Benjamin war sich seiner Stellung als Sohn reicher Eltern und erfolgreicher Geschäftsmann voll bewusst und benahm sich schon am ersten Tag wie ein europäischer Prinz auf Brautschau, der seine Wahl längst getroffen hatte und gar nicht in Erwähnung zog, von einer jungen Frau abgelehnt zu werden. Ihrer Tante brachte er einen sorgsam gebundenen Blumenstrauß mit, und für ihren Onkel öffnete er die Motorhaube seines neuen Automobils, eine Geste, die ihre Wirkung nicht verfehlte. »Ein großartiger Mann!«, schwärmte ihr Onkel noch am selben Abend. »Ich hoffe, du weißt dein Glück zu schätzen.«

Natürlich platzte sie vor Stolz, als sie in dem grünen Sportwagen durch Salinas fuhren und zahlreichen Freunden und Bekannten begegneten. Ihre neugierigen Blicke folgten ihnen durch die ganze Stadt. Eine hübsche Bekannte, die bei jedem Treffen mit einem anderen reichen Mann prahlte, verzog bei ihrem Anblick vor Neid das Gesicht. Benjamin Carew war ein bekannter Mann, auch wenn er nur der »Junior« des großen »Boss« Carew war, und sein Wagen war das einzige Cabriolet in einer Stadt, die eher für ihre Lastwagen und Pick-ups bekannt war. Jedes Mal, wenn sie parkten, war der Wagen von Neugierigen umringt, sogar ein Polizist blieb stehen und betrachtete das Schmuckstück von allen Seiten. Er grüßte Clara mit einem anerkennenden Nicken.

Sie aßen in einem feinen Restaurant mit festlich gedeckten Tischen und ließen sich ein Menü schmecken, das mehr kostete, als sie in einer Woche verdiente. Anschließend gingen sie ins Kino und sahen sich den neuen Film mit Rudolph Valentino an. »Der Schlager des Jahres 1927« stand in großen Lettern über dem Filmtitel. Sie mochte den Schauspieler nicht besonders, ließ sich aber nichts anmerken und hatte auch nichts dagegen, dass Benjamin im Dunkeln nach ihrer Hand griff und sie zärtlich drückte. Erst sehr viel später würde sie erkennen, dass es eher eine besitzergreifende Geste war, so wie der erste Kuss, den sie vor dem Bahnübergang in seinem Chevrolet austauschten.

Die fordernde Art, wie er sie in die Arme nahm und ihren Mund mit seinen Lippen verschloss, störte sie schon damals. Doch noch während sie nach einer Ausrede suchte, um ihr nächstes Date zwei oder drei Wochen zu verschieben, verkündete er, sie am nächsten Samstag um dieselbe Zeit abzuholen, um mit ihr eine »Spritztour«, wie er es nannte, nach Monterey zu unternehmen. Die Kolleginnen in der Schule und alle jungen Frauen in ihrer Gemeinde beneideten sie darum und hätten liebend gerne mit ihr getauscht: Sie genoss die Fahrt an der Küste ebenfalls wie auch die Fütterung der Seelöwen am Ufer, doch als er sie in die Arme nahm und küsste, fühlte sie sich auf seltsame Weise bedrängt. Als sie ihrer Freundin in der Schule davon erzählte, bekam sie ein Lachen als Antwort: »So sind sie, die Männer! Manchmal fällt es schwer, sie sich vom Hals zu halten. Aber an deiner Stelle würde ich ihm geben, was er will, Clara. So einen wundervollen Mann findest du nie wieder!«

Sie gab ihm nicht, was er wollte, erwiderte aber seine Küsse und traf sich jede Woche mit ihm. Nach einer Weile schien sie so vertraut mit ihm, dass es ihr gar nicht in den Sinn gekommen wäre, ihm den Laufpass zu geben, und auch seine Küsse und Berührungen fühlten sich inzwischen nicht mehr fordernd und verlangend an. Sie waren selbstverständlich geworden, so selbstverständlich wie der Spaziergang am Flussufer und seine scheinbar beiläufige Bemerkung: »Wenn wir verheiratet sind, kannst du deinen Beruf endlich aufgeben und dich ganz der Familie widmen. Ich hoffe, wir bekommen viele Kinder.« Er machte ihr keinen offiziellen Heiratsantrag, steckte ihr lediglich den teuren Ring an den Finger, als Zeichen dafür, dass sie nun ihm gehörte.

Es waren diese Selbstverständlichkeit und die Begeisterung ihrer Tante und ihres Onkels, die jeden aufkommenden Protest im Keim erstickten. Jeder Kirchenbesuch, jeder Spaziergang und jedes gemeinsame Picknick schien nach einem vorgegebenen Plan zu verlaufen, wie bei einem mittelalterlichen Königspaar, das von seinen Eltern verheiratet wurde und gar keine andere Möglichkeit hatte, als ihnen zu gehorchen. Niemand fragte sie nach ihrer Meinung, alle gingen davon aus, dass sie sich auf die Hochzeit freute und es gar nicht mehr erwarten konnte, ihren Beruf aufzugeben und zu Benjamin in den luxuriösen »Rancho Paradiso« zu ziehen. Woher sollten die Leute auch wissen, dass sie keine Nacht mehr durchschlief, seit die Carews den Hochzeitstermin festgelegt hatten, und verzweifelt zu ergründen versuchte, wie sie in diese beinahe ausweglose Lage geraten konnte.

Lediglich einer Laune hatte sie den einzigen Fluchtweg zu verdanken, der ihr noch geblieben war. Als vor einigen Wochen ein Angestellter des Indian Bureaus in ihrer Schule aufgetaucht war und einen Vortrag über das weit im Norden gelegene Territorium von Alaska gehalten hatte, ein wildes Land mit schneebedeckten

Bergen, endlosen Wäldern und glasklaren Seen, eine »ungestüme Wildnis«, in der sich mutige Männer und Frauen ihren Traum von einem abenteuerlichen Leben an der letzten Besiedlungsgrenze erfüllen konnten, hatte sie den Antrag auf Anstellung in einer Indianerschule fernab der Zivilisation unterschrieben. Sie rechnete nicht ernsthaft damit, dass man eine junge Frau aus dem sonnigen Kalifornien für einen solchen Posten in Erwägung ziehen würde. »Bist du verrückt?«, hatte ihre Freundin gefragt. »Da oben gibt es kaum Menschen. Nur Goldgräber, Indianer und jede Menge wilder Tiere. So große Bären und Wölfe wie in Alaska gibt es nicht mal in den Rockies.«

Sie hatte den Antrag längst vergessen, als die Antwort eintraf. »Nichts Besonderes«, wich sie ihrer Tante aus, als sie mit dem Brief ins Haus zurückkehrte. »Die Einladung zu einer Tagung. Da fahre ich bestimmt nicht hin.«

Als sie abends allein in ihrem Zimmer war, öffnete sie den Brief und traute ihren Augen kaum: »... freuen wir uns, Ihnen mitteilen zu dürfen, dass Ihrem Antrag auf Anstellung im Territorium von Alaska stattgegeben wurde ...« Einige Zeilen später hieß es: »... bitten wir Sie, Ihren Dienst nach den Ferien anzutreten und sich beim Schulgremium in Porcupine, Alaska, zu melden.« Das Ticket für die zweiwöchige Reise hätte man im Büro der Alaska Steamship Company in Santa Cruz hinterlegt. Die *Skagway,* ein Dampfschiff der Alaska Steamship Company, würde am Nachmittag des 20. August 1927 von Santa Cruz ablegen und sie nach Skagway bringen, von dort ginge es mit der Eisenbahn über den Pass zum Lake Bennett und mit einem kleinen Dampfschiff den Yukon hinauf. In Dawson City, dem Endpunkt ihrer Schiffsreise, sollte sie sich dem »Pack

Train« eines gewissen Jerry Anderson anschließen, der alle vierzehn Tage die Post in die Wildnis-Siedlungen brachte.

Sie trug den Lippenstift auf und verteilte ihn mit den Lippen, bis er kaum noch zu erkennen war. Nachdenklich kehrte sie in ihr Schlafzimmer zurück. Sie warf einen letzten prüfenden Blick in den großen Spiegel. Am liebsten hätte sie gesehen, wie die junge Frau im weißen Brautkleid vor ihrem wahren Spiegelbild zurückwich und sich in Luft auflöste, doch die Fremde blieb und lächelte sogar. Auch sie nahm als selbstverständlich an, was Benjamin Carew entschieden hatte, dass sie die Auserwählte war, die er zum Altar und in sein Landhaus führen würde. »Sobald er dir den Ring an den Finger steckt und dich in die Arme nimmt und küsst, sind alle Vorbehalte vergessen«, klangen die Worte ihrer Tante nach. Vielleicht hatte Tante Ruth ja recht, und sie war tatsächlich nur nervös.

Vor der Kommode neben der Badezimmertür blieb sie stehen. Sie öffnete die zweite Schublade von oben, griff unter ihre sorgfältig gestapelte Unterwäsche und zog den Brief des Indian Bureaus heraus. Sie kannte den Inhalt des Schreibens auswendig, brauchte nur den Absender anzusehen, um die starke Versuchung zu spüren, ihr Brautkleid auszuziehen und mit dem einfachen Gingham-Kleid zu vertauschen, ihren Koffer zu packen und den Bus nach Santa Cruz zu nehmen. Wenn sie sich beeilte, würde sie die *Skagway* noch rechtzeitig erreichen. Alles hinter sich lassen, ihre Tante und ihren Onkel, die heimatliche Farm, ihre Freunde und Bekannten und die ungewisse Zukunft an der Seite eines Mannes, den sie nicht einmal liebte. Ohne weiter nachzudenken, steckte sie den Brief in ihre weiße Handtasche, überlegte einen Augenblick, nahm den Umschlag mit ihrem Gesparten aus einer Schublade, ließ ihn ebenfalls in der Handtasche verschwinden und ging zur Tür.

»Clara! Wo bleibst du denn?«, rief ihre Tante von unten.

»Ich komme«, antwortete sie. Sie hob den Saum ihres Brautkleides an und stieg wie eine Prinzessin die Treppe zu ihren Adoptiveltern hinab.

2

In dem hart gefederten Ford Model T Runabout, einem klapprigen Pick-up, den Horatio Bingham von einem Schrotthändler gekauft hatte, fuhr man wesentlich unbequemer als in dem luxuriösen Cabriolet. Clara saß eingezwängt zwischen ihrem Onkel und ihrer Tante auf der schmalen Sitzbank und hielt sich mit beiden Händen am Armaturenbrett fest, um auf dem holprigen Highway nicht gegen die Windschutzscheibe geschleudert zu werden.

Während der Fahrt nach Salinas blieb sie in Gedanken versunken. Sie ließ sich noch immer treiben, tat scheinbar das, was man von ihr erwartete, aber tief in ihrem Inneren regte sich Widerstand, und dass sie den Brief und ihr Erspartes mitgenommen hatte, deutete bereits an, dass sie nicht mehr bereit war, ihrer Tante und ihrem Onkel widerspruchslos zu gehorchen.

Sie war kein dummes Mädchen, das man einfach an einen zahlungswilligen Bräutigam verkaufen konnte. Sie war keines dieser hübschen Dinger, die zufrieden damit waren, das Haus eines wohlhabenden Mannes zu schmücken und sich in einem teuren Landhaus zu langweilen, während ihr Ehemann nach San Francisco und New York reiste und sich dort anderweitig vergnügte. So machte es »Boss« Carew mit seiner Gattin, und es sprach alles dafür, dass Benjamin in die Fußstapfen seines Vaters trat. Warum Clara ein halbes Jahr gebraucht hatte, um dies zu erkennen, und nicht schon vor einigen Wochen davongelaufen war, vermochte sie selbst nicht zu sagen. Aber noch war es nicht zu spät.

Mit stotterndem Motor fuhren sie über die Main Street, vorbei am Fox Theater, in dem Clara und Benjamin ihr ersten Date verbracht hatten. Die Reklametafel über dem Eingang zeigte einen Film mit Mary Pickford an. Clara hatte kaum Augen für das Kino und reagierte auch nicht auf das freundliche Winken einer Kollegin, die mit ihrem Mann aus Bell's Candy Shop kam. Erst als ihre Tante einen Arm um ihre Schultern legte und strahlend auf einige winkende Kinder deutete, zwang sie sich zu einem Lächeln. »So gefällst du mir schon besser«, sagte Tante Ruth. »Alle beneiden dich. Sieh nur, die Verkäuferin aus dem Candy Store. Die würde am liebsten mit dir tauschen, glaub mir. Ich habe selten einen Mann getroffen, der bei den Frauen so beliebt ist.«

Über eine Seitenstraße erreichten sie die Kirche, einen spanischen Adobe-Lehm-Bau aus der Kolonialzeit, der sogar das große Erdbeben von 1909 überlebt hatte. Die Glocken läuteten, als sie am Straßenrand hielten. Außer ihnen parkten noch zahlreiche andere Wagen vor der Kirche, der neue Chevrolet der Carews, die luxuriösen Wagen ihrer wohlhabenden Freunde und Bekannten und die Pick-ups der Farmer, die Horatio und Ruth Bingham eingeladen hatten. An den altmodischen Kleidern und den verknitterten Sonntagsanzügen erkannte man die weniger begüterten Farmer sofort.

»Lass dich bloß nicht von Benjamin erwischen!«, rief ihr einer der MacAllisters fröhlich zu. »Es bringt großes Unglück, der Braut vor der Trauung zu begegnen.«

Im Vorraum empfing sie ein Kirchendiener und führte sie in einen Nebenraum gleich neben dem Eingang. »Alles Gute, mein Schatz!«, bekam Clara von ihrer Tante zu hören. »Glaub mir, du hast die richtige Wahl getroffen.«

Clara hätte am liebsten geantwortet, dass man ihr überhaupt keine Gelegenheit gegeben hatte, eine Wahl zu treffen, und Benjamin es nicht einmal für nötig erachtet hatte, ihr einen förmlichen Heiratsantrag zu machen. Er setzte ihre Zustimmung als selbstverständlich voraus, als müsste sie dankbar sein, den großen Benjamin Carew heiraten zu dürfen. Doch sie begnügte sich mit einem freundlichen Nicken und setzte sich an den einfachen Holztisch, auf dem ein Krug mit Wasser und einige Gläser bereitstanden. Sie schenkte sich etwas Wasser ein und trank einen Schluck, dabei umklammerte sie ihre Handtasche, als wäre ihr Inhalt noch wichtiger als der Diamantring an ihrem Finger.

Ihr Onkel sollte sie zum Altar führen und wartete schon nervös neben der Tür. Er war viel zu aufgeregt, um sich zu setzen. Alle paar Minuten öffnete er die Tür, sagte etwas wie »Die MacAllisters sind auch schon da!«, und schloss sie rasch wieder, wenn jemand in seine Richtung blickte. Vor allem die Carews hatten zahlreiche Verwandte, Freunde und Bekannte, aber auch Geschäftspartner, und im Vorraum wimmelte es von Menschen. Die Kirche würde bis auf den letzten Platz besetzt sein, eine Vorstellung, die Clara schwer zu schaffen machte. Konnte sie es sich erlauben, diese vielen Hochzeitsgäste zu enttäuschen? War es nicht ihre Pflicht, die folgsame Braut zu spielen und strahlend neben Benjamin vor den Altar zu treten? Warum hatte sie ihn nicht früher abgewiesen, wenn sie Vorbehalte gegen ihn hatte?

Sie blickte ihren Onkel verstohlen von der Seite an. Ihm und ihrer Tante hatte sie alles zu verdanken, vor allem ihre Ausbildung, die sehr viel Geld gekostet hatte. Onkel Horatio und Tante Ruth hatten sie nach dem überraschenden Tod ihrer Eltern aufgenommen, sie einige Monate später sogar adoptiert. Keine Selbstverständlichkeit in diesen schweren Zeiten. Als Adoptiveltern waren sie auch finanziell für sie verantwortlich. Nur einen Tag, nachdem man die verbrannten Leichen ihrer leiblichen Eltern in den Trümmern des niedergebrannten Farmhauses gefunden hatte, waren sie zum Amt gegangen und hatten die Papiere unterschrieben. Dafür würde ihnen Clara ewig dankbar sein, auch wenn sie ihre Schuld mit harter Feldarbeit zurückgezahlt hatte. Sie konnten nicht erwarten, dass sie Benjamin allein wegen des Geldes heiratete und ihnen mit dem Geld ihres Ehemannes half, ihre verschuldete Farm zu retten.

Der Kirchendiener öffnete die Tür und rief mit gedämpfter Stimme: »Es ist so weit!« Sein mühsam verhaltenes Grinsen ließ erkennen, wie sehr er sich über den nervösen Onkel amüsierte, doch sein Blick folgte Clara bis zwischen die Sitzreihen. Obwohl ihr Brautkleid etwas aus der Mode war, sah sie wunderschön aus, und seltsam war nur die wilde Entschlossenheit, die in ihren Augen aufblitzte. Als würde sie vor einen Richter und nicht vor einen Pfarrer treten. Sie war anders als die anderen Bräute, nicht so verträumt und verklärt.

Hätte er gewusst, was wirklich in Clara vorging, hätte er vielleicht versucht, den Pfarrer durch einen Blick zu warnen, oder er wäre in plötzlich aufkommender Panik davongelaufen. So aber verwechselte er ihre Entschlossenheit mit Stolz, denn immerhin hatte sie einen der erfolgreichsten und wohlhabendsten Geschäftsleute im Salinas Valley geheiratet. Die Carews waren keine Farmer, sie besaßen einen erfolgreichen Industriebetrieb, verpackten Unmengen von Salat und verschifften ihn in firmeneigenen gekühlten Waggons bis zur Ostküste. Die Braut, dachte der Kirchendiener, hatte für alle Zeiten ausgesorgt. Etwas neidisch blickte er ihr und ihrem Onkel hinterher.

Zu den Klängen von »Here Comes the Bride« schritten Clara und ihr Onkel zum Altar. Beinahe mechanisch setzte sie einen Fuß vor den anderen, wie ein Roboter, der darauf programmiert war, vor den Altar zu treten, und nur vage nahm sie die Hochzeitsgäste in den Bankreihen wahr. Die MacAllisters, der Direktor ihrer Schule mit seiner Frau, eine liebe Kollegin. Sie durfte diese Menschen nicht enttäuschen, sie war ihnen verpflichtet. Sie alle freuten sich mit ihr und waren stolz darauf, sie mit einem der begehrenswertesten Junggesellen der Stadt verheiratet zu sehen. »Du hast es geschafft, Clara!«, hatte sie von mehreren Kolleginnen gehört. »Jetzt kann dir nichts mehr passieren.«

Durch einen Tränenschleier sah sie Benjamin vor dem Altar stehen. Er lächelte erwartungsvoll. Aus seinen Augen strahlte keine Wärme, eher männlicher Stolz, die junge Frau, der man den Hof gemacht hatte, in seinen Besitz gebracht zu haben. Sie blieb zögernd stehen, am liebsten wäre sie weggerannt und glaubte bereits zu sehen, wie einige Hochzeitsgäste erschrocken die Luft einsogen, doch ein leichter Klaps ihres Onkels ließ sie weiterlaufen, bis sie an der ersten Reihe vorbeikam und den stolzen Blick ihrer Tante auf sich gerichtet sah. »Viel Glück, Clara!«, las sie von ihren Lippen ab.

Unentschlossen trat Clara neben ihren Bräutigam, sie wagte kaum, ihn anzublicken, und errötete leicht, als sie einen leichten Zweifel in seinen Augen entdeckte. Sie war in einer Sackgasse und fühlte sich wie ein Tier, das man in die Enge getrieben hatte. Warum hatte sie sich auf diese Hochzeit eingelassen? Warum hatte sie das Brautkleid angezogen? Warum hatte sie ihm nicht schon vor Wochen gesagt, dass sie die falsche Frau für ihn war? In ihrem Kopf purzelten die Gedanken wild durcheinander, eine seltsame Unruhe breitete sich aus, die wie ein Gift in ihr Blut drang und durch ihren ganzen Körper wanderte. Sie schloss für einen Augenblick die Augen, öffnete sie wieder, sah alles nur noch verschwommen und hörte die Stimme des Pfarrers wie aus weiter Ferne.

Der Pfarrer deutete ihre Panik falsch und versuchte, sie mit einem verständnisvollen Lächeln zu beruhigen, doch Clara blickte durch ihn hindurch und schien ihn gar nicht wahrzunehmen. Sie hörte nicht, was er sagte, welche Bibelstellen er zitierte, und horchte erst auf, als er den offiziellen Treueschwur verlas. »Ich, Benjamin Carew«, wiederholte ihr Bräutigam feierlich, »nehme dich, Clara, zu meiner angetrauten Frau, will dich von diesem Tage an lieben, in guten wie in schlechten Tagen …« Sie schloss erneut die Augen, als könnte sie damit die Wirklichkeit ausblenden, nur um sie nach einigen Sekunden wieder zu öffnen und ihn sagen zu hören: »So wahr mir Gott helfe.«

Sie suchte verzweifelt nach einem Ausweg, als sie das stolze Lächeln ihres Bräutigams bemerkte, und der Pfarrer sich an sie wandte: »Sprich mir nach«, hörte sie ihn sagen. »Ich, Clara Bingham …« Sie zögerte einen Augenblick und wiederholte dann mechanisch: »Ich, Clara Bingham …« Der Pfarrer schien zu spüren, dass etwas nicht stimmte, und blickte sie prüfend an, sprach aber nach einer kaum merklichen Pause weiter. »… nehme dich, Benjamin Carew …«

»… nehme dich …«, wiederholte sie langsam, dann

richtete sie ihren Blick plötzlich auf Benjamin und drehte sich zu den Hochzeitsgästen um. Sie blickte in die erwartungsvollen Gesichter, sah wieder den Pfarrer an und begann zu weinen. »Ich kann nicht«, sagte sie. Zuerst klang ihre Stimme schüchtern und so leise, selbst der Pfarrer und Benjamin konnten sie kaum verstehen, dann jedoch wurde sie so laut und schrill, dass es alle hörten und ihre Worte als vielfaches Echo durch die Kirche geisterten: »Ich kann nicht! Ich kann dich nicht heiraten, Benjamin! Ich kann nicht!« Sie zog den Diamantring vom Finger und ließ ihn fallen, riss ihren Schleier vom Kopf und rannte davon, an den entsetzten Hochzeitsgästen vorbei zum Ausgang. Weinend riss sie eine der Flügeltüren auf und lief nach draußen.

Ein schriller Orgelton, als hätte der Organist vor Entsetzen beide Hände auf die Tastatur fallen lassen, begleitete sie auf die Straße. Von Panik getrieben, hetzte sie auf die andere Seite und durch einen Park, verfolgt von den neugierigen und belustigten Blicken einiger Eltern, die mit ihren Kindern auf den Spielplatz gekommen waren. Ihre Handtasche wie ein kostbares Kleinod umklammert, erreichte sie die Main Street und sah, wie der Bus nach Monterey aus einer Seitenstraße bog und langsam an Fahrt gewann. In der Gewissheit, sich niemals mehr bei ihren Adoptiveltern oder den Carews sehen lassen zu können, lief sie auf die Straße und stoppte den Bus mit erhobenen Händen.

Der Busfahrer trat auf die Bremse und öffnete die Tür. Er blickte sie überrascht an. »Sind Sie sicher, dass Sie bei mir richtig sind, Ma'am?«, fragte er.

Ihr war nicht nach Scherzen zumute. Sie stieg hastig in den Bus, kramte einen Dollarschein aus ihrer Handtasche und ließ ihn auf den Schoß des Fahrers fallen. »Nun fahren Sie doch endlich, Mister!«, drängte sie ihn, den Blick ängstlich nach hinten gewandt. »Ich muss hier so schnell wie möglich weg!«

»Den Eindruck habe ich auch«, konnte es der Fahrer nicht lassen. Er schloss die Tür und fuhr weiter, ein breites Grinsen auf dem Gesicht, als hätte er soeben das große Los gezogen. »Wohin soll's denn gehen, Ma'am?«

»Santa Cruz«, erwiderte sie, während sie sich auf einen der vorderen Sitze fallen ließ. Die verdutzten Mienen der anderen Fahrgäste sah sie nur im runden Innenspiegel über dem Armaturenbrett. Sie kümmerte sich nicht darum.

Der Fahrer schaltete in den zweiten Gang und blickte in den Seitenspiegel. Ein Lastwagen zuckelte an ihm vorbei. »Umsteigen in Monterey«, erklärte er, »der Bus nach Santa Cruz fährt vom selben Busbahnhof ab.« Er suchte nach ihrem Gesicht im Innenspiegel und musterte sie nachdenklich. »Es geht mich ja nichts an, Ma'am, aber falls Sie aus der Kirche weggerannt sind, kommen Sie in dem Aufzug nicht weit. In dem Brautkleid sind Sie nicht zu übersehen, man findet Sie bestimmt.«

»Sie haben recht, Mister. Es geht Sie nichts an.«

»Wie Sie wollen«, reagierte der Fahrer ein wenig beleidigt, »ich wollte Ihnen nur empfehlen, sobald wie möglich das Kleid zu wechseln. Sonst könnten Sie auch gleich ein Schild mit der Aufschrift ›Hier bin ich!‹ hochhalten. Wenn Sie tatsächlich Ihrem Bräutigam davongelaufen sind und sich vor ihm und seinen Verwandten verstecken wollen, wäre ich ein wenig vorsichtiger.«

»Sie scheinen sich ja gut auszukennen.«

Der Fahrer drehte mit beiden Händen an dem großen Lenkrad und bog auf den Highway nach Monterey. Er presste die Lippen aufeinander, bevor er antwortete.

»Ich war zwanzig Jahre mit der falschen Frau verheiratet, Ma'am. Ich wollte, ich wäre damals auch aus der Kirche gelaufen. Jetzt sind wir geschieden, sie hat unsere Kinder, und ich hocke allein in einem Apartment.«

Sie nickte nur und blickte aus dem Fenster, sie verspürte keine Lust, sich die Lebensgeschichte des Fahrers anzuhören. Die Stadt lag bereits hinter ihnen, und abseits der Straße erstreckten sich endlose Salatfelder. Ob sie zur Riesenfarm der Carews gehörten, wusste sie nicht, vermutete es aber. Fast alle Salatfelder in der näheren Umgebung von Salinas gehörten der Familie, in die sie beinahe eingeheiratet hätte. Sie kicherte leise. Nur eine Verrückte rannte vor der Trauung mit einem mehrfachen Millionär davon. So würde es in den Zeitungen stehen, und so würden auch ihre Adoptiveltern und alle ihre Freunde und Bekannten über sie urteilen, und vielleicht war sie ja wirklich verrückt. Wer sonst kam auf die Idee, das sonnige Kalifornien zu verlassen, um fernab der Zivilisation in der Wildnis von Alaska die Kinder verlauster Goldgräber und Indianer zu unterrichten? »Weil ich eine neue Herausforderung suche«, hatte sie dem Vertreter des Indianerbüros auf diese Frage geantwortet und dabei nur die halbe Wahrheit gesagt. Sie wollte mit der Vergangenheit brechen und in dem abgelegenen Territorium ein vollkommen neues Leben beginnen.

Sie presste ihr Gesicht gegen das Fenster und versuchte, nach hinten zu blicken. In einer scharfen Rechtskurve stellte sie erleichtert fest, dass ihnen niemand folgte. Ihre Adoptiveltern würden annehmen, dass sie sich irgendwo in der Stadt versteckt hielt oder durch die Felder auf die Farm zurückgelaufen war. Es war alles ein bisschen viel für sie, würden sie zu den Carews sagen, sie hat für einen Augenblick die Nerven verloren und kommt bestimmt zurück. Bis sie herausfanden, dass sie die Hochzeit tatsächlich hatte platzen lassen, würde einige Zeit vergehen, und noch länger würde es dauern, bis ihre Kollegin verriet, dass sie wahrscheinlich auf dem Weg ins ferne Alaska war.

In der Ferne glitzerte bereits der Pazifik. Die Lehmhäuser der kleinen Stadt hoben sich schemenhaft gegen die wogenden Hitzeschleier ab, wie eine Oase in der endlosen Wüste. Nur dass auch Monterey von fruchtbaren Feldern und Obstbäumen umgeben war und es zwischen den Reihen mit den grünen Salatköpfen und in den Plantagen von Erntearbeitern wimmelte, meist Mexikanern, die über die Grenze nach Kalifornien gekommen waren. Auch sie hatten ihre Heimat verlassen, ließen vielleicht sogar ihre Frauen und Kinder zurück, um in den Vereinigten Staaten neues Glück zu finden. Sie ging nicht des Geldes wegen, beim Ausfüllen des Antrags hatte sie nicht mal den Hintergedanken gehabt, vor Benjamin und seinem goldenen Käfig zu fliehen. Lediglich das Abenteuer hatte sie gereizt, wie die Siedler im 19. Jahrhundert die Zivilisation zu verlassen und zur Besiedlungsgrenze in der Wildnis vorzustoßen.

Erst an diesem Morgen war ihr klar geworden, wie wenig sie Benjamin liebte und welchen Fehler sie mit einer Heirat begehen würde. Ein dummes Mädchen vom Lande, das sich von einem reichen Junggesellen einfangen ließ und ihm blind in eine Ehe folgte, die ihr kaum Freiheiten gewähren würde. Was war schon ein sorgenfreies Leben gegen das Gefühl, das tun zu können, was man wirklich wollte, den Zwängen eines strengen Elternhauses zu entfliehen und erst einmal auf eigenen Beinen zu stehen, bevor man daran dachte, einen Mann zu heiraten. Nur noch aus Liebe würde sie einem Mann in die Ehe folgen, nur ihre Gefühle durften von jetzt an über einen solchen Schritt entscheiden.

Natürlich würden die Carews alle Hebel in Bewegung setzen, um sich für diese Schmach zu rächen. Sie würden böse Gerüchte über sie in die Welt setzen und sie in der Presse anschwärzen, vielleicht sogar das Schulgremium einschalten. Wenn sie geblieben wäre, hätte man sie von der Schule geworfen oder strafversetzt oder sie mit Schimpf und Schande aus der Gegend vertrieben. Aber eine schlimmere Strafe als eine Versetzung in die Wildnis von Alaska hätte sich auch die Schulbehörde nicht einfallen lassen können. »Seien Sie beruhigt, Mister Carew«, würde der Supervisor sagen. »Eine schlimmere Strafe als der Posten in Porcupine, Alaska, gibt es in ganz Amerika nicht.«

In Monterey stieg sie um und fuhr nach Santa Cruz weiter. Der Fahrer starrte sie genauso entgeistert an wie sein Kollege auf der Fahrt nach Monterey, war aber schweigsamer oder höflicher und verkniff sich eine Bemerkung. Clara setzte sich auf die letzte Bank, spürte minutenlang die Blicke aller übrigen Reisenden auf sich gerichtet, bis sie das Interesse an ihr verloren und sich wieder um ihre eigenen Dinge kümmerten. Durch das schmale Rückfenster blickte sie auf den Highway. Sie hatte immer noch Angst, den Chevrolet der Carews oder das Cabriolet ihres Bräutigams zu entdecken, doch der Highway war leer. Die Chance, dass sie das Dampfschiff nach Alaska erreichte, bevor jemand von ihren Plänen erfuhr, wurde mit jeder Meile größer.

Natürlich bestand die Möglichkeit, dass die Carews ihre Wut an ihrer Tante und ihrem Onkel ausließen, aber viel wahrscheinlicher war, dass man sie gar nicht mehr beachtete. Sobald sie an Bord des Schiffes war, würde sie einen Brief an ihre Adoptiveltern schreiben und ihnen alles erklären. Nachdem ihr erster Ärger verraucht war, würden sie ihre Motive verstehen. So hoffte sie jedenfalls. Dennoch hätte sie es niemals gewagt, ihnen von ihrem Plan zu erzählen, auch ohne die geplante Hochzeit nicht. Sie hatten ihr eine Kindheit im Waisenhaus erspart und sich vorbildlich um sie gekümmert, aber sie waren auch besitzergreifend und erwarteten, dass sie in ihrer Nähe blieb und ihnen half, die schweren Zeiten, die vor allem den Farmern drohten, zu überstehen.

Sie erreichten Santa Cruz am frühen Nachmittag. Clara hatte keine Ahnung, wann die *Skagway* auslief, und rannte hastig zu den Docks hinunter. Aufgeregt betrat sie das Büro der Alaska Steamship Company. Sie ignorierte die verwunderten Blicke der Bürovorsteherin, die wohl zu gerne gewusst hätte, warum sie ein Brautkleid trug, und sagte: »Ich bin Clara Keaton. Für mich müsste ein Ticket nach Alaska hinterlegt sein.« Sie deutete auf ein Kalenderfoto der *Skagway* neben dem Fenster. »Wann stechen wir denn in See?«

Die Bürovorsteherin zog das reservierte Ticket aus einem Fach und schüttelte den Kopf. »Tut mir leid, Ma'am, aber die *Skagway* hat vor einer halben Stunde abgelegt. Das nächste Schiff nach Alaska geht in zwei Wochen …«

3

Clara fühlte den Boden unter ihren Füßen schwanken. Sie starrte die Bürovorsteherin entgeistert an, als hätte sie soeben vom Tod eines geliebten Menschen gehört, und wiederholte mit monotoner Stimme: »In zwei Wochen?«

Die Wanduhr neben dem Schalter tickte laut.

»Es gibt vielleicht noch eine Möglichkeit, das Schiff zu erreichen«, sagte die Bürovorsteherin. Sie hatte wohl gemerkt, wie dringend Clara aus Santa Cruz wegkommen wollte. »Der Zug nach San Francisco fährt in zehn Minuten. Wenn Sie den erreichen, und er kommt pünktlich in San Francisco an, schaffen Sie es vielleicht noch zum Hafen. Garantieren kann ich das nicht …«

»Wo ist der Bahnhof?«, fragte Clara. »Gibt es hier ein Taxi?«

»Nein, aber Jack kann Sie fahren.« Sie hob ihre Stimme. »Jack! Hol den Wagen aus der Garage, und fahr die Dame zum Bahnhof. Sie hat es eilig.«

Der Laufbursche war kein besonders guter Autofahrer und würgte an einer Kreuzung sogar den Motor ab, setzte sie aber rechtzeitig am Bahnhof ab und brachte sie sogar noch zum Zug. Sie gab ihm einen Quarter und setzte sich ans Fenster, hinter ein älteres Ehepaar, das sie verwirrt anstarrte und nur aus Höflichkeit nicht fragte, was eine junge Braut in einem Zug suchte. Clara hatte keine Lust, sich auf ein längeres Gespräch einzulassen, und sagte es weder ihnen noch dem neugierigen Schaffner, bei dem sie ihr Ticket kaufte.

Der Zug gewann langsam an Fahrt. Die schwere Dampflok schien große Mühe zu haben, die Wagen aus dem Bahnhof zu ziehen. Dunkle Rauchschwaden zogen an den Fenstern vorbei und hinderten Clara daran, aus dem Fenster zu blicken. Erst als sie die Außenbezirke von Santa Cruz erreichten, wurde der Rauch durchlässiger. Westlich der Schienen fiel das Land steil zur Küste ab, und auf Claras Seite bot sich das gleiche Bild wie während der Busfahrt: ein einsamer Highway und scheinbar endlose Salatfelder und Obstplantagen. Die Sonne strahlte vom blauen Himmel und zauberte wabernde Hitzeschleier auf den Highway, der dicht neben den Schienen entlangführte.

Clara blickte nervös aus dem Fenster. Ihre Angst, von den Carews eingeholt und zur Rede gestellt zu werden, war noch immer groß. Sie kam sich wie eine gefährliche Bankräuberin vor, die vor der Polizei oder dem FBI auf der Flucht war und ständig nach Verfolgern Ausschau halten musste.

Sobald herauskam, dass sie nach Alaska wollte, würde Benjamin sie verfolgen und zur Rede stellen, schon allein, um seinen ramponierten Ruf wiederherzustellen. Als begehrter Junggeselle, der sich viel auf sein gutes Aussehen und seine gesellschaftliche Stellung einbildete, konnte er nicht zulassen, dass ihn ein einfaches »Mädchen vom Lande« öffentlich zum Gespött der Leute machte.

Niemand konnte sie zwingen, nach Salinas zurückzukehren, weder Benjamin Carew noch ihre Adoptiveltern, und niemand außer der Schulbehörde wäre berechtigt, sie an ihrer Reise nach Alaska zu hindern. Und die war sicher froh, überhaupt eine Lehrerin für diesen abgelegenen Posten gefunden zu haben. Doch allein der Gedanke, nach dem Eklat in der Kirche noch einmal mit Benjamin oder seinen Eltern zusammenzutreffen, ließ sie erschaudern.

Sie hatte die Leute vor den Kopf gestoßen, nicht nur Benjamin und seine Familie, auch ihre Adoptiveltern und ihre Freunde und Bekannten, sogar den Pfarrer. Es kam sicher nicht oft vor, dass eine Braut aus der Kirche floh. Sie fühlte sich schuldig und konnte sich gut vorstellen, wie ihr Verhalten auf die Leute wirkte. Durch ihre überstürzte Flucht hatte sie alle Brücken abgebrochen und eine riesige Kluft aufgetan, die sie auch mit einem Brief nicht überbrücken konnte. Wie sollte sie den Leuten auch erklären, dass sie erst am Hochzeitstag gemerkt hatte, wie aussichtslos ihr die Ehe mit Benjamin erschien?

Sie lehnte sich in ihrem Sitz zurück und schloss die Augen. Die Aufregung der letzten Stunden und das viele Nachdenken hatten an ihren Kräften gezehrt. Das rhythmische Rattern der Räder tat ein Übriges, um sie zu ermüden. Schon nach wenigen Minuten war sie eingeschlafen. Sie sackte gegen das Fenster und wachte erst auf, als der Zug in eine scharfe Kurve ging und sie mit dem Kopf gegen das Fenster stieß. Sie öffnete erschrocken die Augen und griff sich an die Stirn. Nur ganz allmählich wurde sie auf den dunklen Schatten auf dem Highway aufmerksam. Sie rieb sich den Schlaf aus den Augen und sah genauer hin. Ein grünes Cabriolet bewegte sich auf gleicher Höhe mit dem Zug nach Norden. Entsetzt zog sie den Kopf zurück. Das konnte nur Benjamin sein. Sie spähte vorsichtig nach draußen und versuchte, den Fahrer zu erkennen, doch der Highway war zu weit entfernt, und sie sah nur, dass er eine Schiebermütze und eine Schutzbrille trug. Selbst aus nächster Nähe hätte sie ihn damit nur bei genauerem Hinsehen erkannt.

Sie lehnte sich noch weiter zurück, damit ihr weißes Kleid nicht am Fenster zu sehen war, und kämpfte gegen eine aufkommende Panik an. Der Mann in dem Cabrio musste Benjamin sein, so viele grüne Cabrios gab es nicht an der Küste. Ein anderer Fahrer wäre bestimmt nicht auf gleicher Höhe geblieben, sondern hätte längst beschleunigt und wäre dem Zug davongefahren. Sie blickte wie gebannt auf den Wagen, war dankbar dafür, dass die Sonne bereits weit im Westen stand und es dem Fahrer erschwerte, in ihre Richtung zu blicken. Warum überholte er den Zug nicht, warum brauste er nicht endlich davon?

Außerhalb einer kleinen Stadt, deren Namen sie nicht kannte, bog das grüne Cabrio von der Straße ab und fuhr vor einer Tankstelle vor. Und hinter der Stadt bog der Highway nach Osten ab und zog sich durch die Felder in dichter besiedelte Gegenden. Sie atmete erleichtert auf, zumindest für eine halbe Stunde oder auch länger würde sie Ruhe vor dem Verfolger haben. Vielleicht war es ja gar nicht Benjamin, machte sie sich Hoffnung, vielleicht war sie durch die Aufregung der letzten Stunden so verwirrt, dass sie Gespenster sah.

Sie wandte sich an den Schaffner, der gerade den Wagen betrat und sich nach den Wünschen der Fahrgäste erkundigte. »Werden wir pünktlich in San Francisco ankommen, Schaffner? Wir halten doch vorher nicht mehr an, oder?«

Der Schaffner zog eine altmodische Taschenuhr aus seiner Uniform und blickte auf das Zifferblatt. »Nicht ganz«, antwortete er, »im Augenblick sind wir eine Viertelstunde zu spät, und ich befürchte, auf den letzten Meilen könnten wir noch weitere fünf bis zehn Minuten verlieren. In der Bay Area ist immer eine Menge los, und manchmal steht ein Signal auf Rot.« Er steckte die Uhr ein. »Aber wir tun, was wir können, und gehalten wird nicht mehr.«

»Ich muss unbedingt die *Skagway* erreichen«, erklärte sie, »das Schiff nach Alaska. Die Dame von der Alaska Steamship Company sagte, wenn der Zug pünktlich wäre, hätte ich ungefähr noch eine halbe Stunde. Was meinen Sie?«

Der Schaffner wiegte den Kopf. »Das könnte knapp werden, Ma'am. Aber vor dem Bahnhof stehen jede Menge Taxis, damit schaffen Sie es bestimmt.«

Sie bedankte sich und rückte rasch wieder ans Fenster. Als der Schaffner stehen blieb und nach passenden Worten suchte, fühlte sie sich bemüßigt, eine Erklärung hinzuzufügen: »Mein Bräutigam wartet im Hafen. Wir haben uns in Santa Cruz verpasst. Ich weiß, mein Aufzug passt nicht ganz hierher …«

»Aber ganz im Gegenteil«, beeilte er sich zu sagen, glücklich darüber, doch noch eine Antwort auf seine unausgesprochene Frage zu bekommen. »Wir hatten niemals eine schönere Passagierin an Bord. Meine älteste Tochter hatte ein ähnliches Kleid an, als sie ihren Mann heiratete, das muss jetzt sechs Jahre her sein.« Er lächelte schwach. »Ich werde langsam etwas vergesslich.«

Clara hörte nur halb hin, als der Schaffner von der Hochzeit seiner Tochter erzählte, und zwang sich zu einem freundlichen Nicken, als er ihr viel Glück wünschte und ihr versicherte, er würde dem Heizer signalisieren, noch ein paar Kohlen draufzulegen, um die Verspätung so knapp wie möglich zu halten. »Für eine hübsche Braut wie Sie opfert die Southern Pacific gern ein paar Kohlen.« Sie war froh, dass er nicht darüber nachzudenken schien, wie eine Braut ihren Bräutigam verpassen konnte, und warum die angebliche

Hochzeitsreise ausgerechnet ins eisige Alaska ging, und atmete erleichtert auf, als er mit einer Hand an seine Mütze tippte und weiterging. »Und grüßen Sie Ihren Gatten von mir, Ma'am. Ich nehme an, er weiß, welches Glück er hat.«

»Vielen Dank, Schaffner«, antwortete sie verlegen.

Während der knappen Stunde, die sie für die restliche Strecke brauchten, schöpfte Clara neuen Mut. Sie hatte tatsächlich das Gefühl, dass der Zug etwas schneller fuhr, und als der Highway wieder parallel zu den Schienen verlief, war das grüne Cabrio nicht mehr zu sehen. Sie entspannte sich ein wenig. Schon fünf Minuten vor der planmäßigen Ankunft, wie der Schaffner ihr im Vorbeilaufen versicherte, tauchten die ersten Vororte von San Francisco auf, und mit nur zehn Minuten Verspätung rollte der Zug in den Bahnhof an der Third Street ein. Der Schaffner half ihr aus dem Zug und winkte einen Gepäckträger heran. »Bringen Sie die Lady so schnell wie möglich zu einem Taxi!«, forderte er ihn auf. »Sonst verpasst sie ihren Hochzeitsdampfer!«

Clara bedankte sich und folgte dem dunkelhäutigen Gepäckträger zu den Taxis. Sie gab ihm einen Quarter und sprang in das Taxi, während sie dem Fahrer sagte, dass sie auf keinen Fall ihren Dampfer verpassen durfte. Entsprechend rasant steuerte der Taxifahrer seinen Wagen durch die Stadt, wohl ebenfalls in dem Glauben, sie wäre mit ihrem Bräutigam verabredet. Auf der abschüssigen Straße zu den Piers überholte er in einem waghalsigen Manöver einen Cable Car. Clara hielt sich mit beiden Händen an der Sitzbank fest, verlor nur in einer scharfen Kurve den Halt und wurde wie eine leblose Puppe durch den Wagen geschleudert. Der Fahrer bemerkte es gar nicht. Als sie wieder gerade saß, glaubte sie, das grüne Cabrio aus einer Seitenstraße kommen zu sehen.

»Beeilen Sie sich doch, Mann!«, feuerte sie den Fahrer an. Sie drehte sich ängstlich um und sah, wie das Cabrio ihnen folgte. Inzwischen war sie fest davon überzeugt, dass tatsächlich Benjamin am Steuer saß. Wo kam er so plötzlich her? Hatte ihre Kollegin ihm verraten, dass sie nach Alaska fahren wollte?

»Schneller! Schneller!«, rief sie mit klopfendem Herzen.

»Ich tue, was ich kann, Lady!«, erwiderte der Fahrer, während er mit quietschenden Reifen zu den Piers abbog und auf die vertäuten Schiffe zuhielt.

Vor einem der Piers hielt er an. Sie gab ihm ein fürstliches Trinkgeld, stieg aus dem Taxi und rannte mit wehendem Kleid zum Ufer. Die *Skagway,* eines der größeren Schiffe der Alaska Steamship Company, stand bereits unter Dampf. Ihre weißen Aufbauten ragten hoch über dem Pier empor und spiegelten sich in der hellen Nachmittagssonne. Die bunten Flaggen an den Masten flatterten im lauen Herbstwind. Clara kannte so große Schiffe nur von Fotografien und Gemälden und wäre am liebsten stehen geblieben, um die mächtige *Skagway* zu bestaunen, doch über den Pier hallte bereits ein dumpfes Tuten, die letzte Aufforderung an die Passagiere, an Bord zu gehen. An den Pollern warteten einige Matrosen auf den Befehl, die schweren Taue zu lösen.

Clara erreichte schwer atmend die Gangway, zog ihr Ticket aus der Handtasche und reichte es dem wartenden Offizier. Sie versuchte ein Lächeln.

»Da haben Sie aber Glück«, begrüßte sie der junge Mann in Uniform, »wir wollten gerade die Gangway einziehen.« Er gab ihr das Ticket zurück und warf einen neugierigen Blick auf ihr Brautkleid. Zu ihrer Erleichterung verkniff er sich eine schnippische Bemerkung. »Haben Sie kein Gepäck dabei?«, fragte er. »Oder haben Sie Ihre Koffer schon an Bord bringen lassen?«

»Die werden mir nachgeschickt«, erwiderte sie schlagfertig. »Ich kaufe mir im nächsten Hafen ein paar Sachen für unterwegs. Halten wir in Seattle?«

»Ja, Ma'am. Aber wir haben nur zwei Stunden Aufenthalt. Wenn Sie ein Taxi nehmen und sich beeilen, können Sie es schaffen.« Er betrachtete wieder ihr Brautkleid und schüttelte kaum merklich den Kopf. Dass eine Frau im Brautkleid an Bord eines Schiffes kam, hatte er wohl noch nicht erlebt. »Ich würde mir auf jeden Fall einen warmen Wintermantel kaufen, Ma'am. An Bord kann es frisch werden, besonders abends und weiter oben im Norden.«

»Ich werde daran denken, Captain.«

»Lieutenant«, verbesserte er sie lächelnd.

Clara ging die Gangway hoch und hatte schon die Luke erreicht, als der röhrende Motor eines Automobils das dumpfe Grollen der Schiffsmaschinen übertönte. Sie fuhr erschrocken herum und sah das grüne Cabrio über den Pier heranbrausen. Ohne sich um die Absperrung zu kümmern, bremste der Fahrer seinen Wagen dicht vor der Gangway. Noch bevor er seine Mütze und seine Schutzbrille abnahm, erkannte sie Benjamin. »Lassen Sie den Mann auf keinen Fall an Bord!«, rief sie dem Offizier zu. »Ich will ihn nicht heiraten!«

»Aye, Ma'am. Ich verstehe, Ma'am«, kapierte der Lieutenant schnell.

Doch so einfach ließ sich Benjamin nicht abwimmeln. Er stieg wütend aus seinem Cabrio und versuchte, sich an dem Lieutenant vorbeizudrängeln. »Lassen Sie mich sofort zu meiner Braut!«, rief er. »Ich habe ein Recht darauf, mit ihr zu sprechen. Sie sollen mich durchlassen, habe ich gesagt!« Er stieß den Lieutenant zur Seite und sah sich im nächsten Augenblick zwei bulligen Matrosen gegenüber, die sich breitbeinig auf der Gangway postierten.

Intelligent genug, sich nicht mit ihnen anzulegen, wandte er sich erneut an den Lieutenant: »Sie wissen wohl nicht, wen Sie vor sich haben! Ich bin Benjamin Carew, der Sohn von ›Boss‹ Carew aus Salinas. Mein Vater braucht nur mit dem Finger zu schnippen, um einen Leichtmatrosen wie Sie von seinem Posten zu entbinden. Wir haben großen Einfluss in der Politik.«

»Ich wüsste nicht, was das mit dieser Lady zu tun hat, Mister Carew!«, reagierte der Lieutenant mutig. »Man muss kein Hellseher sein, um zu erkennen, dass sie Ihnen gerade noch rechtzeitig entkommen ist, also respektieren Sie bitte ihre Entscheidung, und lassen Sie sie in Ruhe.«

Benjamin Carew wollte die Gangway hochstürmen, besann sich gerade noch rechtzeitig, als ihm die beiden Matrosen einfielen. »Clara!«, rief er in einer Mischung aus Verzweiflung und enttäuschter Eitelkeit. »Ich bin's, Benjamin! Komm zurück! Ich bin dir nicht böse. Du warst nervös, das ist alles.«

Clara stand an der Reling, eine Hand am eisernen Geländer, die andere um ihre Handtasche verkrampft. Auch einige andere Passagiere und Matrosen waren auf die Auseinandersetzung zwischen Benjamin Carew und dem Lieutenant aufmerksam geworden und blickten neugierig auf die beiden hinab.

Dem enttäuschten Bräutigam war nichts mehr peinlich. »Ich hab mit dem Pfarrer gesprochen, Clara! Wir können die Hochzeit heute Abend nachholen. Oder morgen früh. Niemand macht dir einen Vorwurf, auch meine Eltern nicht. Komm zurück! Wir tun einfach so, als wäre nichts passiert.«

Clara schüttelte den Kopf, sie war viel zu sehr von seinem lautstarken Auftritt getroffen, um gleich zu antworten. Erst nachdem sie einige Male tief durchgeatmet hatte, rief sie mit brüchiger Stimme: »Ich kann nicht, Benjamin. Ich … Ich liebe dich nicht. Tut mir leid, dass ich es dir nicht früher sagen konnte.«

»Warum tust du mir das an?«, rief er. Die Wut in seiner Stimme überwog jetzt und trieb ihm das Blut ins Gesicht. »Weißt du überhaupt, was du mit deinem Schmierentheater angerichtet hast? Ich kann in Salinas nicht mehr auf die Straße gehen, ohne dass die Leute hinter meinem Rücken lachen und mit Fingern auf mich zeigen. Ich bin zur Witzfigur geworden. Was meinst du, was die Geschäftsfreunde meines Vaters dazu sagen? Und die Kunden, mit denen ich zu tun habe? Du hast mich wie einen dummen Schuljungen vorgeführt! Seht her, die dumme Pute vom Land hat ihn in der Kirche abserviert.«

»Die Leute werden vergessen, Benjamin.«

»Gar nichts werden sie!« Endlich ließ er der Wut, die sich während der langen Fahrt in ihm aufgestaut hatte, freien Lauf. »Ich werde immer der Idiot für sie sein.« Er wich vor den beiden Matrosen von der Gangway zurück und blieb auf dem Pier stehen. »Was willst du überhaupt in Alaska? Als uns deine Kollegin verriet, was du vorhast, dachte ich zuerst, sie würde uns zum Narren halten. Was willst du da oben? Hast du den Verstand verloren?«

»Nein, Benjamin. Ich glaube, ich habe ihn gerade erst wieder gefunden«, sagte sie so leise, dass er es nicht hörte. Sie blickte ein letztes Mal auf ihn hinab, bevor sie sich wortlos umdrehte und sich auf die Suche nach ihrer Kabine machte. Die Schimpftiraden ihres Bräutigams, der jetzt keinen Hehl mehr aus seiner Wut machte und sie mit den unflätigsten Ausdrücken bedachte, verfolgten sie bis unter Deck. Sie war froh, als sie endlich in ihrer Kabine war und die *Skagway* vom Pier ablegte. Durch das Bullauge beobachtete sie, wie Benjamin in sein grünes Cabrio stieg und wütend zur Straße zurückfuhr.

4

Clara hielt es nicht länger in ihrer engen Kabine aus. Sobald die *Skagway* das Goldene Tor passiert hatte und an der felsigen Küste entlang nach Norden dampfte, ging sie an Deck und ließ sich den frischen Wind um die Nase wehen. Sie hatte sich in eine Wolldecke der Alaska Steam Company gehüllt und blickte nachdenklich in die Nebelschwaden über der San Francisco Bay.

Außerhalb der Bucht war das Meer unruhiger. Das leichte Rollen des Schiffes in den Wellen zwang sie, sich mit beiden Händen an der Reling festhalten, um nicht das Gleichgewicht zu verlieren. Sie war zum ersten Mal an Bord eines so großen Schiffes. In ihrem Magen rumorte es, und als sie sich über die Reling beugte und nach unten blickte, musste sie für einen Moment die Augen schließen, um wieder einen klaren Kopf zu bekommen.

Doch die Erleichterung überwog. Sie war Benjamin entkommen und auf dem Weg in eine neue Zukunft. Gerade noch rechtzeitig hatte sie ihrem Leben eine entscheidende Wendung gegeben. Im fernen Territorium von Alaska, das die meisten Menschen und auch sie nur vom Hörensagen kannten, hoffte sie, der Enge eines geordneten Lebens im Salinas Valley zu entgehen.

Sie mochte ihre Tante und ihren Onkel, auch wenn sie ihre Heirat mit Benjamin zu ihrem eigenen Vorteil nutzen wollten, und sie war ihnen ewig dankbar dafür, dass sie sich nach dem plötzlichen Unfalltod ihrer Eltern um sie gekümmert hatten. Bestimmt würde sie

Kalifornien vermissen, ihre kleine Farm und die Felder, die sich bis zu den fernen Bergen erstreckten. Das kräftige Aroma der Obstbäume, wenn die Sonne schien, und den würzigen Duft der nassen Erde nach einem heftigen Regen. Das Salinas Valley würde immer ihre erste Heimat bleiben und einen festen Platz in ihrem Herzen einnehmen.

Warum sie sich nach dem wilden Land im Norden sehnte und fest entschlossen war, die Herausforderung einer Schulstelle in der Wildnis anzunehmen, vermochte sie nicht zu sagen. Sicher war die Eintönigkeit des Lebens im Salinas Valley daran schuld. Alles lief nach einem bestimmten Schema ab. Wenn es nach ihrem Onkel Horatio gegangen wäre, hätte sie nicht einmal als Lehrerin arbeiten dürfen. »Eine Frau gehört an die Seite ihres Mannes«, sagte er. »Wer sollte denn sonst den Haushalt führen und die Kinder großziehen? Gott hat jedem Menschen eine Aufgabe zugewiesen, so steht es in der Bibel.«

Sie hatte sich durchgesetzt und Arbeit in der Stadt gefunden, die einzige Möglichkeit, dem Alltag auf der Farm zu entfliehen, aber die Heirat mit Benjamin hätte auch diesen letzten Freiraum zerstört. Als seine Ehefrau hätte sie zu Hause bleiben, sich um die gemeinsamen Kinder kümmern und auf den Einladungen wichtiger Geschäftspartner in kostbaren Kleidern lächelnd neben ihm sitzen müssen. Eine Rolle, die den meisten Frauen behagt hätte, allein um die schönen Kleider und den Schmuck hätte sie das halbe Tal beneidet. Doch sie erwartete mehr vom Leben, das spürte sie erst jetzt so richtig, an Bord eines Schiffes, das schon die Goldsucher vor dreißig Jahren nach Alaska und an den Yukon River gebracht hatte. Sie sehnte sich nach dem großen Abenteuer und wollte sich in einer Welt behaupten, die mit ihrer ungestümen Wildnis und größeren Herausforderungen lockte. Der Vortrag des Commissioners, der für die Arbeit im Hohen Norden geworben hatte, war für sie der letzte entscheidende Anstoß gewesen, diesen Wunsch in die Tat umzusetzen.

»Ziemlich ungewöhnliche Kleidung für eine Reise in den Hohen Norden«, erklang die Stimme einer Frau neben ihr. »Haben Sie keinen Mantel dabei?«

Clara drehte sich zu der Fremden um. Sie war um die fünfzig, vielleicht sogar ein wenig älter, und trug einen langen Pelzmantel, dessen Glanz schon lange verblasst war. Um ihren Hals lag eine auffällige Kette mit großen Perlen. Ihr Gesicht verbarg sie unter einer dicken Puderschicht, die wohl die Falten verdecken sollte und den roten Lippenstift noch greller aussehen ließ. Ihre leuchtenden Augen, braun und sanft, erinnerten daran, dass sie in ihrer Jugend eine Schönheit gewesen sein musste. Sie vermittelte den selbstbewussten Eindruck einer Frau, die auch allein zurechtkam.

»Ich habe meinen Koffer vergessen«, erwiderte Clara.

»Vergessen oder gar nicht erst mitgenommen?«

»Ich wüsste nicht, was Sie das angeht, Ma'am.«

Die Frau lächelte. »Rose … Sagen Sie Rose zu mir.« Sie reichte ihr die behandschuhte Hand. »Rose Galucci aus Dawson City. Freut mich sehr, Miss …«

»Clara Keaton.« Ihr blieb nichts anderes übrig, als die Hand der Frau zu ergreifen. Der feste Händedruck und das freundliche Lächeln gefielen ihr. »Sind Sie Italienerin? Sind Italienerinnen nicht alle schwarzhaarig?«

»Nur die Glücklichen, die ihre Haare nicht färben müssen.« Sie griff sich an die blonden Locken, die unter ihrem festgesteckten Hut hervorragten. Ihre Augen glänzten. »Männer mögen blonde Frauen, hab ich mir sagen lassen.«

»Männer«, wiederholte Clara leise und etwas abfällig.

Sie blickten auf das felsige Ufer, das langsam im nebligen Dunst verschwand, als die *Skagway* ihren Kurs änderte, um über das offene Meer abzukürzen. Die Sonne war längst hinter den Wolken verschwunden und verblasste am westlichen Horizont. Einige Delfine begleiteten das Schiff und begeisterten die Passagiere, die noch an Deck waren, mit ihren Kunststücken.

»Tut mir leid, wenn ich Ihnen zu nahegetreten sein sollte«, sagte Rose, »aber dass Sie Ihrem Bräutigam davongelaufen sind, war nicht zu überhören. Seien Sie froh, dass Sie ihn los sind. So wie der sich aufgeführt hat, wäre aus der Ehe sowieso nichts geworden. Ich kenne die Männer, glauben Sie mir.«

Clara blickte nachdenklich auf das schäumende Wasser hinab. In dem schwachen Licht, das aus den Bullaugen fiel, waren die springenden Delfine nur schemenhaft zu erkennen. »Eigentlich hätte ich schon früher darauf kommen müssen, dass er nicht der richtige Mann für mich ist«, erwiderte sie, »irgendwie deutete sich das schon bei unseren ersten Treffen an. Benjamin ... Er wollte, dass ich meine Arbeit als Lehrerin aufgebe und zu Hause bleibe. Er kommt aus einer reichen Familie, und er hatte recht ... Wegen des Geldes hätte ich bestimmt nicht arbeiten müssen. Aber ich arbeite auch, weil ich meinen Beruf liebe und gern mit Kindern zusammen bin, nicht nur, um Geld zu verdienen. Ich will was erleben, mich einer Herausforderung stellen.« Sie seufzte leise. »Leider ist mir das erst heute Morgen klar geworden ... Vor der Kirche.«

Rose betrachtete das Brautkleid, das unter der Wolldecke bis auf die Schuhe fiel. »Sie haben Nein gesagt, was? Als der Pfarrer Sie gefragt hat. Sie haben diesem arroganten Benjamin gesagt, dass Sie ihn nicht heiraten wollen.« Sie sah das leichte Glimmen in Claras Augen und grinste zufrieden in sich hinein. »Mann, da hätte ich dabei sein mögen. Endlich zeigt mal eine den Männern, dass man mit uns Frauen nicht alles machen kann. Wie hat der Kerl reagiert?«

»Das haben Sie doch gesehen«, erwiderte Clara. »In der Kirche ging alles schnell, da war ich längst draußen, als sich die Leute von ihrem Schrecken erholten. Ich weiß selbst nicht, warum ich gewartet habe, bis wir vor dem Altar standen. Es passierte einfach so. Als der Pfarrer fragte, wusste ich, dass ich Nein sagen musste.«

Rose nickte anerkennend. »Da sind Sie dem Teufel gerade noch zur rechten Zeit entkommen! Seien Sie froh, dass Sie noch rechtzeitig zur Besinnung gefunden haben. So wie ich Sie einschätze, hatten Sie bestimmt keine Lust, die brave Ehefrau zu spielen. Obwohl Sie eher wie eine brave Farmertochter aussehen. Aber Sie haben es faustdick hinter den Ohren, was?«

Clara zuckte die Achseln. Sie hatte sich nie als besonders mutig eingeschätzt und war schon gar nicht als Rebellin bekannt. In Salinas hatte sie tatsächlich jeder für die brave Farmertochter gehalten, die damit zufrieden schien, ein paar Jahre als Lehrerin zu arbeiten, um sich dann in ihrer Ehe nur dem Mann zu widmen. »Ich habe nichts gegen ein geordnetes Leben«, erwiderte sie, »aber der Gedanke, dass nach unserer Hochzeit alles in geordneten Bahnen verlaufen würde, bedrückte mich. Wie ich diesen Ausdruck hasse, ›in geordneten Bahnen‹. Ich wollte plötzlich weg, von dem Mann, den ich heiraten sollte, von meiner Tante und meinem Onkel … wollte was vollkommen Neues erleben. Bin ich deswegen eine schlechte Frau?«

»Sicher nicht«, antwortete Rose. Sie klappte den Kragen ihres Pelzmantels gegen den auffrischenden Wind hoch. »Aber wollen wir nicht reingehen? Was halten Sie davon, wenn ich Sie zu einer Tasse heißen Kaffee einlade?«

»Wenn es auch heiße Schokolade sein darf«, erwiderte Clara.

Sie gingen unter Deck und machten es sich im Lounge Room bequem, einem einfachen Raum mit fest verankerten Tischen und Bänken. Ein Steward brachte ihnen Kaffee und Kakao. Außer ihnen waren noch ein Ehepaar aus Juneau, zwei Regierungsbeamte in dunklen Anzügen und ein bärtiger alter Mann, der an der Wand lehnte und leise schnarchte, in dem Aufenthaltsraum.

Als sie Claras seltsame Kleidung bemerkten, verstummten die Unterhaltungen für einen Augenblick, und selbst der schlafende Oldtimer schien vor lauter Erstaunen die Luft anzuhalten. Clara begrüßte sie mit einem Nicken.

»Machen Sie sich nichts draus«, flüsterte Rose. »Wenn Sie wollen, geb ich Ihnen eines von meinen Kleidern. Es wird Ihnen vielleicht ein wenig zu groß sein, aber immer noch besser als ein Brautkleid.«

Clara erklärte ihr, dass sie sich in Seattle neu einkleiden wollte, und freute sich, als Rose ihr anbot, sie in das Kaufhaus zu begleiten. Obwohl Clara die freundliche Frau erst seit Kurzem kannte, hatte sie Vertrauen zu ihr gefasst und fühlte sich wohl in ihrer Gegenwart. Es tat gut, mit jemandem über ihre Probleme zu sprechen. Rose wirkte selbstbewusst und unkompliziert.

»Was glauben Sie, wie viele Männer ich schon zum Teufel geschickt habe?«, nahm diese den Faden wieder auf. »Ich hatte mal ein ähnliches Erlebnis wie Sie. Ist schon runde zwanzig Jahre her. Ich war damals schon am Yukon und verliebte mich in einen Goldgräber, der mich unbedingt heiraten wollte. Ich liebte den verdammten Kerl, ich liebte ihn wirklich und hatte fest vor, ihm eine treu sorgende Ehefrau zu sein. So was Ähnliches jedenfalls. Nun ja, was soll ich sagen? Der Kerl stieß auf eine reiche Ader und hatte plötzlich so viel Gold, dass er beinahe darin erstickt wäre, und bevor ich mich versah, war er über alle Berge. Keinen Cent ließ er mir zurück.« Sie hätte wohl am liebsten auf den Boden gespuckt. »Seitdem hab ich die Männer gefressen. Sie halten einen alle zum Narren, wollen was fürs Bett oder zum Herzeigen, und wenn sie einen heiraten, gehen sie schon nach wenigen Tagen fremd. Verstehen Sie mich nicht falsch. Ich war keine Kostverächterin. Wenn mir ein Mann gefiel, nahm ich ihn mit nach Hause und manchmal …« Sie bemerkte, dass die Regierungsbeamten ihre Ohren spitzten, und senkte ihre Stimme. »Nun ja, Sie wissen schon. Ich war damals sehr hübsch. Ich sah wirklich gut aus, und die Männer standen Schlange bei mir. Aber sobald einer vom Heiraten anfing, ergriff ich die Flucht.« Sie seufzte. »Ich weiß, das klingt düster, aber zum Heiraten bin ich nicht geboren. So eine Enttäuschung wie mit Joey, so hieß mein Goldgräber, so was möchte ich nie mehr erleben.«

Clara bedauerte die Frau, sagte aber nichts. Sie selbst hatte den Glauben an die Liebe nicht verloren und war davon überzeugt, dass es wahre Zuneigung zwischen Mann und Frau gab. Irgendwann würde sie einem Mann begegnen, der sie wirklich liebte und nicht als billige Arbeitskraft missbrauchen oder als edles Schmuckstück herzeigen wollte. Ein Mann, der sie als gleichberechtigte Partnerin ansah und bereit war, mit ihr eine gemeinsame Zukunft aufzubauen.

»Wahre Liebe ist selten«, sagte Rose. »Vielleicht gibt es sie gar nicht.«

In Seattle fuhren die beiden Frauen zum nächsten Kaufhaus, und Clara investierte einen beträchtlichen Teil ihrer Ersparnisse in neue Kleidung. Zwei neue Kleider aus einfachem Gingham-Stoff für die Schule und aus gemustertem Leinen für die Sonntage, einen Wintermantel, feste Stiefel, eine Fellmütze und warme Unterwäsche. Außerdem Waschzeug, etwas Kosmetik und ein paar Kleinigkeiten, die jede Frau auf einer so langen Reise brauchte.

Sie verstaute alles in einem Rucksack, den Rose für sie aussuchte. »In Alaska fahren Sie besser mit einem Rucksack«, sagte Rose, »an den kommen die Hunde nicht ran.« Was Rose damit meinte, würde sie erst sehr viel später erfahren.

Zurück auf dem Schiff, ließen sie sich einen gemeinsamen Tisch für die Mahlzeiten zuweisen. Die Speisen schmeckten besser, als Clara erwartet hatte, meist gab es Fisch mit Kartoffeln und Gemüse und einmal sogar Steak. Dazu Kaffee und heiße Schokolade für Clara. Der Steward grinste jedes Mal, wenn er die heiße Schokolade für Clara brachte. »Die meisten Damen trinken Kaffee oder Tee«, verriet er mit einem verschmitzten Grinsen, »die einzige Passagierin, die Kakao bestellte, war die Tochter unseres Kapitäns.«

Nach jedem Essen, auch abends, gingen sie an Deck spazieren. In ihren neuen Kleidern fühlte Clara sich wesentlich wohler, so war sie selbst in nördlichen Breiten gegen Wind und Wetter geschützt. Das Brautkleid hatte sie in ihrem Rucksack verstaut. Sie hatte es nicht übers Herz gebracht, es zu verschenken oder wegzuwerfen, auch wenn sie sich nicht vorstellen konnte, in absehbarer Zeit wieder Verwendung dafür zu finden. In einem verlassenen Nest wie Porcupine würde sie bestimmt keinen Mann kennenlernen. Und selbst wenn, würde sie es sich bestimmt drei Mal überlegen, ob sie mit ihm vor einen Traualtar trat.

Auf einem ihrer Spaziergänge über das Vorderdeck entdeckten sie den bärtigen Oldtimer an der Reling. Er trug einen geflickten Mantel, hatte den unförmigen Schlapphut weit über die Ohren gezogen und paffte an einer Maiskolbenpfeife. Als Clara und Rose an ihm vorbeigingen, legte er den rechten Zeigefinger an die Hutkrempe und grüßte sie mit einem heiseren »Ma'am!« Dabei blieb sein Blick so lange auf Rose haften, dass sie nervös wurde und stehen blieb. »Ist irgendwas, Mister?«, fragte sie. »Wollen Sie was von mir?«

»Nicht die Bohne«, beeilte er sich zu antworten. »Ich dachte nur, ich hätte Sie schon mal irgendwo gesehen. Geht mir öfter so, wenn ich einer schönen Frau gegenüberstehe. Als junger Mann hab ich es ordentlich krachen lassen.«

»An Sie würde ich mich bestimmt erinnern«, sagte Rose.

Clara erfuhr, dass Rose ihren Bruder in Oakland beerdigt hatte. Er war an Tuberkulose gestorben und schon tot gewesen, als sie in San Francisco von Bord gegangen war. Er hatte für eine große Versicherungsfirma gearbeitet.

»Mein Beileid«, sagte Clara.

Sie zuckte die Achseln. »Wir hatten uns dreißig Jahre nicht gesehen. Wie auch? Ich blieb in Dawson City und betrieb mein kleines Geschäft, und er lebte mit seiner Familie in Oakland. Er schrieb mir nicht mal einen Brief. Ich nehme an, er schämte sich für mich. Angeblich ziemte es sich nicht für eine unverheiratete Frau, nach Dawson zu gehen.«

»Sie waren während des Goldrausches in Dawson City?«

»So ist es, meine Liebe. Vor rund dreißig Jahren. Ich dachte, ich könnte mir auch ein paar Scheiben von dem Gold abschneiden, aber da wurde leider nichts draus. Als Schauspielerin und Tänzerin verdiente man nicht viel.«

»Schauspielerin? Sie waren beim Theater?«

»So ähnlich«, räumte sie ein. »Warum wollen Sie nach Alaska? Da gibt es kaum noch Gold. Ich bin nur geblieben, weil ich keine Lust mehr hatte, irgendwo anders anzufangen. Hat Ihnen denn niemand gesagt, dass man komplett verrückt sein muss, um in Porcupine an einer Schule zu unterrichten?«

»Dazu war keine Zeit.«

»Wissen Sie, wie es in Porcupine aussieht?«

»Wild, nehme ich an.«

»Das kann man wohl sagen«, stimmte Rose ihr zu. »Ich wusste nicht mal, dass es dort eine Schule gibt. Außer ein paar Goldgräbern, die noch an Wunder glauben, und den Indianern wohnt da doch keiner. Ich bin sicher, da müssen Sie sogar den Erwachsenen noch Schreiben und Rechnen beibringen.«

»Dann bin ich da goldrichtig«, sagte Clara, obwohl sie sich inzwischen gar nicht mehr so sicher war. Je weiter die *Skagway* nach Norden dampfte, desto größer wurde ihre Unruhe, und sie fragte sich beim Anblick der schneebedeckten Berge und undurchdringlichen Wälder am Ufer immer wieder, ob sie die richtige Entscheidung getroffen hatte. War sie wirklich stark genug, um fern der Heimat und inmitten einer unbekannten Wildnis zu bestehen? Würde sie sich gegen die rauen Gesellen in Porcupine auch durchsetzen können?

Am fünften Tag ihrer Reise erreichten sie Juneau. Die beiden Regierungsbeamten verließen das Schiff, und zwei Indianer mit Bärenfallen kamen an Bord. Sie ließen sich auf dem Vorderdeck nieder, blieben auch nachts dort und deckten sich mit einer Plane zu. Die Besatzung schenkte ihnen keine Beachtung. »Die Indianer mag hier oben keiner besonders«, bemerkte Rose.

Einen Tag nach ihrer Abreise aus Juneau begegneten Clara und Rose dem Oldtimer in einem der langen Kabinengänge. Er blieb dicht vor ihnen stehen, grinste Rose an und rief: »Jetzt weiß ich, wer du bist! Du bist Yukon Rose, die schönste Frau des Hohen Nordens. Vor dreißig Jahren haben wir zusammen getanzt, so ein hübsche Gesicht wie deines vergesse ich nicht, auch wenn wir beide etwas älter geworden sind. Und nach dem Tänzchen ... ah, ich werde diese Nacht niemals vergessen! Was für eine Frau! Was treibst du so?«

»Ich hab mich zur Ruhe gesetzt, Schätzchen«, antwortete Rose.

Clara folgte der Unterhaltung mit wachsendem Erstaunen, sie war viel zu überrascht, um etwas zu sagen, als sie wieder allein waren. Stattdessen redete Rose: »Okay, du hättest es sowieso irgendwann erfahren. Ich hab vor dreißig Jahren als leichtes Mädchen in Dawson gearbeitet. Damit konnte man am meisten Geld verdienen. Und als ich zu alt dafür wurde, übernahm ich die Leitung des einzigen Bordells in Dawson City.«

Clara brauchte einige Zeit, um die Nachricht zu verdauen.

»Nun, willst du immer noch an meinem Tisch sitzen?«, fragte Rose.

»Wo denn sonst?«, antwortete Clara lachend und hakte sich bei ihrer neuen Freundin ein. »Und wenn der Oldtimer frech wird, geben wir ihm Saures!«

5

Zwei Wochen dauerte die Reise nach Dawson City. Zwischen Seattle und Juneau blieb die *Skagway* meist dicht vor der Küste, in der Inside Passage zwischen den zahlreichen vorgelagerten Inseln, erst dann kürzte sie wieder über das offene Meer ab und lief die Stadt an, deren Namen sie trug. Skagway, um die Jahrhundertwende noch eine geschäftige Boomtown für die unzähligen Goldgräber, die am Klondike River ihr Glück zu machen hofften, war zu einer schläfrigen Siedlung mit morastiger Main Street verkümmert.

Seltsamerweise fühlte sich Clara durch den Anblick der schäbigen Siedlung und der steil aufragenden Berge im Landesinneren in ihrer Absicht bestätigt, in der Wildnis ein neues Leben zu beginnen. Sie fühlte sich wie eine kühne Pionierin, die mit ihrem Schiff vor einer fremden Küste gelandet war und sich anschickte, die ungestüme Natur des neuen Landes zu erkunden. Sie wollte wissen, was hinter den schneebedeckten Bergen lag, welche Menschen in den Städten und Dörfern dieses einsamen Landes lebten, und ob es einer jungen Lehrerin wie ihr möglich war, in dieser Wildnis zu bestehen.

In einem Lokal am Hafen warteten Clara und Rose auf den Zug der White Pass & Yukon Railway. Während der langen Schiffsreise waren sie immer vertrauter miteinander geworden, ungeachtet ihrer Herkunft und ihrer unterschiedlichen Berufe. In Salinas wäre die Freundschaft zwischen einer Lehrerin und einer Bordellwirtin unmöglich gewesen. Clara musste unwillkürlich lachen, wenn sie daran dachte, wie die Nachricht von ihrer Bekanntschaft auf die Carews oder ihre Adoptiveltern gewirkt hätte. Ganz zu schweigen von der Schulbehörde, die ihr wahrscheinlich einen strengen Verweis erteilt und sie vielleicht sogar versetzt hätte. Natürlich hatte sie im Brief an ihre Tante und ihren Onkel nichts davon erwähnt. »Ich weiß, wie sehr ich Euch mit meinem ›Nein‹ in der Kirche enttäuscht habe«, hatte sie geschrieben, »und mir ist auch klar, dass ich den Ruf unserer Familie schwer beschädigt und Eure Pläne von einer größeren Farm zerstört habe. Dafür bitte ich Euch herzlich um Verzeihung. Gleichzeitig bitte ich Euch um Verständnis für mein Handeln. Ich kann keinen Mann heiraten, den ich nicht liebe. Leider wurde mir mein Irrtum erst an meinem Hochzeitstag bewusst. Liebe Tante Ruth, lieber Onkel Horatio, Ihr wisst, wie dankbar ich Euch dafür bin, mich adoptiert und großgezogen zu haben. Ohne Eure Liebe und selbstlose Förderung hätte ich den Tod meiner Eltern nie verwunden. Ich verlasse Eure Farm nicht aus mangelnder Dankbarkeit. Der einzige Grund für meine Reise nach Alaska besteht darin, mich in einer neuen Umgebung zu behaupten und den Menschen in der Wildnis das nötige Wissen für eine erfolgreiche Zukunft zu vermitteln. Ich werde Euch nicht vergessen. Eure Tochter Clara.«

Sie hatte bewusst mit »Tochter« unterschrieben und hoffte, zumindest etwas Verständnis bei ihren Adoptiveltern zu finden. Überzeugt davon war sie nicht. Auch um sich von den quälenden Gedanken abzulenken, fragte sie ihre neue Freundin: »Hast du jemals bereut, nach Dawson City gegangen zu sein?« Sie waren während der Reise zur vertrauten Anrede übergegangen.

»Nie«, antwortete Rose, ohne lange nachzudenken. Sie hatte einen Becher Kaffee bestellt und hielt ihn mit beiden Händen. »Mag sein, dass ich woanders einen Ladenbesitzer geheiratet hätte und zu einer respektablen Lady geworden wäre, aber die Freiheiten, die ich mir in Dawson nehmen kann, hätte ich mir dort niemals erlauben können. Wer weiß, wenn Joey bei mir geblieben wäre, hätte es vielleicht auch in Dawson mit der respektablen Lady geklappt. Was soll's, ich hab mehr Männer glücklich gemacht als die meisten Frauen, und das ist ja auch was wert. Dass mich viele Leute schief ansehen, ist mir egal. Ich bin Geschäftsfrau und zahle Steuern wie jede andere auch.«

So ganz überzeugend klang das nicht. Irgendetwas in ihrer Stimme verriet Clara, dass Rose ihr nicht alles erzählte. »Und das Land?«, fragte sie weiter. »Warum bist du denn nicht weggezogen, nachdem dich dein Verlobter verlassen hatte? Vielleicht wäre es besser gewesen, nach San Francisco zu gehen, da wärst du unter Menschen gewesen und hättest besser vergessen können.«

»Du meinst, eine Frau wie ich gehört in die Stadt?« Rose blickte in ihren Kaffeebecher und schüttelte den Kopf. »Mir gefällt es am Yukon besser. In Dawson hab ich alles, was ich zum Leben brauche, und wenn ich nachdenken und wirklich allein sein will, brauche ich keine Meile zu laufen und bin mitten in der Wildnis. Du glaubst nicht, wie beruhigend der Anblick dieses wilden Landes sein kann. Die Berge, die Wälder und Seen, der Yukon River ... Der Yukon ist kein Fluss, sondern ein Strom, so was Majestätisches gibt es in den Staaten nicht. Warte ab, bis du das Land aus der Nähe siehst. Wenn du einmal dort gewesen bist, willst du nie wieder weg, das schwöre ich dir.«

Frisch gestärkt stiegen sie in den Zug zum Lake Bennett. Seit der Jahrhundertwende verband die Schmalspurbahn den Hafen von Skagway mit dem Bahnhof in Kanada. In steilen Kurven wanden sich die Schienen über den Pass, der unzähligen Goldsuchern noch als unüberwindbares Hindernis erschienen und vielen Packpferden zum Verhängnis geworden war. Schon die Fahrt in dem schaukelnden Dampfzug und der spektakuläre Ausblick auf die schroffen Berge und tiefen Canyons erschien Clara wie ein Abenteuer, und als sie an einem tiefgrünen Gletschersee vorbeizuckelten, drückte sie ihre Nase wie ein staunendes Kind an dem kühlen Fenster platt. »Wow!«, staunte sie.

An der Grenze nach Kanada überprüften zwei Beamte der Royal Canadian Mounted Police ihre Papiere. »Willkommen in Kanada!«, sagte einer der beiden Männer. Der Lake Bennett, Dawson City und die ehemaligen Goldfelder am Klondike lagen auf kanadischem Gebiet, und der ebenfalls in Kanada gelegene Yukon River war die einzige Verbindung zur Alaska-Grenze im Norden, hinter der die Siedlung lag, in der Clara unterrichten würde – es sei denn, sie wäre mit einem Flugzeug nach Porcupine geflogen. Doch ein Flugticket war teuer, und die Schulbehörde kam nur für die Schiffs- und Bahnreisen auf.

Am Lake Bennett gingen sie an Bord des wendigen Raddampfers, der sie nach Dawson City bringen würde. Nachdem sie ihr Gepäck in den Kabinen verstaut hatten, kehrten sie auf das Hauptdeck zurück und genossen das Licht der leuchtenden Herbstsonne. Über dem See spannte sich ein erstaunlich blauer Himmel. Vor allem Fallensteller, die schwere Rucksäcke mit Vorräten und Fallen auf dem Rücken trugen, aber auch Händler und Goldsucher und eine Indianerfamilie kamen an Bord. Als ein älteres Ehepaar, das die ungewohnte

Sonne in Liegestühlen genoss, auf Rose aufmerksam wurde, und der Mann sie mit einem freundlichen Nicken begrüßte, erntete er einen strafenden Blick seiner Gattin.

»Der Bankdirektor«, erklärte Rose spöttisch. »Er muss freundlich zu mir sein, weil ich mein Geld sonst zur Konkurrenz bringe. Dawson ist zwar ruhiger geworden, aber die Geschäfte laufen noch immer sehr gut.«

Die auffälligsten Passagiere waren aber drei Männer, die kurz vor der Abfahrt an Bord sprangen und es sich auf einigen Tauen am Heck bequem machten. Ihr Anführer war ein glatzköpfiger Riese mit breiten Schultern und einer plattgedrückten Nase, die den ehemaligen Preisboxer verriet. Seine Augen waren wachsam wie bei einem wilden Tier. Er trug eine ärmellose Fellweste und einen Armreif aus geknüpftem Pferdehaar. Der größere seiner Begleiter war wie ein Fallensteller gekleidet und trug eine silberne Nickelbrille auf den unruhigen Augen, der andere Mann war klein und stämmig, kicherte alle paar Minuten und kümmerte sich wenig um das Geschehen an Bord.

»Dynamite Dick«, erklärte Rose flüsternd, »der Große mit der Glatze, den kennt jeder am Yukon. Angeblich soll er schon mehrere Goldsucher und Postboten überfallen haben, aber die Mounties können ihm nichts beweisen. Der mit der Brille nennt sich Roscoe, der kleine Dicke ist Billy LeBarge. Angeblich soll er taubstumm sein, aber so genau weiß das niemand.«

Clara bemerkte, dass alle drei Männer Gewehre trugen. Eigentlich nichts Besonderes in einem Land, in dem es Bären und Wölfe gab, aber die Art, wie sie die Waffen hielten, machte ihr dennoch Angst. Sie wich unwillkürlich einen Schritt zurück und hielt sich ängstlich an der Reling fest.

Unglücklicherweise kampierte die Indianerfamilie auf demselben Deck, ein Mann, seine Frau und ihre beiden Töchter. Eines der Mädchen war ungefähr sechzehn und ungewöhnlich hübsch. Sie trug ihre schwarzen Haare zu zwei langen Zöpfen gebunden und hatte sich in eine bunte Decke gehüllt.

»Hey, warum zeigst du uns nicht, was du hast?«, forderte Dynamite Dick das Mädchen heraus. Er war einer dieser Männer, die bei jeder Gelegenheit einen Streit anfangen mussten. »Du hast doch bestimmt einiges zu bieten.«

Die junge Indianerin, die zwischen ihren Eltern auf dem Boden hockte, drängte sich an ihren Vater und zog die Decke fester um ihre Schultern. Die Angst in ihren flackernden Augen bewies, dass sie den Glatzkopf verstanden hatte.

»Ich glaube, die hat Angst vor dir«, lästerte Roscoe. Wie immer, wenn er nervös oder besonders aufgeregt war, nestelte er an seiner Brille herum. »Was meinst du, Dick? Soll ich ihr ein wenig Beine machen? Ich kann gut mit Weibern, das weißt du doch. Erinnerst du dich noch an die Rothaut, die ich letzten Winter in meiner Blockhütte hatte? Die war lange nicht so hübsch wie die hier, aber ich kann dir sagen, so gut wie die hat's mir lange keine besorgt ...«

»Halt's Maul!«, wies ihn Dynamite Dick zurecht.

Billy LeBarge kicherte heiser und fuchtelte mit den Armen herum.

»Nun stell dich nicht so an«, bedrängte Dynamite Dick die verängstigte Indianerin. »Ich tu dir nichts. Ich will nur mal sehen, was du so zu bieten hast.« Er ging auf sie zu und riss ihr die Decke vom Körper. »Na, also«, freute er sich. »So gefällst du mir schon gleich besser!«

Rose hielt es nicht mehr auf ihrem Platz. Sie trat auf

den Glatzkopf zu und rief aufgebracht: »Lass das Mädchen in Ruhe! Sie hat euch nichts getan!«

Dynamite Dick drehte sich verwundert um und grinste spöttisch, als er Rose erkannte. »Sieh an!«, erwiderte er. »Rose Galucci aus Dawson City. Seit wann hat mir eine Puffmutter zu sagen, was ich zu tun und zu lassen habe?«

»Wenn du auf eine Frau scharf bist, komm in mein Lokal. Du kannst Emma oder Florence haben, die besorgen es dir so heftig, dass du drei Tage nicht gehen kannst. Vorausgesetzt, du zahlst den Preis, den ich für sie verlange.«

»Das könnte dir so passen«, erwiderte der Glatzkopf.

»Du hast gehört, was sie gesagt hat«, mischte sich Clara ein. Sie wunderte sich selbst über ihren Mut. Obwohl sie furchtbare Angst vor Dynamite Dick und seinen Begleitern hatte, trat sie neben ihre Freundin. »Lasst das Mädchen in Ruhe!«

Dynamite Dick lachte, doch inzwischen waren auch der Captain und einige Männer auf ihn aufmerksam geworden und ließen sich mit Pistolen auf dem Deck blicken. Der Glatzkopf hob abwehrend beide Hände. »Schon gut, ich tu ihr nichts. Wenn ihr unbedingt eine Rothaut schützen wollt, meinetwegen!«

Die Indianer hatten das Deck bereits verlassen und ließen sich fernab der drei Schurken nieder, ähnlich wie Clara und Rose, die sich im Aufenthaltsraum bei Kaffee und Kakao von dem Zwischenfall erholten. Der Schaufelraddampfer fuhr mit der Strömung nach Nordwesten, dem eisigen Norden und dem Polarkreis entgegen. Die Schwarzfichten an den schroffen Steilufern wurden kleiner, je weiter nördlich sie kamen, die Luft klarer und frischer.

»Das war sehr mutig von dir«, sagte Rose.

»Du musst reden«, erwiderte Clara.

Sie erreichten Dawson City am späten Nachmittag. Es war bereits September, und die Sonne war schon zur Hälfte hinter den Bergen im Westen verschwunden. Die Anlegestelle lag unterhalb der Stadt, die auf einem breiten Tafelberg errichtet worden war und hoch über dem Yukon River thronte. Im Schein von zahlreichen Lampen und Fackeln drängte sich der Großteil der Bürger am Flussufer, begierig darauf, Verwandte und Freunde in die Arme zu schließen oder lange erwartete Post in Empfang zu nehmen. Die Ankunft des Schaufelraddampfers feierten die Bürger der Stadt immer noch als Ereignis.

»Wenn du willst, kannst du bei mir wohnen«, sagte Rose, als sie ihr Gepäck in Empfang nahmen. Sie grinste verschmitzt. »Keine Angst, ich will dich nicht in meinem Hurenhaus unterbringen. Ich wohne einen Block weiter in einem zweistöckigen Holzhaus. Du hättest den ersten Stock ganz für dich.«

»Sehr gerne«, bedankte sich Clara.

Sie ging als Erste von Bord und beobachtete aus den Augenwinkeln, wie Dynamite Dick und seine Kumpane zur Stadt hinaufkletterten und die Indianer von einigen Verwandten in Booten abgeholt wurden. Während sie auf Rose wartete, wurde ihre Aufmerksamkeit von einem jungen Mann geweckt, der lässig an einem der Holzpfosten lehnte und dessen argwöhnischer Blick den Schurken folgte, bevor er sie auf dem hölzernen Steg stehen sah und lächelte.

Es war nicht nur dieses Lächeln, das sie verzauberte. Seine ganze Erscheinung zog sie in seinen Bann und ließ sie das Lächeln ungewollt erwidern. Er war ungefähr einen Kopf größer als sie, ein von Wind und Wetter gegerbter Naturbursche mit dunklen Haaren, die ihm bis über die Ohren reichten. Sein Gesicht wurde von strahlenden Augen beherrscht, die im unruhigen Licht der Fackeln fröhlich blitzten, beinahe so, als würde er sich über sie amüsieren. Er trug einfache Hosen und Stiefel und eine gefütterte Jacke sowie einen breitkrempigen Hut, ähnlich wie ihn die Cowboys im fernen Texas bevorzugten.

Er kam auf sie zu und griff sich respektvoll an die Hutkrempe. »Ich wusste gar nicht, dass es so hübsche Ladys nach Dawson verschlägt«, begrüßte er sie. »Ich bin Mike Gaffrey und komme nur alle paar Monate in die Stadt. Deshalb muss ich jede Gelegenheit nützen, eine nette Frau kennenzulernen, wenn ich irgendwann einmal unter die Haube kommen will. Darf ich Ihnen helfen?«

Clara hatte nicht erwartet, in einem Wildnisnest wie Dawson City von einem Mann angesprochen zu werden. Normalerweise war sie nicht in der Stimmung, sich auf eine Unterhaltung einzulassen, doch dieser Mike Gaffrey wirkte so fröhlich und natürlich, dass sie gar nicht anders konnte. »Ich weiß nicht«, antwortete sie dennoch zögernd. »Ich bin mit einer Freundin hier ...«

»Mike Gaffrey!«, erklang die kräftige Stimme von Rose hinter ihr. Sie stieg von der Gangway und schüttelte dem Mann kräftig die Hand. »Ich dachte, dich hätte längst dieser Grizzly erwischt. Wie hieß der Bursche noch?«

»Jonas«, erwiderte er. »Ich hatte ihn schon ein paar mal vor der Flinte.«

»Hast du plötzlich dein Herz für Tiere entdeckt und willst ihn verschonen? Oder hast du vergessen, was er dir vor zwei Wintern angetan hat? Er hat deine besten Huskys zerfleischt und dir die Vorräte weggefressen, stimmt doch?«

Er grinste verschmitzt. »Jeder macht mal einen Fehler.«

»Nimm dich vor Mike in acht!«, warnte Rose. »Der arme Kerl lebt seit sieben oder acht Jahren in der Wildnis und weiß schon lange nicht mehr, wie man sich gegenüber einer Frau benimmt. Und du ...«, sie wandte sich an den Fallensteller, »... du zeigst gefälligst Respekt vor meiner neuen Freundin. Sie ist keines von meinen Pferdchen. Sie ist die neue Schoolma'am von Porcupine und ungehobelte Burschen wie dich noch nicht gewöhnt. Halt dich zurück!«

»Ich wollte nur ihr ... euer Gepäck tragen«, wehrte er sich.

Rose reichte ihm ihren Koffer und den Rucksack. Sie grinste jetzt über das ganze Gesicht. »Das ist natürlich was anderes. Du weißt ja, wo ich wohne.«

Hinter dem jungen Fallensteller stiegen sie zur Stadt hinauf. Dawson City wirkte noch schäbiger als Skagway, es ähnelte einem dieser Nester aus dem alten Wilden Westen. In einem Buch, das sie im Unterricht oft verwendet hatte, waren Fotos von Dodge City und Abilene abgebildet gewesen. Die Holzhäuser mit den falschen Fassaden, das Hotel mit der Veranda im ersten Stock, der Saloon mit seinen hellen Fenstern, die überdachten Gehsteige, die von den wenigen Lampen nur notdürftig beleuchtet wurden. Am Straßenrand zeichneten sich die Telegrafenmasten dunkel gegen das diffuse Licht ab.

Um den Saloon schlug der Fallensteller einen großen Bogen. Das hektische Klimpern eines Walzenklaviers, Gläserklirren und das wüste Gebrüll einiger Männer drangen bis über die Straße. In den Vereinigten Staaten war der öffentliche Ausschank von Alkohol seit sieben Jahren verboten, was dem Alkoholschmuggel zu einer ungeahnten Blüte verhalf und auch in Salinas die Gründung sogenannter Speakeasys förderte, versteckter Kneipen, die ihren Alkohol in Kaffeebechern ausschenkten und ihren Namen dem Umstand verdankten, dass dort nur geflüstert wurde, um nicht unnötig die Aufmerksamkeit von Vorbeigehenden auf sich zu ziehen. Hier in Kanada hatte man ein solches Gesetz wohl gar nicht erst eingeführt. »Selbst wenn es eins gäbe«, hörte sie, »in Dawson City könnte man das sowieso nicht durchsetzen.«

Sie waren am Saloon vorbei und überquerten gerade die Straße, als hinter ihnen klirrend eine Fensterscheibe zerbrach und gleich darauf ein Mann auf die Straße taumelte. Erstaunt drehten sie sich um. Hinter dem gestürzten Mann stürmte Dynamite Dick auf die Straße. An seinem Glatzkopf war er selbst im trüben Licht vor dem Saloon zu erkennen. »Mach, dass du wegkommst!«, fuhr Dynamite Dick den Mann an. »Und versuch bloß nicht, mir wieder einen deiner kranken Köter anzudrehen!« Er versetzte dem Mann einen derben Tritt und fuhr zu Clara und ihren Begleitern herum. »Was gibt es da zu glotzen? Ich hab langsam genug von euch verdammtem Weiberpack!«

»Noch so eine Beleidigung, und ich werfe dich dem alten Jonas als Futter vor!«, fuhr Mike Gaffrey den Glatzkopf an. »Du kannst froh sein, dass die Ladys bei mir sind, sonst würde ich dir gleich den Hals umdrehen. Kapiert?«

Da sich in diesem Augenblick ein Polizist aus dem Schatten eines Hauses löste und lässig seinen Schlagstock schwingend die Straße überquerte, zog Dynamite Dick es vor, sich aus dem Staub zu machen. Lediglich ein wütendes Brummen kam über seine Lippen, als er wieder im Saloon verschwand.

6

Clara war bereits in ihrem Zimmer und räumte gerade ihre neue Unterwäsche in den Schrank, als jemand an die Haustür klopfte. Gleich darauf hörte sie Schritte, die Tür wurde geöffnet, und Rose sagte: »Und ich dachte schon, du bist zu feige, um sie zu einem Spaziergang einzuladen.« Ihre Stimme wurde lauter. »Clara, kommst du mal? Ich glaube, du hast schon einen Verehrer!«

Clara errötete leicht und öffnete die Zimmertür. Sie war nicht darauf vorbereitet, von einem Mann umworben zu werden, und hatte eigentlich keine Lust, sich nur zwei Wochen nach dem Eklat in der Kirche schon wieder mit einem Mann zu treffen, schon gar nicht mit einem Fallensteller. Doch anstatt ihm freundlich abzusagen und sich mit den Anstrengungen der langen Reise zu entschuldigen, ging sie die Treppe hinunter und blickte ihn lächelnd an.

»Entschuldigen Sie die Störung, Miss«, begann er etwas verlegen. »Ich dachte, wir könnten … Ich meine, ich muss morgen in aller Herrgottsfrühe weiter und hatte gehofft, wir könnten … Ich will nicht aufdringlich sein …«

Rose rang seufzend die Hände. »Was ist mit dir los, Mike? Du bist doch sonst nicht auf den Mund gefallen.« Sie blickte Clara an. »Was er dir mit seinem Gestotter sagen will: Er würde dich gern zum Essen einladen, vorausgesetzt, er hat noch ein paar Dollar in der Tasche, und er würde gern ein paar Schritte mit dir spazieren gehen und dir sagen, wie hübsch er dich findet.«

»Nun ja, so ungefähr«, bestätigte der Fallensteller verlegen.

Clara war rot geworden. Die sehr direkte und etwas spöttische Ausdrucksweise hatte Rose sich wohl in ihrem Beruf angewöhnt. »Gern«, sagte sie. Sie wandte sich an ihre Freundin. »Wenn Rose nichts dagegen hat …«

»Geht nur«, erwiderte Rose. »Ich muss sowieso mal nach meinen Pferdchen sehen. Ihr wisst ja: Wenn die Katze aus dem Haus ist, tanzen die Mäuse gern mal auf dem Tisch. Das gilt besonders für meine gepuderten Damen.«

Clara schlüpfte in ihren neuen Mantel, verabschiedete sich mit einem leicht vorwurfsvollen Blick von Rose und folgte dem Fallensteller auf die Straße. Eine Weile liefen sie schweigend nebeneinander her. Mike wirkte lange nicht mehr so ungezwungen wie bei seiner Begrüßung an der Anlegestelle, er passte seine weit ausholenden Schritte nur mühsam ihrem Gang an und lächelte sie ein paar mal verlegen an, ohne etwas zu sagen. Sie fühlte sich in seiner Gegenwart seltsam erregt, war aber erleichtert, dass er im schwachen Licht der wenigen Straßenlampen nicht sehen konnte, wie aufgeregt sie war.

»Tut mir leid, ich bin ein wenig eingerostet«, brachte er hervor, »ich war lange nicht mehr mit einer anständigen Dame verabredet. In der Wildnis hab ich wenig Gelegenheit dazu, und wenn ich dann nach Dawson komme …« Er blickte absichtlich an ihr vorbei. »Nun ja, in der Stadt lasse ich es immer ordentlich krachen, im Saloon und bei …« Er verschluckte den Rest. »Die wenigen anständigen Frauen in Dawson sind alle verheiratet oder ein paar Jahrzehnte älter.«

»Ich habe auch keine große Übung«, erwiderte sie,

dankbar dafür, keinem selbstverliebten Draufgänger auf den Leim gegangen zu sein. »Wochentags war ich in der Schule, und am Wochenende half ich meinen Adoptiveltern auf den Feldern. Ich bin auf einer Farm in Salinas aufgewachsen, das liegt in Kailfornien. Ein verschlafenes Nest, nicht so … so abgelegen wie Dawson City, aber auch kein Monterey oder San Francisco. Und den einzigen Mann …« Sie merkte verwundert, dass sie im Begriff war, sich einem fremden Mann anzuvertrauen, sprach aber weiter: »… den einzigen Mann, mit dem ich länger zusammen war, hab ich in der Kirche stehen lassen. Ich hab Nein gesagt.«

»Sie wollten ihn heiraten?«

Sie schüttelte den Kopf. »Nein … Einen Mann wie ihn würde ich niemals heiraten, obwohl er mehr Geld besaß, als ich jemals in meinem Leben verdienen werde. Aber damit konnte er mich nicht locken. Ich bin ihm davongelaufen. Warum ich unbedingt nach Norden wollte, weiß ich selbst nicht genau.«

»Weil es hier am schönsten ist«, erwiderte er. »Warten Sie, bis Sie in der Wildnis sind. Dort hat sich in den letzten paar hundert Jahren kaum was verändert. Ein paar Dörfer wie Porcupine, die Indianercamps am Fluss, die Blockhütten einiger Fallensteller, wie ich einer bin. Mehr gibt es da nicht. Nur Berge, Täler, Flüsse und Seen. Dort können Sie tagelang durch die Wildnis ziehen, ohne einem einzigen Menschen zu begegnen. Nur Bären, Wölfen und Elchen, obwohl sich auch die nur selten blicken lassen. Die wilden Tiere halten nicht viel von uns Zweibeinern. Fragen Sie Jonas, meinen Grizzly.«

»Haben Sie denn keine Angst da draußen?«

»Manchmal schon«, gab er zu. Seitdem er über ein vertrautes Thema sprach, war er lange nicht mehr so verlegen wie noch vor einigen Minuten. »Wenn Sie keine Angst hätten, würden Sie in der Wildnis nicht lange überleben. Das hat der große Manitu klug eingerichtet. Aber seitdem es immer mehr von diesen Automobilen gibt, ist es in den Städten viel gefährlicher. Selbst hier ist schon mal jemand von einem solchen Ungetüm angefahren worden.«

»Deshalb leben Sie in der Wildnis?«, fragte sie lächelnd. Auch sie zeigte jetzt wieder mehr Selbstbewusstsein. »Weil es dort keine Automobile gibt?«

Er erwiderte ihr Lächeln. »Auch deshalb ... Ja. Ich bin lieber mit dem Kanu oder dem Hundeschlitten unterwegs. Und weil es dort draußen so still und friedlich ist. Manchmal sitze ich stundenlang vor meiner Hütte und blicke auf den See hinaus, genieße den Anblick der Berge und des spiegelglatten Wassers. Wenn der Wind in den Bäumen rauscht und das Wasser leise plätschert, fühle ich mich am wohlsten. Leider ist es nicht immer so. Während eines Gewitters oder Blizzards kann die Natur auch ziemlich unerbittlich sein. Dann verkrieche ich mich in mein Blockhaus und mache es mir vor dem Kamin bequem.« Er blieb stehen, hing einen Augenblick seinen Gedanken nach, und deutete auf einen Coffeeshop auf der anderen Straßenseite. »Mögen Sie Fleisch? Wenn wir Glück haben, brät uns Henry zwei prächtige Elchsteaks.«

Außer ihnen war nur noch der alte Goldgräber, den sie auf dem Raddampfer getroffen hatte, in dem Lokal. Er machte sich heißhungrig über einen Eintopf her und beachtete sie kaum. Henry Stanton, der Besitzer, ein übergewichtiger Bursche, dessen Bauch weit über seine Hose hing, war neugieriger und zog sich erst zurück, nachdem er erfahren hatte, dass Clara die neue »Schoolma'am« in Porcupine war. »Porcupine«, wiederholte er, »dann schließen Sie sich wohl dem Treck unseres Postboten an. Jerry Anderson. Wenn ich richtig gehört habe, will Jerry schon übermorgen früh aufbrechen.«

»Wissen Sie, wo ich ihn finden kann?«

Der Lokalbesitzer grinste. »Er frühstückt jeden Morgen bei mir, so zwischen acht und neun. Rühreier mit Speck, rote Bohnen und Sauerteigbrot.«

Die Elchsteaks schmeckten hervorragend, waren aber so groß, dass Clara die Hälfte zurückgehen lassen musste. Dazu gab es Kaffee, für Clara mit viel Milch, weil Henry Stanton schon seit einigen Jahren keine heiße Schokolade mehr ausgeschenkt hatte. Durch das Fenster mit den handgemalten Buchstaben blickten sie auf die Main Street hinaus und sahen einen Mann mit einem widerspenstigen Husky die Straße überqueren. Er stemmte sich bellend und knurrend gegen die Leine. Weder Clara noch Mike dachten sich etwas dabei.

Zum Nachtisch servierte Henry Stanton zwei Stücke von dem Kuchen, den seine Frau am Nachmittag gebacken hatte. »Der beste Kuchen der Welt.«

Die Höflichkeit verbot ihnen, das Angebot abzulehnen. Der Kuchen schmeckte tatsächlich fantastisch, lag aber noch schwerer im Magen als die Elchsteaks. Sie lächelten sich verstohlen zu. Mikes Lächeln wirkte wesentlich wärmer und gefühlvoller als Benjamins Freundlichkeiten, allerdings hatte sie den auch erst nach einigen Monaten durchschaut. Mike Gaffrey war das genaue Gegenteil ihres aalglatten und routinierten Bräutigams. Lange nicht so gewandt und selbstsicher, zumindest, wenn es um Frauen ging, aber aufrichtiger, herzlicher und gefühlvoller. Seine eher grobe Erscheinung und die abgetragenen Kleider, die längst in einen Waschbottich gehörten, störten sie nicht. Seine wahre

Anziehungskraft kam aus den dunkelbraunen Augen. Immer wenn er lächelte, blitzte es grün darin, das bildete sie sich jedenfalls ein.

Zu Fuß kehrten sie zum Haus von Rose Galucci zurück. Erst als sie sich voneinander verabschiedeten, dämmerte es Clara, dass es Monate bis zu ihrem nächsten Wiedersehen dauern konnte. »Danke für den Abend«, sagte sie.

Der Fallensteller hatte wohl denselben Gedanken. »Meine Hütte liegt nur eine Tagesreise von Porcupine entfernt. Sobald es schneit, komme ich mal mit dem Hundeschlitten vorbei, mit dem kommt man in der Gegend am besten vorwärts.« Er zögerte kurz. »Natürlich nur, wenn Sie nichts dagegen haben.«

»Ich würde mich sehr freuen«, erwiderte sie.

Mike wusste nicht, wie er sich von ihr verabschieden sollte, und reichte ihr etwas unbeholfen eine Hand. »Auf Wiedersehen, Clara. Es war sehr schön.«

Sie küsste ihn auf die Wange. »Das finde ich auch.«

Rose war nicht zu Hause, als sie das Haus betrat, sie war wohl noch mit ihren »Pferdchen« beschäftigt. Clara war es recht, so musste sie wenigstens keine neugierigen Fragen über sich ergehen lassen. Mit einem zufriedenen Lächeln auf den Lippen ging sie zu Bett. Schon lange hatte sie sich nicht mehr so wohl gefühlt. Und obwohl sie sich noch vor wenigen Stunden mit jeder Faser ihrer Körper gegen eine Beziehung mit einem Mann gewehrt hätte, hoffte sie schon jetzt, dass Mike sein Versprechen wahr machen und sie in Porcupine besuchen würde. Er war anders als die meisten Männer, auch wenn das albern klang.

Erschöpft von der langen Reise und den vielen Gedanken schlief sie ein. Der Traum, in dem sie bald darauf versank, war weder romantisch noch friedlich und brachte sie mit dem Husky zusammen, der sich vor dem Lokal so vehement gegen die Leine gewehrt hatte. Sie hörte sein wütendes Gebell, sah ihn aus der Dunkelheit kommen, das Fell zerfetzt und blutig, das Maul weit aufgerissen, und mit blitzenden Zähnen auf sich zuspringen. Erst als er dicht vor ihr war und sich seine Zähne schon in ihre Haut gruben, wachte sie auf.

Sie schreckte schweißgebadet aus dem Schlaf und blickte erschrocken zum Fenster. Obwohl sie inzwischen hellwach war, hörte sie das Hundegebell noch immer. Nur waren es jetzt mehrere Hunden, und es klang noch lauter und wütender als in ihrem Albtraum. Sie stieg aus dem Bett und lief zum Fenster, sah zahlreiche Fackeln am Stadtrand aufleuchten. In dem flackernden Lichtschein bewegten sich unruhige Schatten. Ein Hund jaulte laut und klagend.

Ohne lange zu überlegen, zog Clara sich an. Sie lief die Treppe hinunter, schlüpfte in ihren Mantel und setzte ihre Mütze auf. Sie rief laut nach Rose. Als ihre Freundin nicht antwortete, verließ sie das Haus und rannte in die Richtung, in der sie den Fackelschein gesehen hatte. Sie hatte keine Ahnung, was sie dort erwartete, wusste nur, dass das klagende Hundegebell ihr keine andere Wahl ließ. Sie musste herausfinden, was dort am Stadtrand geschah.

Ihren Mantelkragen gegen den böigen Wind hochgeschlagen, lief sie an den Häusern vorbei nach Nordwesten. Es war nicht so kalt, wie sie befürchtet hatte, erst außerhalb der Stadt spürte sie die kühle Nacht auf ihrer Haut. Ungefähr eine halbe Meile von den Häusern entfernt verbreiteten die Fackeln einen unruhigen Schein, hoben sich die zitternden Flammen unruhig gegen den dunklen Waldrand ab. Über zwanzig Männer hatten sich um ein Feuer versammelt, gestikulierten wild und schrien aufgeregt durcheinander. Das wilde Bellen der Hunde, die nirgendwo zu sehen waren, wurde immer lauter.

Clara ahnte längst, was das wütende Gebell und das schmerzerfüllte Jaulen bedeuten mussten, und die Vernunft riet ihr, nach Hause zurückzukehren, sich ins Bett zu legen und sich nicht darum zu kümmern. Sie ahnte, dass Rose ihr genau diesen Rat gegeben hätte. Dennoch rannte sie weiter. Sie konnte nicht anders, sie musste herausfinden, was die Männer mit den Hunden anstellten. Zu wild und verzweifelt dröhnte das Bellen und Jaulen in ihren Ohren. Ihr kam nicht in den Sinn, wie gefährlich es werden konnte, wenn sie sich einmischte.

Die Männer waren viel zu sehr mit sich selbst beschäftigt, um sie zu bemerken. Sie bahnte sich einen Weg durch die aufgeregt durcheinanderschreienden Männer, erreichte das Innere des großen Kreises und blieb wie versteinert stehen. Entsetzt starrte sie auf den tobenden Husky, der mit einer Kette an einen Pfahl gebunden war und mit Schaum vor dem Maul auf einen weißen Wolf losging, der ebenfalls angekettet war. Anscheinend hatte man dem Husky ein Aufputschmittel gegeben, bevor man ihn in den Kampf geschickt hatte. Der weiße Wolf, obwohl etwas größer als der Husky, war seinem aufgeputschten Widersacher hoffnungslos unterlegen und würde nicht mehr lange durchhalten. Sein Fell war zerfetzt und blutete bereits an mehreren Stellen.

»Gib's ihm, Buddy!«, rief jemand. »Beiß ihn tot, den Dreckskerl!«

»Geh ihm an die Kehle, Buddy!«

»Nun mach schon, Buddy!«, feuerte der Mann neben Clara den Husky an. »Ich hab zehn Dollar darauf gesetzt, dass du ihn in fünf Minuten erledigst.«

Wenige Meter von den kämpfenden Hunden entfernt stand Dynamite Dick, ein Bündel Geldscheine in der Hand. Neben ihm vergnügten sich Roscoe und Billy LeBarge, seine beiden Kumpane. Roscoe hielt eine Fackel in der Hand und schlug damit in Richtung Husky. »Schnapp dir den verdammten Burschen, Buddy!«, feuerte er den Hund an. Billy LeBarge gestikulierte wild mit den Händen, riss seine Mütze vom Kopf und warf sie auf den Boden, als der Husky den Wolf wieder erwischte und ihm eine tiefe Wunde zufügte.

Clara hielt es nicht länger aus. Sie löste sich von den Männern und trat wütend in den Kreis. Sie schrie so laut, dass sie selbst die Anfeuerungsrufe der Zuschauer und das Bellen der Hunde übertönte: »Hört auf! Hört sofort auf!«

In ihrer Wut hob sie einen Stein auf und warf ihn nach den Männern, erntete aber nur Gelächter. Mit einem zweiten Stein traf sie Billy LeBarge, der sofort auf sie losstürmte und von einigen Männern zurückgehalten werden musste. Seine blitzenden Augen verrieten, was ihm auf den Lippen lag.

Genau in diesem Moment bekam der Husky erneut ein Stück weißes Fell zu fassen. Der Wolf sackte zu Boden und bot dem Husky seine ungeschützte Kehle dar. Mit schaumbedeckten Lefzen folgte der Husky dem verwundeten Tier, er musste ihm nur die Kehle durchbeißen, um den Kampf zu gewinnen.

Dynamite Dick zog den Husky an der Kette zurück und hinderte ihn an dem Todesbiss. Die Kette in beiden Händen, wandte er sich an Clara: »Sie schon wieder! Sie müssen sich wohl überall einmischen. Was wollen Sie?«

»Ich will, dass Sie diesem grausamen Schauspiel ein Ende machen!«, fuhr sie ihn an. Ihre Stimme überschlug sich fast, aber Wut und Zorn waren stärker als alle Angst. »Sehen Sie denn nicht, was Sie den armen Tieren antun?«

Dynamite Dick hielt den fauchenden und zappelnden Husky mühelos an der Kette fest. »Das ist ein Wolf, kein Schoßhündchen. Was kümmert es Sie, wenn wir die Bestie am Leben lassen? Oder wollen Sie ihn nach Hause mitnehmen? Das weiße Fell kann ich Ihnen geben, das passt gut vor den Kamin.«

»Sie Unmensch!«, rief sie aufgebracht. Als Farmertochter hatte sie nie Mitleid mit Tieren gehabt, weder mit den Schweinen und Hühnern, die geschlachtet wurden, noch mit den Hunden, die meistens im Freien lebten und sich ihr Fressen selbst besorgen mussten. Doch dieses unwürdige Schauspiel war etwas anderes. Es gehörte sich einfach nicht, zwei Tiere nur um des Nervenkitzels und ein paar Wetten wegen auf diese grausame Weise aufeinanderzuhetzen. »Binden Sie den Wolf sofort los! Lassen Sie ihn frei, Mister!«

»Nun hör sich einer die Lady an!«, rief jemand aus der Menge. Alle lachten.

»Sie sollen ihn losbinden!«, ließ Clara nicht locker. »Binden Sie ihn los und lassen Sie ihn frei, oder ich rufe die Polizei! Mal sehen, was dann passiert.«

»Ich würde tun, was die Lady sagt!«, erklang wieder eine vertraute Stimme hinter ihr. Diesmal gehörte sie Mike Gaffrey, dem Fallensteller. Er trat mit einem Gewehr neben sie und richtete den Lauf auf den Glatzkopf. »Oder hast du vergessen, dass Hundekämpfe verboten sind? Die Mounties würden sich bestimmt freuen, euch für ein paar Tage hinter Gitter bringen zu können.«

Er wandte sich an die Zuschauer. »Haut ab! Geht nach Hause!«

Die Männer, meist unbescholtene Bürger, die genauso wenig für Dynamite Dick und seine Kumpane übrig hatten wie Clara und der Fallensteller, gehorchten murrend und liefen in die Stadt zurück. Einige der Männer ließen sich von Dynamite Dick ihr Geld zurückgeben. Schon nach wenigen Minuten standen Clara und Mike allein mit den Schurken im lodernden Feuerschein.

»Und jetzt lass den Wolf frei«, drängte der Fallensteller. »Wenn nicht, jage ich dir eine Kugel ins Knie und sage den Mounties, dass du fliehen wolltest.«

Zähneknirschend gab Dynamite Dick seinen Männern ein Zeichen. Roscoe gehorchte widerwillig, befreite den verletzten Wolf von der Kette und versetzte ihm einen Tritt. Der Wolf sprang auf und humpelte jaulend davon.

»Das wirst du uns büßen!«, drohte Dynamite Dick.

»Darauf würde ich nicht wetten«, sagte Mike Gaffrey. Während er die Schurken ständig im Auge behielt, brachte er Clara zum Haus von Rose Galucci zurück.

7

Die Sonne war gerade erst aufgegangen, als Clara zwei Tage später aufbrach. Rose hatte sie mit einem kräftigen Frühstück und zwei außergewöhnlichen Geschenken verabschiedet: einer Nietenhose, die besser zum Reiten geeignet war als ein Kleid, und einen 38er Revolver, den sie vor zwei Jahren einem aufsässigen Kunden ihres Etablissements abgenommen hatte. »Da draußen weiß man nie«, sagte Rose, als sie eine Schachtel Patronen dazulegte. »Viel Glück, Clara! Komm mich besuchen, wenn du wieder mal in Dawson bist.«

Clara war vor dem Stall mit Jerry Anderson verabredet. Er war bereits dabei, die Pferde zu satteln, als sie mit ihrem Rucksack auftauchte. Mit seinem kantigen Gesicht und den tiefliegenden grauen Augen machte er den Eindruck eines Mannes, der sich ungern etwas sagen ließ. Wie seine beiden Begleiter, zwei unscheinbare Maultiertreiber, trug er eine gefütterte Mackinaw-Jacke. Hinter seinem Gürtel steckte ein Revolver, wie bei einem Cowboy.

»Da sind Sie ja endlich, Ma'am«, begrüßte er sie auf seine raue Art. Das Lächeln schien er schon vor langer Zeit verlernt zu haben. »Ich dachte schon, wir müssten Sie aus dem Bett holen. Wir haben einen weiten Weg vor uns.«

»Es ist acht Uhr, Mister Anderson«, erwiderte sie streng. Sie stellte ihre Gepäck auf den Boden. »Und ich wünsche Ihnen auch einen guten Morgen.«

Er brummte etwas, das sie nicht verstand, und band

ihre Reisetasche auf eines der sieben Maultiere. Die Packtiere waren mit dem Postsack und einer Vielzahl von Gütern für die Bewohner der abgelegenen Siedlungen beladen: getrockneten Bohnen, Mehl und Zucker, einigen Konserven und Dosenmilch, Baumwolle und anderen Stoffen, Werkzeugen, sogar einem Waschbrett und einem Ofenrohr. Eines der Tiere trug ihre Zelte und einige Vorräte für unterwegs. Für ihr Pferd, Unterkunft und Verpflegung zahlte sie zehn Dollar.

Der Postmaster, der wie seine beiden Begleiter eine Wollmütze mit Ohrenschützern trug, musterte sie prüfend. Seiner grimmigen Miene war nicht anzusehen, was er von ihrem Aufzug hielt. In Salinas wäre sie in ihren Nietenhosen, dem wollenen Mantel und der schwarzen Wollmütze wohl das Gespött der Leute gewesen. »Ich nehme ungern Cheechakos mit«, sagte er, »so nennen wir die Greenhorns hier oben. Cheechakos halten mich nur unnötig auf.«

»Ich habe bezahlt, Mister Anderson. Und zwar nicht zu knapp.«

Er nickte kurz und reichte ihr die Zügel eines kräftigen Wallachs, der unwillig schnaubte, als er ihre Witterung aufnahm. »Ich vermute mal, Sie haben keine große Erfahrung mit Pferden. Sind Sie schon mal geritten, Ma'am?«

»Auf einem alten Ackergaul bei uns auf der Farm«, sagte sie.

»Das dachte ich mir. Applebee ist eines meiner geduldigsten Pferde, er dürfte Ihnen keine Schwierigkeiten machen. Aber halten Sie die Zügel straff. Er bleibt gerne mal stehen und zupft an Sträuchern. Kommen Sie zurecht?«

»Es geht schon«, erwiderte sie, ohne zu wissen, wie anstrengend es war, ein so großes Pferd wie Applebee zu besteigen. Sie brauchte drei Anläufe, bis sie endlich den Steigbügel erwischte und sich am Sattelhorn auf seinen Rücken zog. Der Sattel war etwas zu groß und gab ihr keinen besonderen Halt.

»Alles klar«, beantwortete sie den zweifelnden Blick des Postmasters. Doch gleich darauf drehte sich der Wallach, und sie musste sich mit beiden Händen am Sattelhorn festhalten, um nicht aus dem Sattel zu fallen. Sie griff nach den Zügeln und beruhigte Applebee, indem sie leise auf ihn einredete.

Jerry Anderson und seine Begleiter schwangen sich ebenfalls in die Sättel. Man sah ihnen an, dass sie nicht zum ersten Mal auf einem Pferd saßen. Besonders der Postmaster war ein ausgezeichneter Reiter. Wie sie später erfuhr, hatte er in Montana als Cowboy gearbeitet, bevor er nach Alaska gegangen war. »Bleiben Sie dicht hinter mir«, sagte er zu Clara, »und treiben Sie ihn an, wenn er stehen bleibt. Applebee lässt es manchmal etwas zu ruhig angehen.«

Im Gänsemarsch verließen sie die Stadt. Der Postmaster und Clara ritten vornweg, dahinter folgten seine Begleiter mit den Packtieren. Die Maultiere waren durch mehrfach geknüpfte Lederstricke miteinander verbunden. Ihre schwere Ladung schaukelte bedenklich, als sie über einen schmalen Pfad zum Yukon hinabritten. Clara saß etwas verkrampft im Sattel, hielt sich jedes Mal, wenn es zu steil wurde, am Sattelhorn fest und gewöhnte sich nur ganz allmählich an die ungewohnte Art der Fortbewegung. Der Wallach schnaubte unwillig.

»Geht es, Ma'am?«, rief Jerry Anderson.

»Alles klar«, flunkerte sie.

Als der steile Pfad endlich hinter ihnen lag und sie über die breite Wagenstraße nach Nordwesten ritten, lief es etwas besser. Applebee bewegte sich ruhiger und gleichmäßiger und schien sich mit dem Schicksal, eine Cheechako durch die Wildnis schleppen zu müssen, abgefunden zu haben. Zumindest das Wetter stimmte, auch wenn die Sonne, die im September in diesen Breiten erst um acht Uhr aufging, schon wieder hinter grauen Wolken verschwunden war. Die Luft war vom würzigen Duft der Schwarzfichten und der feuchten Erde am Flussufer erfüllt. Einige Wildgänse zogen auf ihrem Flug nach Süden schnatternd über sie hinweg, und auf der Wiese am Waldrand entdeckte Clara einen stattlichen Hirsch, der sofort den Kopf hob, als er sie witterte, und gleich darauf im dunklen Wald verschwand. Der Hufschlag ihrer Pferde und der Maultiere klang überlaut in der beinahe andächtigen Stille.

Clara genoss die urwüchsige Natur. Der Hohe Norden war noch spektakulärer und eindrucksvoller, als sie ihn sich in ihren kühnsten Träumen vorgestellt hatte. Die Fotografien, die ihr der Commissioner in der Schule gezeigt hatte, waren nur ein müder Abklatsch der Wirklichkeit gewesen und hatten die Großartigkeit dieses Landes nur bedingt einfangen können. Man musste die Wildnis auch schmecken und riechen, um sie wirklich zu erfahren.

Jerry Anderson sprach wenig. Manchmal drehte er sich im Sattel, um nachzuprüfen, ob sie noch hinter ihm war, und vor einer leichten Steigung ließ er sich etwas zurückfallen und ließ seine Bullpeitsche über den Packtieren knallen. »Vorwärts, ihr müden Biester!«, feuerte er sie an. »Nicht so lahm! Oder müssen wir euch erst Beine machen? Nur nicht schlappmachen!«

Er ließ noch einmal die Peitsche knallen und schloss zu Clara auf. »Sie halten sich wacker«, sagte er. »Wenn Sie so weitermachen, wird noch eine einigermaßen gute Reiterin aus Ihnen. Waren Sie schon mal in Porcupine?«

»Nein«, antwortete sie, »den Ort hat die Schulbehörde ausgesucht.«

»Sie haben doch nichts verbrochen? Hat man Sie strafversetzt?«

»Ich bin freiwillig hier. Wieso?«

»Weil Porcupine zu den gottverlassensten Nestern in dieser Wildnis gehört«, erklärte er. »Vor dreißig Jahren, während des großen Goldrauschs, soll dort einiges los gewesen sein, da gab es noch Gold in rauen Mengen. Heute liegen nur noch ein paar Nuggets in der Erde, und die Leute können froh sein, wenn sie einigermaßen über die Runden kommen. Wie kommt jemand aus dem sonnigen Kalifornien dazu, freiwillig in diese Einsamkeit zu ziehen?«

Sie musste lachen. »Das habe ich mich auch schon einige Male gefragt. Vielleicht war mir Kalifornien zu langweilig. Große Städte wie San Francisco und Los Angeles gehen mir auf die Nerven, und für Hollywood tauge ich nicht. Selbst der ewige Sonnenschein kann einem auf die Nerven gehen, glauben Sie mir. Ich mag die Natur lieber … Wie soll ich sagen? Ich mag sie, wenn sie widerspenstig ist.«

»Widerspenstig«, wiederholte er nachdenklich. Auch um seine Lippen spielte ein leichtes Lächeln. »Das können Sie haben in Porcupine. Warten Sie mal ab, bis Sie Alma Findlay kennenlernen, die hat Haare auf den Zähnen .«

Um die Mittagszeit verließen sie die Wagenstraße, und aus dem eher gemächlichen Ritt wurde eine Tortur. Über einen kaum sichtbaren Pfad führte der Postmaster sie durch dichtes Unterholz, das sie nur langsam vorankommen ließ. Clara hatte alle Hände voll zu tun, die tief hängenden Zweige mit ihren Unterarmen aus dem Weg zu drücken, und als ihre Wollmütze zu Boden fiel, konnte sie froh sein, dass sich einer der beiden Maultiertreiber erbarmte und sie mit seinen langen Armen vom Boden aufhob. Unter den Hufen der Pferde und Maultiere knackten heruntergefallene Äste und Zweige.

Die Entfernung ließ sich im Unterholz schwer abschätzen. Clara nahm an, dass sie sich vier oder fünf Meilen durch den Wald kämpften, bis sie endlich eine Lichtung erreichten und am Ufer eines lang gestreckten Sees mehr Platz hatten. Von Jerry Anderson erfuhr sie, dass sie höchstens eine Meile unterwegs gewesen waren. Sie pflückte sich die Zweige und Blätter, die an ihr hängen geblieben waren, vom Mantel und verschnaufte einen Augenblick.

Erleichtert darüber, das Unterholz endlich hinter sich zu haben, ließ sie ihren Blick über den See schweifen. Einige Enten stoben aus dem Wasser und flatterten aufgeregt davon, aus dem Ufergebüsch stiegen Vögel auf. Am Waldrand ließ sich ein Hase blicken und verschwand gleich wieder. Im kniehohen Gras, das am Seeufer besonders üppig wuchs, blitzte das weiße Fell eines Tieres auf, das sich leicht humpelnd nach Nordwesten bewegte. Neben einem Gebüsch mit roten Beeren blieb es stehen und blickte zu ihnen herüber.

»Der weiße Wolf«, flüsterte sie.

»Worauf warten Sie, Ma'am?«, rief Jerry Anderson. Er war längst weitergeritten und wartete im Uferschilf. »Bis zu Benny's Roadhouse sind es noch fünf Meilen. Ich bin Postmaster, ich muss meinen Zeitplan genau einhalten.«

»Der Wolf. Er ist mir nachgelaufen.«

»Was reden Sie da, Ma'am? Ich sehe keinen Wolf.«

Tatsächlich war er verschwunden, wie vom Erdboden verschluckt, als wäre er niemals am anderen Seeufer aufgetaucht. Sie schüttelte verwirrt den Kopf. Anscheinend hatte sie sich den weißen Wolf nur eingebildet. Nachdem er dem Tod so knapp entronnen war, hielt er sich bestimmt von Menschen fern und kurierte irgendwo in der Wildnis seine Wunden aus. Er hatte Besseres zu tun, als ihr zu folgen. Wölfe waren wilde Tiere, keine Hunde, die sich dem Menschen gegenüber dankbar zeigten, indem sie an seiner Seite blieben.

»Ich komme schon, Mister Anderson«, rief sie.

Der Postmaster wartete, bis sie aufgeschlossen hatte, und ritt zügig weiter. Öfter als am frühen Morgen drehte er sich zu ihr um und musterte sie. Ihm blieb nicht verborgen, wie sehr sie der lange Ritt anstrengte. Ihr mutiges Lächeln verhehlte nicht die Schmerzen in ihrem Rücken und ihren Beinen und den Hunger und den Durst, den sie stärker als sonst empfand. Die Innenseiten ihrer Schenkel waren vom ständigen Reiben des Sattels entzündet, auch die festen Nietenhosen konnten das höllische Brennen nicht verhindern. Sie bemühte sich, den Postmaster ihre Erschöpfung nicht merken zu lassen, und verkniff es sich, ihn um ein langsameres Tempo oder eine kurze Rast zu bitten.

Als sie an einigen Beerensträuchern vorbeikamen, scherte ihr Wallach plötzlich zur Seite aus und zupfte gierig an den Beeren. Sie versuchte, ihn auf den Trail zurückzulenken, doch er ließ sich nicht beirren und fraß weiter.

»Sie müssen schon ein bisschen fester ziehen, Ma'am!«, rief der Postmaster ihr zu. »Lassen Sie den faulen Burschen spüren, wer das Sagen hat!«

Sie befolgte seinen Rat und hätte beinahe das Gleichgewicht verloren, als der Wallach abrupt den Kopf drehte und sich beeilte, zu dem Postmaster aufzuschließen. Während eines leichten Galopps hielt sie sich mit beiden Händen am Sattelhorn fest. »Hoooo!«, rief Jerry Anderson nach hinten. »Nehmen Sie ihn an die Kandare, Ma'am, sonst macht der verrückte Klepper, was er will.«

Am frühen Nachmittag erreichten sie Benny's Roadhouse, ein einsames Blockhaus am Ufer des Yukon River, der hier noch weiter und mächtiger als in Dawson City wirkte. Über dem Eingang der Hütte hing ein Elchgeweih, und daneben flatterte eine irische Fahne, die jedem Besucher deutlich machte, dass Benny O'Donnell aus Irland an den Yukon gekommen war. Am Flussufer lagen einige Kanus vertäut. Ein Hund sprang ihnen entgegen und begrüßte sie bellend. Anscheinend witterte er die Leckereien in den Säcken und Kisten.

Jerry Anderson stieg von seinem Pferd, liebkoste den Hund und verwöhnte ihn mit einem der Kekse aus seiner Jackentasche. Er half Clara aus dem Sattel, bedeutete seinen Männern, sich um die Pferde zu kümmern und führte sie in das Roadhouse. »Hey, Benny!«, begrüßte er den rothaarigen Iren, der in einer albernen Schürze aus der Küche kam und einen Kochlöffel in der Hand hielt. »Fabrizierst du wieder einen deiner gefürchteten Eintöpfe?« Er umarmte ihn brüderlich und klopfte ihm heftig auf die Schultern. »Benny O'Donnell«, stellte er den Besitzer vor, »der einzige Ire zwischen Dawson City und dem Eismeer. Clara Keaton, die neue Lehrerin von Porcupine, Alaska.«

»Es ist mir eine Freude, Ma'am«, hieß er sie mit seinem starken irischen Akzent willkommen. »Ich hab schon gehört, dass sie in Porcupine auf eine Lehrerin warten. Haben Sie wirklich vor, in diesem Nest zu unterrichten?«

»Das hab ich sie auch schon gefragt«, erwiderte der Postmaster. Hier draußen, in der Wildnis und unter seinesgleichen, benahm er sich anders, wesentlich lockerer und freundlicher. Nur lachen konnte er noch immer nicht. Man konnte es höchstenfalls ein entspanntes Grinsen nennen. »Sie behauptet steif und fest, freiwillig nach Porcupine zu gehen. Eine mutige Schoolma'am.«

»Wird auch Zeit«, sagte O'Donnell in ihre Richtung. »Die letzte Lehrerin rannte schon nach drei Tagen davon. Sie hatte wohl was dagegen, dass sich ein Grizzly an ihren eingemachten Preiselbeeren zu schaffen machte.« Er lachte ungeniert. »Hast du die Kartoffeln dabei? Und Mehl und Zucker?«

»Laden meine Männer gerade ab«, antwortete der Postmaster. »Ich hab dir sogar die Schokolade mitgebracht. Kostet dich ein halbes Vermögen, Benny.«

»Und bei mir ist der Kaffee teurer geworden.« Er grinste frech und deutete auf den Ecktisch. »Wie wär's mit kräftigem Elchgulasch und Kartoffeln?«

»Und Oatmeal Pudding zum Nachtisch«, bestellte der Postmaster.

Clara genoss das Essen. Sie aß beinahe so viel wie die Männer und verdiente sich O'Donnells Respekt, als sie auch noch den Pudding verschlang.

»Die letzte Lehrerin schaffte nicht mal die Hälfte«, sagte er.

Nach dem Essen trat Clara vor die Tür und lief zum Fluss hinunter. Nach der Geschichte mit dem Grizzly war ihr ein bisschen unheimlich zumute, immerhin konnte sie auch hier jederzeit einem Bären begegnen, aber sie wollte sich vor den Männern keine Blöße geben. Schlimm genug, dass sie eine so schlechte Reiterin war und bei den Beeren beinahe aus dem Sattel gestürzt wäre. Sie würde nicht klein beigeben wie die letzte Lehrerin, über die sich der Ire noch jetzt lustig machte. Sie kam, um sich in dieser Wildnis zu behaupten.

Wie überall im Hohen Norden war die Nacht längst hereingebrochen, und das einzige Licht kam von der Kerosinlampe, die an dem Elchgeweih vor dem Blockhaus hing, und dem vollen Mond und den Sternen, die allerdings nur stellenweise am bewölkten Himmel zu sehen waren. Es war bitterkalt.

Sie schlug den Kragen ihres Mantels hoch und zog die Wollmütze weit über die Ohren. Dicke Wollhandschuhe hielten ihre Hände warm. Noch hatte der Winter nicht begonnen, nach dem Kalender war sogar noch Sommer, und sie wagte gar nicht, daran zu denken, wie sich wohl die Temperaturen im Januar oder Februar anfühlen würden. Rose hatte ihr erzählt, dass die Quecksilbersäule in dieser Zeit bis unter minus vierzig Grad sank und der heftige Wind einem manchmal das Gefühl gab, es wäre noch zwanzig Grad kälter.

Die laute Unterhaltung der Männer drang bis zum Fluss hinunter. Männer waren doch noch größere Klatschweiber als Frauen, dachte sie amüsiert, nur dass sie hier am Yukon fast ausschließlich von der Jagd und dem abenteuerlichen Leben in der Wildnis erzählten. Mike Gaffrey benahm sich anders als der Postmaster und seine Begleiter. Sicher war er genauso ein Aufschneider wie sie, wenn er mit anderen Fallenstellern beisammensaß oder im Saloon ein Bier oder einen Whisky trank, aber ihr gegenüber hatte er sich wie ein Gentleman benommen. Nicht so überlegen und selbstgefällig wie die meisten anderen Männer, die sie bisher getroffen hatte, und schon gar nicht so arrogant wie der Mann, vor dem sie aus der Kirche geflohen war. Ob er sein Versprechen wahr machen und sie in

Porcupine besuchen würde? Ob sie ihn jemals wiedersehen würde? Sie hoffte es. Nicht einmal der Junge, mit dem sie zum Abschlussball der High School gegangen, und dem sie damals wie ein braves Lämmchen gefolgt war, hatte sie so beeindruckt.

In einem nahen Gebüsch raschelte das Laub. Clara fuhr herum und sah den weißen Wolf am Ufer stehen, nur ein paar Schritte von ihr entfernt. In seinem Fell waren noch die blutigen Spuren des Kampfes zu sehen. Er blickte sie aus seinen orangefarbenen Augen an, legte den Kopf schief wie ein Hund, der sich seine abendlichen Streicheleinheiten abholte, und knurrte leise vor sich hin. Als wollte er sich noch einmal für ihr wagemutiges Eingreifen bedanken.

Clara überlegte gerade, ob sie auf ihn zugehen sollte, als ein Schuss krachte. Die Kugel wirbelte dicht vor dem Wolf die Erde auf und schlug ihn in die Flucht. Eine zweite Kugel riss Laub von einem Baum und zischte ins Leere.

»Sie können von Glück sagen, dass ich gerade Luft schnappen wollte«, rief Jerry Anderson, ein Gewehr in den Händen. »Wer weiß, was die Bestie sonst mit Ihnen angestellt hätte. Kommen Sie lieber ins Haus, da sind Sie sicher.«

»Vielen … vielen Dank«, stammelte sie und kehrte in die Hütte zurück.

8

Einen Tag später überquerten sie die unsichtbare Grenze nach Alaska. Über eine Baumwollgraswiese, die wie ein weißer Teppich im Wind wogte, erreichten sie einen Nebenfluss des Porcupine Rivers und die gleichnamige Siedlung. Die wenigen Holzhäuser lagen an einer Biegung des schmalen Flusses, umgeben von lichten Wäldern mit Schwarzfichten und verfilztem Gestrüpp, wie es typisch für die Taiga im Hohen Norden ist. Westlich der Stadt erhoben sich einige Felsen aus dem teilweise sumpfigen Waldboden.

Clara verbarg nur mühsam ihre Enttäuschung. Sie hatte sich eine romantische Siedlung vorgestellt, gemütliche Blockhäuser inmitten einer üppigen Natur. Stattdessen lenkten sie ihre Pferde zu einer Ansammlung von baufälligen Bretterbuden, die sie an eine Geisterstadt in der kalifornischen Wüste erinnerten. Sieben Häuser mit falschen Fassaden, vier auf einer, drei auf der anderen Seite, bildeten eine Main Street, die weder über Vorbauten noch hölzerne Gehsteige verfügte, und abseits der Straße verteilten sich ein paar Blockhäuser bis zum nahen Waldrand. Dazwischen erhoben sich mehrere Caches, auf Pfählen erbaute Vorratshäuser, die verhindern sollten, dass sich Bären oder Wölfe an dem getrockneten Fleisch oder Fisch vergriffen. Neben einigen Türen lehnten Hundeschlitten. Die Häuser an der Straße trugen verblasste Aufschriften, die man kaum noch entziffern konnte. Lediglich der Schriftzug »Hotel« über dem einzigen zweistöckigen

Haus der Stadt und ein Schild mit der handgemalten Aufschrift »Widow Johnson's« waren einigermaßen lesbar.

Die Huskys, die vor den Blockhäusern an Holzpflöcke gebunden waren, begrüßten sie mit lautem Gebell. Zwei zottige Mischlingshunde, die sich frei in der Siedlung bewegten, rannten ihnen entgegen und sprangen bellend an den Pferden hoch, während sie auf der Main Street vor einem Gebäude hielten, dessen Fassade eine zerfranste amerikanische Flagge zierte.

Ungefähr vierzig Männer, Frauen und Kinder, bis auf einen gichtkranken Oldtimer, der selbst im Sommer neben seinem Ofen sitzen blieb, erwarteten schon ungeduldig die Ankunft des Postmasters. Sie begrüßten ihn mit einem lauten Hallo, waren mit ihren Blicken aber schon bei den Kisten und Säcken, die ihnen die Maultiere aus Dawson City mitgebracht hatten. Sie enthielten die Post von Verwandten und Bekannten und die kostbaren Waren, die sie beim letzten Besuch des Postmasters bestellt hatten. Der Tag, an dem Jerry Anderson nach Porcupine kam, wurde wie ein hoher Feiertag begangen.

»Im Namen unserer kleinen Gemeinde heiße ich Sie herzlich willkommen«, begrüßte sie ein korpulenter Mann in einem pelzbesetzten Mantel, der vor zwanzig Jahren hochmodern gewesen sein musste. Sein schütteres Haar verdeckte er mit einem Zylinder aus gefärbtem Biberfell. »Wenn ich nicht wüsste, dass Sie es eilig haben, würde ich Sie auf eine Nacht in unser Hotel einladen. Eines der beiden Zimmer habe ich gestern eigenhändig renoviert.«

»Vielen Dank, Luther, aber wie Sie schon richtig sagen: Ich muss weiter. Die U.S. Mail nimmt keine Rücksicht auf mein persönliches Befinden.« Er wandte sich mit einer ausholenden Geste an Clara. »Darf ich vorstellen, Ma'am? Luther O'Brady, der geschätzte Bürgermeister von Porcupine. Bevor er nach Alaska kam, war er Schauspieler bei einer Wanderzirkus-Truppe.«

»Ich darf doch sehr bitten«, entrüstete sich der Bürgermeister. »Unser Ensemble war weit über die Grenzen von Breckenridge hinaus bekannt. Sogar die angesehene Rocky Mountain News schrieb über unsere ›Hamlet‹-Aufführung, und wäre ich damals nicht dem Ruf des Goldes gefolgt und nach Hollywood gegangen, wäre ich heute so berühmt wie Kollege Valentino.«

Jerry Anderson hatte sich längst an die Monologe des Bürgermeisters gewöhnt und quittierte sie wie immer mit einem Lächeln. Er stieg aus dem Sattel und half Clara vom Pferd. Sie konnte sich nach dem langen Ritt kaum noch bewegen und spürte jeden Muskel, ließ sich aber nichts anmerken. »Bevor ich die mitgebrachten Waren und die Post verteile«, fuhr der Postmaster fort, »möchte Ihnen Ihre neue Schoolma'am vorstellen. Miss Clara Keaton.«

Luther O'Brady ergriff die Gelegenheit, sich erneut in Szene zu setzen, beim Schopf und begrüßte sie mit einem übertriebenen Diener. »Meine sehr verehrte Miss Keaton«, begann er in einem Englisch, das zahlreiche antiquierte Wendungen enthielt, die er wohl aus Theaterstücken entlehnt hatte. »Ich darf Sie im Namen des Gemeinderats, des Schulgremiums und der gesamten Einwohnerschaft von Porcupine, Alaska, auf das Allerherzlichste willkommen heißen. Wir schätzen uns glücklich, eine so kompetente und erfahrene Lehrerin in unseren Reihen zu haben. Wir freuen uns auf eine gute Zusammenarbeit und hoffen, dass Sie das Wissen unserer Kinder und auch einiger Erwachsener durch Ihre engagierte Arbeit auf vorbildliche Weise erweitern werden. Lassen Sie mich einen persönlichen Wunsch hinzufügen: Möge auch das klassische Theater seinen verdienten Platz in Ihrem Lehrplan finden. Ich wäre gern bereit, eine solche Schulstunde mit einem Monolog aus dem ein oder anderen Drama zu bereichern, vielleicht aus Shakespeare's ›Hamlet‹ …«

»Das möge Gott verhüten«, bremste ihn die Witwe Johnson. Die rundliche Besitzerin des kleinen Cafés am Ende der Straße war eine sehr mütterliche Person mit meist freundlich blitzenden Augen, hatte aber Haare auf den Zähnen und fluchte kräftiger als ein Maultiertreiber. »Es reicht doch, wenn du uns bequatschst und jeden Geburtstag und sogar die Renovierung deines verdammten Hotelzimmers mit einem Monolog feierst.«

Der Postmaster wandte sich an Clara. »Die Witwe Johnson nimmt kein Blatt vor den Mund«, sagte er, »aber sie kocht den besten Eintopf der Welt.«

Clara fing einen freundlichen Blick der Witwe auf und schloss sie sofort in ihr Herz. Eine innere Stimme sagte ihr, dass sie gut miteinander auskommen würden, auch wenn die resolute Lady mindestens vierzig Jahre älter war.

»Genug«, ließ sich eine schlanke Frau aus der Menge vernehmen. »Ich glaube nicht, dass Miss Keaton an solchen Belanglosigkeiten interessiert ist.« Sie trat vor und baute sich gebieterisch vor Clara auf. Ihr hageres Gesicht und der strenge Blick ließen Clara an eine Bibliothekarin aus Salinas denken. Ihre Haare waren zu einem Kranz geflochten. »Mein Name ist Alma Finlay. Ich bin die Präsidentin des Schulgremiums und heiße Sie ebenfalls herzlich willkommen.« Ihr Händedruck war so fest und energisch wie bei einem Mann. »Ich nehme an, Sie haben das Empfehlungsschreiben dabei?«

»Natürlich, aber hat das nicht Zeit …«

»Ich würde es gerne sofort sehen«, unterbrach sie die resolute Dame. »Wir würden gern morgen mit dem Unterricht beginnen und haben wenig Zeit.«

»Reicht es denn nicht, wenn wir übermorgen anfangen?«, fragte jemand.

»Wir hatten das ganze letzte Jahr keine Lehrerin hier«, erwiderte Alma Finlay, ohne sich umzublicken. »Es wird allerhöchste Zeit, dass wieder Zucht und Ordnung in diese Siedlung einziehen. Oder wollt ihr, dass eure Kinder wie dumme, nichtsnutzige Indianer aufwachsen? Nun, Miss Keaton?«

Clara war den Umgang mit strengen Vorgesetzten gewöhnt und zog den Brief aus ihrer Manteltasche. Sie wechselte einen kurzen Blick mit der Witwe Johnson und fing ihr spöttisches Grinsen auf.

»Sehr schön«, zeigte sich die Präsidentin nach der Lektüre zufrieden. »Ich hatte schon die Befürchtung, man hätte Sie strafversetzt. Obwohl ich mir nicht vorstellen kann, dass sich jemand freiwillig hierher versetzen lässt.«

»So ist es aber, Mrs Finlay.«

»Nun gut«, gab sich die Frau immer noch misstrauisch, »wir werden ja sehen, wie gut Sie mit unseren Kindern zurechtkommen. Die letzten Jahre hatten wir weniger Glück mit unseren Lehrerinnen, mal davon abgesehen, dass es Miss Gloucester, Ihre Vorgängerin, nur drei Tage bei uns aushielt. Wenn ich mich richtig erinnere, kehrte sie in die Staaten zurück und gab ihren Beruf auf. Sie war nicht geschaffen für dieses Land hier. Ich hoffe, Sie sind anders.«

Clara sah, wie die Präsidentin sie mit prüfendem Blick musterte und spürte förmlich, wie die Zweifel in der misstrauischen Frau aufstiegen. Zu recht, wie sie selbst einräumen musste. Sie wirkte lange nicht so kräftig und stabil wie die Frauen und Mädchen der Siedlung und machte überhaupt nicht den Eindruck, als ob sie sich in dieser Wildnis behaupten könnte. Selbst die hagere Alma Finlay hätte den langen Ritt von Dawson City besser verkraftet als sie.

Als Clara nichts erwiderte, wandte sich Alma Finlay an Jerry Anderson. »Fangen Sie ruhig schon damit an, die Post und die Waren auszuteilen, für mich ist sicher sowieso nichts dabei. Ich zeige Miss Keaton inzwischen ihr Quartier.« Sie deutete auf den Rucksack. »Haben Sie nicht mehr Gepäck?«

»Ich wollte möglichst leicht reisen«, erwiderte Clara schlagfertig. Sie konnte sich gut vorstellen, wie die strenge Präsidentin reagieren würde, wenn sie von der abgebrochenen Hochzeit erfuhr. So ein Fauxpas passte bestimmt nicht in ihr fest umrissenes Weltbild. »Ist mein Zimmer denn nicht möbliert?«

»Nun ja«, sagte Alma Finlay, während sie gemeinsam zu einem der Blockhäuser am Flussufer gingen, »eigentlich schon. Aber seitdem Miss Gloucester es vorgezogen hat, vor ihrer Verantwortung zu fliehen, hat sich niemand mehr um das Schulhaus kümmert. Ich hoffe doch, Sie sind Hausfrau genug, um selbst in Ihrer neuen Bleibe für Ordnung zu schaffen. Als Lehrerin in einer abgelegenen Siedlung wie dieser reicht es nicht, ein paar Wörter und Zahlen an die Tafel zu schreiben und mit den Kindern fröhliche Lieder zu singen.«

»Das hatte ich auch nicht erwartet, Mrs Finlay.«

»Sie fangen am besten mit dem Schulhaus an, dann können wir gleich morgen früh mit dem Unterricht beginnen. Ich werde mir erlauben, bei den ersten Unterrichtsstunden persönlich anwesend zu sein. Ich mache mir gern selbst ein Bild von der Qualifikation einer Lehrerin. Wir beginnen um neun.«

»Ich werde pünktlich die Glocke läuten.«

»Es gibt keine Glocke«, widersprach die Präsidentin, »aber die Kinder wissen auch so, was die Stunde geschlagen hat. Die Hunde heulen pünktlich um acht, davon wacht jeder auf.« Sie blickte Clara an. »Wir vom Gremium haben es übrigens auch den Erwachsenen freigestellt, Ihren Unterricht zu besuchen. Ihr Hauptaugenmerk sollte allerdings auf den Kindern liegen.«

»Ich verstehe, Mrs Finlay.«

Sie hatten das Blockhaus erreicht. Aus der Nähe betrachtet, wirkte es sehr viel schäbiger als aus der Ferne, die Balken waren morsch, die Fenster schmutzig, und vor dem Eingang hatte sich ein wildes Tier verewigt. Alma Finlay stieg ungerührt darüber hinweg und öffnete die Tür zum Schulraum.

Muffiger Verwesungsgeruch schlug Clara entgegen. Sie hielt eine Hand vor Mund und Nase und betrat zögernd den Raum. In einer Ecke lag ein verendetes Eichhörnchen. Einige der Bänke und Stühle waren umgekippt, vor der Tafel lag zerbrochene Kreide auf dem Boden. Statt eines Lehrerpults stand ein einfacher Holztisch auf der Empore. An der Wand hing eine amerikanische Flagge mit zu wenigen Sternen, sie war mindestens dreißig Jahre alt.

»Ich werde Alfred sagen, dass er Ihnen helfen soll«, sagte Alma Finlay. Sie hatte wohl nicht erwartet, ein totes Tier zu sehen. »Er ist mein Mann.«

Clara atmete erleichtert auf. »Danke ... Hier gibt es einiges zu tun.«

In ihrem Zimmer, das gleich nebenan lag, sah es noch schlimmer aus. Außer einem alten Messingbett, auf dem einige Wolldecken lagen, einem Holztisch mit zwei Stühlen und einer Kommode gab es keine Möbel. Auf dem Tisch stand eine Kerosinlampe. Neben dem

Fenster, durch das man vor lauter Dreck kaum hindurchsehen konnte, stand ein Kanonenofen. Es war bitterkalt.

»Holz gibt es neben dem Haus«, erklärte Alma Finlay, »eine Axt ebenfalls. Ich nehme an, Sie wissen, wie man einen Ofen in Gang bringt. Der Kochtopf und die Pfanne liegen im Backofen.« Sie blickte sich in dem Raum um, als wäre es das Selbstverständlichste der Welt, einer neuen Lehrerin ein solches Zimmer anzubieten. »Ich werde Alfred einen Besen mitgeben. Auch Bettzeug und Geschirr kann ich Ihnen leihen ... Gegen eine geringe Gebühr, die wir Ihnen von Ihrem Gehalt abziehen werden. Sind Sie damit einverstanden?«

»Ja ... Ja, natürlich.«

»Sehr schön«, zeigte sich die Präsidentin des Schulgremiums zufrieden, »dann will ich Sie nicht länger aufhalten. Wir sehen uns morgen um neun.«

Clara wartete, bis Alma Finlay gegangen war, und ließ sich enttäuscht auf dem Bett nieder. So hatte sie sich ihren Empfang in Porcupine nicht vorgestellt. Der Schulraum und ihr Zimmer spotteten jeder Beschreibung und wären in Kalifornien sicher wegen Gefährdung der Gesundheit geschlossen worden. Und Mrs Finlay gebärdete sich wie eine strenge Herrscherin, die alle anderen Menschen als Untertanen betrachtete. Sie gehörte zu der Sorte rechthaberischer Frauen, die Clara am wenigsten leiden konnte. Sie wusste alles besser und würde ihr auch beim Unterricht reinreden, das ahnte sie jetzt schon. Leider war sie ihre Vorgesetzte und konnte ihr jederzeit kündigen.

Etwas bedrückt packte Clara ihren Rucksack aus. Mit einem Putzlumpen, den sie in einer Waschschüssel neben dem Ofen fand, reinigte sie die Schublade, bevor sie ihre Kleider hineinlegte. Seufzend hielt sie in ihrer

Arbeit inne. Noch sah es nicht so aus, als hätte sie mit ihrer Entscheidung das große Los gezogen. Porcupine war ein armseliges Nest, beinahe schon eine Geisterstadt, und die Präsidentin des Schulgremiums würde ihr das Unterrichten nicht einfach machen. Clara hatte noch nie in einer Schule gearbeitet, in der alle Altersklassen in einem Zimmer versammelt waren. Und die erwachsenen Schüler würden ihr das Leben sicher noch schwerer machen. Keine leichte Aufgabe, wenn man bedachte, dass sie allein auf sich gestellt war und es weder eine Kollegin, die sie unterstützen konnte, noch einen Hausmeister gab.

Sie trat an das verschmutzte Fenster und blickte hinaus. Dort draußen lag die Wildnis, nach der sie sich gesehnt hatte, der Fluss und die bewaldeten Hügel, die weiter nördlich in die endlose Taiga und Tundra übergehen würden. Sobald die Fenster sauber waren und die Sonne wieder hoch am Himmel stand, würde sie auch die schneebedeckten Berge sehen. Keine Farmen und Felder wie bei Salinas, keine Straßen, keine riesigen Städte wie San Francisco oder Los Angeles und kaum Menschen. Unberührte Natur, abenteuerlich und ungestüm, sicher auch gefährlich, wenn man sich als blauäugiger Cheechako gebärdete wie sie auf dem langen Ritt, aber auch wunderschön und so grenzenlos und spektakulär wie keine andere Gegend, die sie kannte.

Lass dich nicht unterkriegen, sprach sie sich Mut zu. Sobald du das Schulhaus und dein Zimmer gesäubert und hergerichtet hast, sieht alles schon anders aus. Alma Finlay und die anderen Mitglieder ihres Schulgremiums sind bestimmt keine Unmenschen. Vielleicht waren sie, wie viele Menschen, die abseits der Zivilisation lebten, etwas eigenwillig und sonderbar, aber das konnte man auch über ihren Direktor in Salinas, sagen.

Der hatte auch seine Fehler und war beileibe nicht mit allem einverstanden gewesen, was sie und ihre Kollegen vorgeschlagen hatten. Nein, so schnell ließ sie sich nicht entmutigen. In ein paar Wochen würde sie sich auch an Alma Finlay gewöhnt haben. Sie war bisher mit den meisten Menschen ausgekommen und fest entschlossen, sich auch in Porcupine durchzusetzen.

Im Schulraum hörte sie Schritte, und ein Mann erschien in der offenen Tür. Er war um die vierzig, ging aber leicht gebückt, als wäre er schon wesentlich älter, und hatte den leeren Blick eines Mannes, der in seinem Leben zu viele Niederlagen erlitten hatte und nichts mehr von der Zukunft erwartete. Er machte nicht den Eindruck, als wäre er sonderlich begeistert von der Aussicht, der neuen Lehrerin beim Putzen helfen zu müssen. Er hielt einen Reisigbesen, einen Blecheimer und einen Spaten in den Händen. In dem Eimer steckten ihr Bettzeug und das versprochene Geschirr. »Ich bin Alfred«, sagte er müde. Seine Stimme klang genervt. »Alma sagt, hier gibt's einiges zu tun.«

»Das kann man wohl sagen«, erwiderte Clara. Sie nahm ihm den Eimer ab, legte das Bettzeug auf die Matratze und räumte das Geschirr in die Kommode. »Wenn Sie das tote Eichhörnchen wegschaffen und den Kamin anheizen könnten, wäre ich Ihnen sehr verbunden. Um den Rest kümmere ich mich.«

»Meinetwegen«, antwortete Alfred. Er lehnte den Besen an die Wand und schlurfte mit dem Spaten und dem Eimer in den Schulraum zurück. Nachdem er das tote Eichhörnchen weggeräumt hatte, holte er frisches Wasser und stellte den Eimer wortlos vor Clara auf den Boden. Er besorgte Holz und Reisig, beides lag unter einem Vorbau hinter dem Haus, und heizte den Ofen an. »Vergessen Sie nicht, Holz nachzulegen«, sagte er,

»sonst geht das Feuer aus.« Er blieb einen Moment stehen, als wollte er noch etwas sagen, und ging.

Clara ließ sich durch sein seltsames Auftreten nicht entmutigen. Sie fing mit dem Schulzimmer an, stellte die Tische und Bänke gerade und rieb sie mit einem feuchten Lappen und der Seife sauber, die in der Waschschüssel gelegen hatte. Der Seifengeruch war eine Wohltat. Mit besonders viel Seife wischte sie das verkrustete Blut weg, das von dem Eichhörnchen geblieben war. Sie hob die Kreide auf, schrieb in großen Lettern »Willkommen, Klasse!« an die Tafel und betrachtete ihr Werk. Bis der Schulraum wie ein Klassenzimmer in Salinas aussah, musste noch einiges geschehen, aber für eine Schule, die eben noch wie eine Rumpelkammer ausgesehen hatte, ging es.

Wesentlich schlechter stand es um die Bücher bestellt. In dem baufälligen Schrank neben dem Fenster lagen einige zerfledderte Lesebücher und eine Bibel sowie eine Ausgabe von »Ivanhoe«, in der mehrere Seiten fehlten. Sie nahm an, dass jemand sie zum Anzünden eines Feuers benutzt hatte. Alfred Finlay würde sie eine solche Frevelei durchaus zutrauen. Im Fach darunter fand sie eine eingerollte Landkarte der Vereinigten Staaten und ein gerahmtes Bild von George Washington. Daneben lag die Fahne, säuberlich gefaltet, aber stark zerfleddert. Sie hämmerte drei lose Nägel, die sie auf dem Schrankboden fand, mit der Rückseite des Spatens in die Wand und hängte die Fahne und das Bild neben die Tafel an die Wand.

Einigermaßen zufrieden ging sie in ihr Zimmer. Draußen wurde es schon dunkel, und sie hätte sich am liebsten angezogen auf die Matratze fallen lassen, schaffte es aber noch, ihr Bett zu beziehen und sich auszuziehen. Völlig erschöpft schloss sie die Augen.

9

Ihr »Baby Ben«, ein silberner Wecker, den sie glücklicherweise aufgezogen und auf die Kommode gestellt hatte, zeigte erst halb sechs, als sie aus dem Schlaf schreckte und sich erstaunt umsah. Sie brauchte einige Zeit, um zu erkennen, wo sie sich befand. Das wenige Licht, das von draußen hereinfiel, ließ sie ihre Umgebung nur schemenhaft erkennen. Das Feuer knisterte leise.

Sie stand auf und legte einige Holzscheite nach. Die Flammen leckten gierig danach. Auf Zehenspitzen, um nicht in den herumliegenden Dreck zu treten, kehrte sie in ihr Bett zurück. Sie ließ sich auf die Decke zurücksinken, die sie als Kissen benutzte, und versuchte, wieder einzuschlafen, gab aber schon nach wenigen Minuten auf. Sie war hellwach und konnte die gewonnene Zeit genauso gut nutzen. Entschlossen schwang sie ihre Beine aus dem Bett. Sie wusch sich in dem Wasser, das sie bereits am vergangenen Abend geholt hatte, und zog sich an. Sie sehnte sich nach einer heißen Schokolade oder wenigstens nach Kaffee, fand aber weder das eine noch das andere. Sie besaß überhaupt keine Lebensmittel und konnte nur hoffen, dass es einen Laden in Porcupine gab. Zum Frühstück würde sie zur Witwe Johnson gehen, um sieben oder acht Uhr, denn früher öffnete ihr Café bestimmt nicht.

In ihrem neuen Gingham-Kleid und dem Mantel, außerhalb ihres Zimmers war es empfindlich kalt, machte sie sich daran, den Kanonenofen im Schulraum anzuheizen. In Kalifornien auf der Farm hatte sie öfter ein Feuer angezündet, doch dieser Ofen war wesentlich älter, und sie brauchte mehrere Anläufe, um die Flammen so anzufachen, dass die nachgelegten Holzscheite sie nicht erstickten. Als sie das Holz vom Stapel hinter dem Haus holte, schlug ihr eisiger Wind entgegen und gab ihr einen Vorgeschmack darauf, was sie im Winter erwartete. Sie erschauderte bei dem Gedanken. Ebenso erkannte sie, dass das geschlagene Holz auf keinen Fall für den langen Winter reichte. Sie würde sich rechtzeitig um Nachschub kümmern müssen.

Sie ließ das Feuer in ihrem eigenen Ofen niederbrennen, legte aber ordentlich Holz in dem Kanonenofen nach, damit die Kinder nicht froren. Im Schulraum hatte seit mehreren Monaten kein Feuer mehr gebrannt, und es würde einige Zeit dauern, bis sich die Wärme zwischen den Wänden ausgebreitet hatte. Zufrieden mit ihrer Arbeit, holte sie die Landkarte der Vereinigten Staaten aus dem Schrank. Zum Beginn des Schuljahres würde sie die Geografie-Kenntnisse ihrer Schülerinnen und Schüler testen, ein unverfänglicher Unterricht und genau das Richtige, bis man sich aneinander gewöhnt hatte und zu ernsthafteren Fächern wie Rechnen und Schreiben übergehen konnte. Die Karte war schon reichlich vergilbt und zerschlissen, die Umrisse und die Namen der Hauptstädte der einzelnen Staaten konnte man jedoch gut erkennen.

Nachdenklich trat sie ans Fenster. Anfangs erkannte sie nur ihr Spiegelbild, das blasse Gesicht mit den klaren Augen und den etwas eingefallenen Wangen, die hochgesteckten Haare, die sie strenger aussehen ließen, als sie wirklich war. Sie hatte noch nie zum Rohrstock gegriffen, sondern versuchte, die Probleme durch Gespräche mit den Kindern zu lösen, ein Vorgehen, das ihr einige Kritik von ihrem Direktor eingebracht hatte. Es hatte mehrere Monate gedauert, bis sie sich mit ihren Vorstellungen durchgesetzt hatte, und auch nur deshalb, weil eines der Problemkinder ihrer Schule zum Musterschüler geworden war.

Sie drückte ihre Nase gegen die frisch geputzte Scheibe, um besser sehen zu können, und erkannte etwas Weißes am anderen Flussufer. Der Wolf, schoss es ihr sofort durch den Kopf, der weiße Wolf war immer noch in der Nähe. Ohne die geringste Angst trat sie nach draußen. Sie stieg zum Ufer hinunter und sah auf die andere Seite, wo sie den Wolf zwischen einigen Büschen entdeckte. Er war keine fünfzig Schritte entfernt, so nahe, dass sie den dankbaren Ausdruck in seinen Augen erkennen konnte. Oder bildete sie sich das nur ein? Seit wann bedankte sich ein Wolf dafür, dass man ihm das Leben gerettet hatte? Und doch ... Dieser Wolf war etwas ganz Besonderes. Er zeigte nicht die geringste Scheu, deutete durch seinen hängenden Schweif an, wie entspannt und ruhig er war, und hatte gleichzeitig die Ohren aufgestellt, um rechtzeitig vor möglichen Feinden gewarnt zu werden. Seine Augen leuchteten in dem düsteren Halbdunkel, das über dem Fluss und den Wäldern lag.

Einen Augenblick hatte sie das Gefühl, als würde der Wolf zu ihr sprechen. Wie ein Totemtier in den Indianerlegenden, die sie vor dem Schlafengehen auf dem Schiff gelesen hatte. Indianische Krieger hatten Schutzgeister, meist Tiere, die ihnen im Traum erschienen und sie bei wichtigen Entscheidungen in ihrem Leben berieten. In den Legenden konnten die Tiere sprechen, wie Menschen, doch dieser Wolf schien lediglich Gedanken auszusenden und winselte dankbar, als sie noch näher an das Ufer herantrat. Jetzt konnte sie auch sehen, dass noch nicht alle seine Wunden verheilt waren und es noch immer feuchte und blutige Stellen in seinem zerzausten Fell gab. Er war kein schönes Tier und hatte in dem blutigen Kampf gegen den Hund viel zu sehr gelitten. Seine Würde und sein Stolz aber schienen ungebrochen und ließen ihn auch in diesen schweren Stunden nicht im Stich. Er winselte kaum hörbar.

»Sind Sie das, Clara?«, drang eine vertraute Stimme vom Haus herunter. »Ich darf Sie doch Clara nennen. Ich bin Amy oder die Witwe Johnson, so nennt mich jeder hier. Was suchen Sie da unten? Der Fluss ist zu kalt, glauben Sie mir. In dem eisigen Wasser würde es nicht mal ein Bär aushalten.«

Der Wolf war verschwunden, und Clara kletterte die Böschung hoch. »Guten Morgen … Amy«, grüßte sie die Witwe. »Haben Sie Ihr Café schon aufgesperrt? Ich hab weder Kaffee noch Kakao im Haus und einen Bärenhunger.«

»Das hab ich mir schon gedacht«, erwiderte die Witwe Johnson, »die Finlays hätten Ihnen ruhig ein paar Lebensmittel geben können, immerhin gehört ihnen der Laden, aber dazu sind sie wahrscheinlich zu geizig. Sie sollten ihre Preise sehen. Ich hab immer gesagt, gebt der Schoolma'am ordentlich zu essen, dann behandelt sie auch eure Kinder gut und bringt ihnen was bei.« Sie winkte sie mit einer ausholenden Geste heran. »Kommen Sie, ich mach Ihnen Eier und Speck und dicke Pfannkuchen mit Sirup. Sie sehen hungrig aus.«

Clara bedankte sich und folgte der Witwe ins Café. Es war in einem der baufälligen Häuser mit falschen Fassaden untergebracht und bestand aus einem quadratischen Raum mit drei runden Tischen und geflochtenen Korbstühlen. An den weiß gestrichenen Wänden hingen stimmungsvolle Gemälde einer Küstenlandschaft. »Die Küste von Oregon«, erklärte die Witwe Johnson, »ich komme aus Portland. Die Bilder hat meine Schwester gemalt. Sie ist sehr talentiert und hat sogar schon einige ihrer Gemälde verkauft. Leider hab ich kaum noch Kontakt zu ihr. Wir schreiben uns nur noch zu Weihnachten.«

Die Witwe verschwand in der Küche und holte Eier, Speck und Pfannkuchenteig aus dem Kühlschrank. Nachdem sie die Eier in die große Pfanne gehauen und den Speck dazugegeben hatte, fragte sie: »Wie wär's mit einem starken Kaffee? Oder wollen Sie lieber heiße Schokolade? Ich hab mir gerade eine Kanne gemacht. Jerry hat frischen Kakao aus Dawson mitgebracht.«

Clara war in der Tür stehen geblieben und sah ihr beim Zubereiten des Frühstücks zu. Sie strahlte. »Heiße Schokolade ist mein Lieblingsgetränk.«

»Meins auch«, gab die Witwe zu. »Ich mag alles, was süß ist.«

Die heiße Schokolade schmeckte himmlisch und weckte Claras Lebensgeister. Noch wohler fühlte sie sich, als die Witwe ihr einen Teller mit Rühreiern, Speck und mit Sirup getränkten Pfannkuchen reichte und sich mit ihr an einen Tisch im Gastraum setzte. So gut hatte sie lange nicht mehr gefrühstückt, bei der Witwe schmeckte es noch besser als in Benny's Roadhouse.

»Wovon leben die Leute hier?«, fragte Clara nach den ersten Bissen.

Die Witwe Johnson, die bereits gefrühstückt hatte und sich mit einem Becher heiße Schokolade begnügte, musste lachen. »Das frage ich mich auch manchmal. Ich lebe hauptsächlich von den Leuten, die hier durchziehen. Vermessungstrupps, Naturkundler, sogar Militär kommt hier manchmal durch. Einmal im Monat so ein Andrang, und ich komme hin. Im Winter sind es öfter Fallensteller, hungrige Burschen, die ordentlich was wegfuttern und auch nicht geizig beim Trinkgeld sind. Mike Gaffrey ...«

»Mike?«, unterbrach Clara erstaunt.

Die Witwe hielt erstaunt inne. »Sagen Sie bloß, Sie kennen Mike? Ein feiner Bursche, nicht wahr? Letzten Winter hat er mir eine Pelzjacke geschenkt, so was Weiches haben Sie noch nie gesehen. Die ziehe ich aber nur an Weihnachten und in die Kirche an. Er sieht prächtig aus, weiß sich zu benehmen und hat mir letztes Mal einen Dollar Trinkgeld gegeben. Einen Dollar! Dabei verdienen diese Fallensteller gar nicht so viel. Also, wenn ich dreißig Jahre jünger wäre, würde ich diesen Burschen sofort heiraten.« Sie blickte Clara an, stellte fest, dass sie errötete und rief: »Hey ... Sie sind ja in den Kerl verliebt!«

»Unsinn!«, erwiderte sie mit hochrotem Gesicht. »Ich kenne ihn doch kaum. Er hat mich in Dawson zum Essen eingeladen, mehr war nicht.« Sie trank einen Schluck von ihrem Kakao und wechselte schnell das Thema. »Und was ist mit den anderen Leuten hier? Wie kommen die über die Runden? Soweit ich gehört habe, gibt es doch kaum noch Gold in der Gegend.«

»Sagen Sie das nicht«, erwiderte die Witwe, »in dem Boden steckt noch genug Gold, sogar am Klondike. Aber man bräuchte große Maschinen, um es aus der Erde zu buddeln. Mit den Sluice Boxes und Waschpfannen kommen Ben Richmond und Joe Perry, die den ganzen Sommer im Sand graben, gerade mal auf zweitausend Dollar. Zum Leben zu wenig, zum Sterben zu viel.«

»Sluice Boxes?«, wiederholte Clara erstaunt.

Die Witwe nickte. »Hölzerne Schleusen, sehen wie lange Wannen aus. Man schaufelt erzhaltige Erde rein, leitet strömendes Wasser durch und hofft, dass sich etwas Gold in den Rinnen verfängt. Gold ist schwerer als alles andere, das bleibt liegen. Die Erde und die Steine werden weggespült.«

»Das klingt mühsam«, erwiderte Clara.

»Ist es auch«, stimmte ihr die Witwe zu, »aber immer noch besser, als mit Güterzügen durch das Land zu ziehen und keine Arbeit zu finden. Ben und Joe waren Hobos, Eisenbahntramps, bevor sie nach Alaska kamen. In den Staaten gab es keine Arbeit mehr für sie, nur noch Handlangerdienste, die ihnen lediglich ein paar Cents einbrachten. Hier oben geht es ihnen besser.«

»Aber auch nicht besonders gut.«

»Es genügt so gerade, um ihre Familien über Wasser zu halten, und mehr wollen sie nicht. ›Immer noch besser, als nach der Pfeife irgendeines Vorarbeiters zu tanzen‹, sagen sie. Sie gehören beide nicht zu den Typen, die sich gerne was sagen lassen. Hier sind sie frei, hier können sie noch durchatmen.«

Clara dachte über ihre eigenen Motive nach und stimmte ihr zu. »Die Freiheit ist ein hohes Gut, das ist wahr. Ich gehöre wohl auch zu denjenigen, die gerne ihren eigenen Kopf durchsetzen. Ich bin einem Mann davongelaufen.«

»Dachte mir schon so was.«

»Ich war nicht verheiratet«, stellte Clara klar, »aber beinahe. Um die Stelle in Alaska hatte ich mich schon beworben, als ich noch gar nicht daran dachte, meinen Bräutigam im Stich zu lassen.« Sie trank von ihrer heißen Schokolade und wischte sich den Mund ab. »Ich wuchs bei meiner Tante und meinem Onkel auf. Meine

Eltern kamen bei einem Brand ums Leben, als ich vier war. Ich war fast mein ganzes Leben auf der Farm und konnte froh sein, dass mich mein Onkel auf die Schule gehen ließ. Damals träumte ich manchmal davon, an Bord eines großen Schiffes in See zu stechen und irgendwo etwas ganz anderes zu erleben. Daran muss ich mich wohl erinnert haben, als ich mich um diese Stelle beworben habe. Alaska kannte ich nur vom Hörensagen, aber ich wusste natürlich, dass es unendlich groß und wild und schön ist … So ein Land wollte ich immer mal sehen. Allerdings …«

»… hatten Sie nicht erwartet, in ein so armseliges Nest wie Porcupine geschickt zu werden«, amüsierte sich die Witwe Jones. Sie blickte lachend über ihren Kakaobecher hinweg. »So ähnlich dachte ich auch, als ich in diese gottverlassene Gegend kam. Ist eine halbe Ewigkeit her. Ich hatte meiner besten Freundin den Mann ausgespannt und folgte ihm zu den Goldfeldern. War keine Ruhmestat von mir, und die Strafe folgte auch auf dem Fuße. Während der Überfahrt ging er betrunken über Bord und ertrank. Ich fuhr allein weiter, landete in Skagway und ließ mich dort mit einem von Soapy Smiths Kumpanen ein. Als Soapy verhaftet wurde, landete mein Randy auch im Gefängnis und starb ein halbes Jahr später hinter Gittern. Was sollte ich machen? Ich konnte immer schon gut kochen und fing in einem Restaurant an, zuerst in Skagway und dann in Dawson, und auf Umwegen landete ich dann in Porcupine. Ein gottverlassenes Nest, das ist wahr, aber wenn Sie die Leute erstmal näher kennen, geht Ihnen höchstens noch unser Bürgermeister mit seinen ausschweifenden Reden auf den Wecker. Denn Porcupine ist nur ein kleiner Flecken in diesem riesigen Land. Gehen Sie vor die Tür und schauen Sie nach Norden …

Da liegt das Land, von dem Sie in Kalifornien geträumt haben.«

»Und Alma Finlay?«, erkundigte sich Clara vorsichtig. »Komme ich mit der auch zurecht? Sie und ihr Mann waren nicht gerade freundlich zu mir.«

Die Witwe brachte Claras leeren Teller in die Küche, stellte ihn in den Spülstein und kehrte in den Gastraum zurück. »Die Finlays sind ein Sonderfall«, räumte sie ein. »Die beiden sind Kanadier, die einzigen in dieser Stadt, aber das ist auch so ziemlich alles, was wir über sie wissen. Angeblich hatten sie einen Laden in einem Vorort von Vancouver, und noch ein Gerücht besagt, dass Alfred einige Jahre als Cowboy arbeitete. Mit Pferden kann er jedenfalls umgehen. Sie schweigt wie eine Auster, wenn man sie über ihre Vergangenheit befragt, aber ich würde jede Wette eingehen, dass sie für irgendeine Behörde gearbeitet hat, so wie sie sich aufführt. Ich bin sicher, sie kennt jeden Buchstaben der Gesetze auswendig ... der Schulgesetze sowieso. Und ihre Tochter? Was soll ich sagen? Penelope ist ein ganz besonderes Kind.«

»Das sind ja schöne Aussichten«, sagte Clara. Sie trank ihre heiße Schokolade aus und blickte in den leeren Becher. »Sagen Sie, es sollen auch Erwachsene zum Unterricht kommen. Wissen Sie, wie viele kommen werden? Ich habe bisher nur Kinder unterrichtet und habe ein wenig Angst, mich mit Erwachsenen anzulegen. Soll ich einen ausgewachsenen Mann in die Ecke stellen, wenn er seine Hausaufgaben vergessen hat? Soll ich ihn ohrfeigen?«

Die Witwe Johnson lächelte. »Verdient hätten es einige, aber wie ich Sie kenne, kommen Sie ohne Rohrstock aus. Ich nehme an, Sie bekommen es nur mit zwei Erwachsenen zu tun. Dem alten Tommy Ashley, einem Oldtimer, der schon seit sechzig Jahren in der Wildnis lebt und noch niemals in einer Stadt gewesen ist, nicht mal in Dawson City, und auf seine alten Tage noch Lesen und Schreiben lernen will. Damit er endlich die schlüpfrigen Geschichten lesen kann, die er sich mit der Post schicken lässt. Ich musste die Hefte von einem Verlag in New York für ihn bestellen. Der andere ist Alfred …«

»Alfred Finlay?«, rief Clara verwundert. Sie wischte sich den Kakao von den Lippen. »Der Mann von Alma Finlay? Was will der denn in der Schule?«

»Er kann weder lesen noch schreiben, und mit dem Rechnen hat er es auch nicht so. Deshalb darf auch nur seine Frau im Laden bedienen. Er ist ein besserer Handlanger, aber sagen Sie das nie, wenn er zuhört, sonst wachen Sie am nächsten Morgen im Fluss auf. Alma ist nicht dumm. Sie weiß, dass sie mit dem Mann nicht weit kommt, wenn er sich nicht weiterbildet. Die beiden sind knappe dreißig, die wollen noch was auf die Beine stellen. Sie werden die Ersten sein, die verschwinden, wenn dieses Nest vor die Hunde geht.«

»Aber so lange sie hier sind, nehmen sie sich einiges heraus«, erwiderte Clara. »Sehen Sie sich das an!« Sie war aufgestanden und deutete aus dem Fenster. »So was dürfte sich eine Schulrätin in Kalifornien nicht erlauben.«

Obwohl es noch keine halb acht war, schlich Alma Finlay wie eine Indianerin um das Schulhaus. Sie überzeugte sich mit einem Blick durch die Fenster vom Zustand des Schulraums. Das Ergebnis schien ihre Zustimmung zu finden. Wie eine strenge Regierungsbeamtin, die ein Gebäude inspiziert, marschierte sie um das Blockhaus herum, blickte durch das Fenster des

Schlafraums und sah sich verwundert um, als sie Clara nicht in ihrem Bett liegen sah.

»Das geht zu weit«, schimpfte Clara. »Ich glaube, ich muss der Dame mal klarmachen, dass ich als Lehrerin nicht nur Pflichten, sondern auch Rechte habe.« Sie ging zur Tür und öffnete sie. »Was bin ich Ihnen schuldig, Amy?«

»Ein Dankeschön, weiter nichts«, sagte die Witwe. »Das Frühstück geht aufs Haus. Ich würde mich aber freuen, wenn Sie öfter kämen ... Tagsüber hab ich immer einen Eintopf auf dem Feuer stehen. Dafür bin ich berühmt ...«

»Rechnen Sie mit mir«, erwiderte Clara.

10

Clara nützte die verbleibende Zeit, um ihr Zimmer aufzuräumen und die beiden anderen Fenster zu putzen. Als sie um kurz vor neun Uhr vor das Schulhaus trat, waren bereits alle Kinder versammelt und warteten darauf, eingelassen zu werden. Alfred Finlay, grimmig wie am Abend zuvor, und der bärtige Oldtimer, von dem die Witwe gesprochen hatte, standen etwas abseits.

»Guten Morgen allerseits«, begrüßte Clara die Wartenden und bat sie, sich zum Treuegelöbnis vor der Flagge aufzustellen. Sie öffnete die Tür und wollte ihnen schon in den Schulraum folgen, als sie einen ungefähr zehnjährigen Indianerjungen auf der Böschung am Flussufer stehen sah. »Und was ist mit dir?«, fragte sie. »Hast du heute keine Lust, in die Schule zu gehen?«

Er senkte betrübt den Kopf. »Ich darf nicht. Die Frau hat's verboten.«

»Welche Frau?«

»Ich«, erklang die strenge Stimme von Alma Finlay. Sie kam hinter dem Blockhaus hervor und blieb vorwurfsvoll vor Clara stehen. In ihrem langen schwarzen Mantel wirkte sie wie ein Racheengel auf sie. »Ich habe es verboten. Die kleine Rothaut ist nicht berechtigt, unsere Schule zu besuchen.«

»Weil er ein Indianer ist?«

»Weil es das Gesetz nicht zulässt«, verbesserte Alma Finlay.

»Ihr Gesetz?«

»Das Gesetz unseres Territoriums. Nur Kinder zwischen fünf und sechzehn Jahren dürfen eine Schule besuchen. Ich kann Ihnen die Stelle zeigen.«

»Aber der Junge ist höchstens zehn! Und was ist mit Ihrem Mann und dem Oldtimer? Sind die auch zwischen fünf und sechzehn Jahren alt, Mrs Finlay?«

»Das sind zwei Paar Stiefel«, erklärte die Präsidentin des Schulgremiums. »Mein Mann und Tommy Ashley haben eine Sondergenehmigung. Dieser Wilde nicht. Er kann nicht beweisen, wie alt er ist, deshalb darf er nicht am Unterricht teilnehmen. Er besitzt keine Geburtsurkunde.«

»Wie bitte? Das meinen Sie doch nicht im Ernst!«

Alma Finlay verzog keine Miene. »Ich halte mich nur an das Gesetz. Und dort steht: ›Das Alter des Schülers ist mit der Geburtsurkunde zu belegen.‹ Solange er das nicht kann, wissen wir auch nicht, wie alt er wirklich ist.«

»Auf keinen Fall jünger als fünf oder älter als sechzehn.«

»Gesetz ist Gesetz, Miss Keaton.«

Clara blickte auf den traurigen Indianerjungen. »Das ist ungerecht. Anstatt froh darüber zu sein, dass er bereit ist, eine Schule zu besuchen, verwehren Sie ihm den Zutritt. Wie können Sie so etwas anordnen? So werden die Indianer nie zu vollwertigen Mitgliedern unserer Gesellschaft.«

»Das werden diese Wilden sowieso nie«, erwiderte Alma Finlay verächtlich. »Man sollte sie alle ... Man sollte sie alle in Reservate sperren und ihnen verbieten, eine Siedlung der Weißen zu betreten. Weiße und Indianer ... Das geht einfach nicht. Ich will Ihnen zugute halten, dass Sie sich erst ein paar Tage in unserem Territorium aufhalten. Wenn Sie erst einmal länger hier sind, werden Sie ähnlicher Meinung sein wie ich. Indianer passen nicht in unsere Welt. Sie sind dem Untergang geweiht, so wie manche wilde Tiere.«

»Ich werde mich beim Commissioner beschweren, Mrs Finlay.«

»Tun Sie das«, erwiderte die Präsidentin. »Aber sehen Sie sich erst einmal so ein Indianerdorf an, bevor Sie zur Feder greifen. Vielleicht denken Sie dann anders.« Ihre Gestalt straffte sich kaum merklich, ein Zeichen dafür, dass sie die Auseinandersetzung für beendet hielt. »So, und jetzt sagen Sie diesem Wilden, dass er nach Hause gehen soll, und beginnen Sie mit dem Unterricht. Wir bezahlen Sie nicht für Streitgespräche.«

Clara wandte sich wortlos ab und ging zu dem Jungen. Sie beherrschte nur mühsam ihre Wut, ließ sich ihm gegenüber aber nichts anmerken. Sie lächelte sogar, wenn auch nur schwach. »Wie heißt du, mein Junge?«, fragte sie.

»Johnny«, antwortete er. »Johnny Running Deer.«

Sie kniete sich vor ihn, um ihm in die Augen zu sehen, und legte eine Hand auf seine Schultern. »Hör mal zu, Johnny. Ich finde es toll, dass du in die Schule gehen willst, aber es … Es geht leider nicht. Wo wohnst du denn?«

»In unserem Dorf.« Er deutete den Fluss hinauf. »Hinter der Biegung.«

Sie drehte sich zu Alma Finlay um und erkannte die Ungeduld in ihren Augen. »Wie wär's denn, wenn ich euch mal besuchen komme? Am Sonntag vielleicht, da habe ich frei. Wir könnten etwas Lesen und Schreiben üben.«

Sein Gesicht hellte sich auf. »Dann könnte ich doch was lernen?«

»Natürlich, Johnny. Ich brauche weder ein Schulhaus noch eine Tafel, um dir etwas beizubringen. Also abgemacht, ich komme am Sonntag zu euch.«

»Danke, Ma'am. Vielen Dank.«

Clara wartete, bis der Junge zwischen den Bäumen verschwunden war, und kehrte zu Alma Finlay zurück. Ihre Laune hatte sich etwas gebessert.

»Was haben Sie dem Jungen gesagt?«, wollte die Präsidentin wissen.

»Dass wir keine Indianer wollen, was sonst?«, sagte Clara. »Dass sie gefälligst in ihren Reservaten bleiben sollen, wie es sich für einen Haufen dreckiger Wilder gehört. Und dass er nach seinem fünften Geburtstag wiederkommen soll.« Sie verzog abfällig den Mund. »Es sei denn, er ist schon siebzehn.«

»Kein Grund, sarkastisch zu werden, Miss Keaton. Ich tue nur meine Pflicht. Ich habe nichts gegen die Indianer, solange sie in ihren Dörfern bleiben und die Bewohner unserer kleinen Stadt in Ruhe lassen. Diese Wilden an unserer Gesellschaft teilhaben zu lassen hätte fatale Folgen. Für die Erwachsenen, vor allem aber für unsere Kinder. Sie wären der falschen Moral dieser Eingeborenen hilflos ausgeliefert und würden unsere christlichen Werte vergessen. Als Präsidentin des Schulgremiums kann und werde ich das nicht zulassen. In ein paar Wochen denken Sie genauso, glauben Sie mir, Miss.«

Clara war anderer Meinung, musste aber zugeben, bisher nie mit Indianern in Kontakt gekommen zu sein. Im Salinas Valley gab es keine Reservate, und in Arizona oder New Mexico, wo besonders viele Indianer leben sollten, war sie nie gewesen. Sie glaubte jedoch, dass man allen Menschen die gleichen Chancen bieten sollte. Was nutzte es, wenn man die Indianer in Reservate sperrte und ihnen eine gute Ausbildung verweigerte? Wovon sollten sie leben? Von den Zuwendungen der Regierung? Das konnte niemand bezahlen.

»Wollen Sie auch am Unterricht teilnehmen?«, fragte sie, als ihr Alma Finlay in das Blockhaus folgte. »Ich dachte, Sie können lesen und schreiben.«

Ihre Vorgesetzte überhörte die kleine Spitze. »Ich würde mir gern ein Bild von Ihren Lehrmethoden machen. Als Präsidentin des Schulgremiums habe ich ein Recht dazu. Ich nehme nicht an, dass Sie etwas dagegen haben, oder?«

»Natürlich nicht, Mrs Finlay.«

Die Kinder und die beiden Erwachsenen warteten bereits ungeduldig. Alfred Finlay zuckte nervös, als er seine Frau in den Schulraum kommen sah, und bemühte sich, ihr nicht in die Augen zu blicken. Tommy Ashley, der Oldtimer, nahm ihre Anwesenheit betont gleichgültig hin. Die dreizehn Kinder wirkten etwas eingeschüchtert, aber das war schließlich kein Wunder bei einer neuen Lehrerin.

Gemeinsam sprachen sie das Treuegelöbnis, das vor jedem Unterricht vorgeschrieben war, ein Schwur auf die Fahne der Vereinigten Staaten und ihrer Territorien, für die Republik einzustehen. »... einer Nation unter Gott, unteilbar, mit Freiheit und Gerechtigkeit für jeden«, beendeten sie den Schwur. Außer für Indianer, dachte Clara. Indianer waren keine Bürger dieses Territoriums.

»Wunderbar«, sagte sie, als alle Kinder und auch die Erwachsenen auf ihren Bänken saßen. »Ich freue mich, dass ihr alle zum Unterricht gekommen seid.« Clara hatte starkes Lampenfieber, stärker noch als an ihrem ersten Tag in Salinas, und besonders, wenn sie den Blicken der Erwachsenen begegnete.

Sie hatte noch nie vor einer altersmäßig so unterschiedlichen Klasse unterrichtet. Die Kinder waren zwischen sechs und fünfzehn Jahren alt, eine Mischung, die man in Salinas niemals zugelassen hätte. Nur in kleinen Siedlungen wie Porcupine war es üblich, alle Kinder auf einmal zu unterrichten. Ein schwieriges Unterfangen. Sie konnte nur hoffen, dass alle Schülerinnen und Schüler einen ähnlichen Wissensstand hatten. Wenn nicht, musste sie sich etwas einfallen lassen, vielleicht in kleinen Gruppen unterrichten.

Sie versuchte es mit einem besonders freundlichen und lockeren Umgangston. »Ich bin Clara Keaton, eure neue Lehrerin«, stellte sie sich erst einmal vor. »Clara Keaton.« Sie schrieb den Namen an die Tafel. »Aber ihr sagt am besten ›Ma'am‹ zu mir, das ist einfacher. Ich bin den langen Weg von Kalifornien gekommen, um euch zu unterrichten. Kalifornien ist ein Bundesstaat der Vereinigten Staaten. Kann mir jemand sagen, wo es liegt?«

Niemand meldete sich, nicht einmal die Erwachsenen.

»Okay«, fuhr Clara fort, »mit der Frage beschäftigen wir uns später. Da wir heute zum ersten Mal beisammen sind, schlage ich vor, wir lernen uns erstmal kennen. Ich habe mich ja eben schon vorgestellt. Wie wär's, wenn ihr mir jetzt eure Namen verratet?« Sie deutete auf ein Mädchen in der ersten Reihe, sauber und adrett gekleidet, die Haare zu einem züchtigen Kranz gebunden. Schon bevor sie antwortete, ahnte Clara, mit wem sie verwandt war.

»Das ist Penny!«, rief ein Junge. »Sie weiß immer alles besser.«

»Stimmt das?«, fragte Clara lächelnd.

Das Mädchen reagierte mit einem Schulterzucken auf den Zwischenruf. Mit einem arroganten Blick stand sie auf. »Was kann ich dafür?«, tönte sie. »Ich bin eben klüger als die anderen. Ich bin Penelope Finlay, die Tochter von Alma Finlay, der Präsidentin des Schulgremiums. Und ich mag es nicht, wenn man mich Penny nennt. Ich möchte auch Sie bitten, mich mit meinem vollen Namen anzusprechen.«

»Und wie alt bist du, Penelope?«

»Zwölf, aber ich werde nächsten Monat dreizehn.«

»Du kannst dich sehr gut ausdrücken, Penelope.«

»Das will ich meinen, Ma'am.« Penelope drehte sich zu ihrer Mutter um, als suchte sie deren Zustimmung, und setzte sich. Sie verzog keine Miene.

»Und du?«, sprach Clara das Mädchen neben ihr an. »Wer bist du?«

»Maggie Gardiner«, antwortete sie schüchtern. Sie war etwas jünger als Penelope und wesentlich zurückhaltender. Ihre Haare waren kurz geschnitten, die Haut blass, ihr Gesicht wies einige rote Flecken auf, die wohl von der Aufregung herrührten. Ihr dunkelblaues Kleid war an mehreren Stellen geflickt.

»Dann heißt du Margaret.« Clara kam hinter ihrem Pult hervor und stieg von der Empore herunter. Vor dem Mädchen, das einen ängstlichen Eindruck machte, blieb sie stehen »Willst du auch mit vollem Namen angesprochen werden?«

»Nein, ich heiße Maggie. Nur Maggie. Ich bin zehn.«

»… und benimmt sich wie ein Baby!«, kam es von hinten.

»Zu dir komme ich gleich«, rief Clara. Sie fing einen vorwurfsvollen Blick von Alma Finlay auf, die wahrscheinlich der Meinung war, man sollte den Jungen mit dem Rohrstock bestrafen. »Mal sehen, ob du dann auch so schnell bei der Sache bist.« Sie blickte Maggie an. »Und was machen deine Eltern?«

»Mein Daddy ist Doc Gardiner«, sagte sie. »Meine Mutter ist tot.«

»Dein Vater ist Arzt? Das ist ein interessanter Beruf, nicht wahr?«

»Nur wenn man nüchtern ist«, rief Alfred Finlay.

»Mister Finlay! Ich darf doch sehr bitten!«, reagierte Clara ungehalten. »Wie wäre es denn, wenn Sie sich einmal vorstellen würden? Wie heißen Sie?«

»Das wissen Sie doch.«

»Wir wollen es aber von Ihnen wissen.«

Er blieb sitzen. »Alfred Finlay. Jetzt zufrieden?«

»Ihnen gehört der Gemischtwarenladen, richtig?«

»Das Kaufhaus«, verbesserte seine Frau.

»Mister Finlay?«, hakte sie nach.

»Das Kaufhaus, Sie haben es doch gehört!«, blaffte er. »Ich dachte, Sie wollten uns Lesen und Schreiben und so was beibringen. Wie steht's damit?«

Clara ließ sich nicht unter Druck setzen. »Eins nach dem anderen, Mister Finlay. Es klappt doch alles viel besser, wenn wir uns erstmal kennenlernen.«

Als Nächstes war der vorlaute Junge aus der letzten Reihe dran. Er stand auf, ein rothaariger Bursche, ungefähr zwölf Jahre alt, mit Sommersprossen im Gesicht. »Ich bin Sam«, verkündete er strahlend, »nicht Samuel und schon gar nicht Sammy, einfach nur Sam. Sam Perry. Meine Mutter kocht und wäscht, und mein Vater sucht nach Gold. In einem Jahr sind wir Millionäre.«

Clara musste lachen. »Wer sagt das? Dein Vater?«

»Sie sind nahe dran, mein Dad und Ben Richmond«, erwiderte der Junge großspurig. »Ich wette, sie stoßen bald auf eine reiche Ader. Dann kaufen wir die ganze Stadt, sagt mein Vater, und er wird der neue Bürgermeister.«

»Warten wir's mal ab. Komm mal nach vorn, Sam.«

Dem Jungen verging das Lachen. Schon etwas kleinlauter lief er zur Tafel. Er trug einen blauen Overall über seinem karierten Hemd. Aus seiner rechten Gesäßtasche ragte eine Schleuder mit einem roten Gummiband.

Clara hatte inzwischen die Landkarte ausgerollt und an die beiden Nägel mit der Fahne geheftet. Sie reichte Sam den Zeigestock. »So, und nun zeig mir mal, wo Kalifornien liegt. Du hast doch schon von Kalifornien gehört?«

»Hab ich«, erwiderte er. »Da gab's vor achtzig Jahren einen großen Goldrausch, sagt mein Vater, noch größer als der am Klondike. Das stimmt doch?«

»Ja, das stimmt«, lobte Clara. »Und wo liegt Kalifornien?«

»Nun ja«, rästelte Sam. »Irgendwo da unten?« Er deutete auf Texas.

»Nicht ganz, Sam.« Sie nahm ihm den Zeigestock ab und reichte ihn an Penelope weiter. »Wie steht es mit dir, Penelope? Du weißt es doch sicher ...«

Penelope erhob sich und kam zögernd nach vorn. Während sie nach dem Zeigestock griff, kniff sie die Augen zusammen, um die Schrift auf der Landkarte entziffern zu können, aber die war zu klein und zu weit entfernt. »Kalifornien«, sagte sie, um Zeit zu gewinnen. »Kalifornien liegt in den Vereinigten Staaten. Ich finde, mehr brauchen wir nicht zu wissen. Wir leben im Territorium von Alaska und sollten uns vor allem um unser Land kümmern.«

»Da hat sie nicht ganz unrecht«, rief Alma Finlay von hinten.

Clara kümmerte sich nicht um ihren Einwurf. »Kalifornien ist einer der größten und wichtigsten Staaten, und ich finde schon, dass ihr wissen müsst, wo es liegt.

Denn stellt euch vor, ihr wollt mal hinfahren, dann wisst ihr ja gar nicht, wo ihr aussteigen müsst. Weiß denn jemand, wo Kalifornien liegt?«

Maggie meldete sich zögernd.

»Maggie, du?«, wunderte sich Clara.

Maggie wurde rot vor Verlegenheit, trat hinter ihrer Bank hervor und deutete mit dem Zeigestock auf den Küstenstaat. »Mein Großvater kommt aus Kalifornien«, verriet sie, »aus San Francisco. Das liegt da oben.« Sie ließ den Stock nach oben wandern. »Und da sind Arizona und New Mexico, da wohnen ganz viele Indianer, noch viel mehr als hier im Alaska-Territorium.«

Clara klatschte leise Beifall. »Alle Achtung! Du hast dir heute die erste gute Note verdient, Maggie. Woher weißt du denn so viel über die Indianer?«

»Meine Urgroßmutter war Indianerin, sagt mein Vater. Oder meine Ur-Ur-Großmutter, so genau weiß ich das nicht mehr. Sie war eine Cheyenne.«

»Kein Wunder, dass Doc Gardiner ein Säufer ist«, lästerte Alfred Finlay.

»Mister Finlay!«, wies Clara den Mann zurecht und wandte sich gleich wieder an Maggie: »Eine Cheyenne? Weißt du, wo die Cheyenne leben?«

»Nein, das weiß ich nicht.«

Clara ließ sich den Zeigestock geben und wartete, bis Maggie an ihrem Platz saß. Sie deutete zuerst auf das südöstliche Montana und dann auf Oklahoma. »Sie wohnen in Reservaten. Eins liegt in Montana und das andere in Oklahoma. Reservate sind Gebiete, die unsere Regierung den Indianern zur Verfügung gestellt hat. Weiß denn jemand, wo die Indianer vorher lebten?«

Sam Perry meldete sich. »Überall ... Sie waren überall.«

»Und warum waren sie überall?«, fragte Clara.

Ein Junge aus der zweiten Reihe meldete sich. Er stellte sich als Kenny Bower vor, ein schmächtiger Bursche, der leider öfter krank war, wie sie später von der Witwe Johnson erfuhr. »Weil ihnen das ganze Land gehörte.«

»Und weil es keine Weißen gab, die es ihnen wegnehmen konnten«, ergänzte Clara. »Daran sollten wir immer denken, wenn wir über die ›schmutzigen Wilden‹ schimpfen.« Sie betonte die beiden Wörter. »Wäre es nicht besser, wenn wir Freundschaft mit den Indianern schließen würden? Dieses Land ist so riesengroß, da ist doch Platz für alle. Was meint ihr, Kinder?«

Penelope verzog geringschätzig den Mund. »Ich will keinen Wilden zum Freund haben. Indianer sind schmutzig. Die sollen in ihrem Dorf bleiben.«

»Recht hat sie«, brummte Alfred Finlay.

»Das genügt«, mischte sich seine Frau ein. Sie war aufgestanden und trat mit ein paar raschen Schritten nach vorn. Sie machte kein Hehl daraus, wie aufgeregt sie war. »Für heute ist der Unterricht beendet, Kinder«, verkündete sie. »Ich habe noch etwas Wichtiges mit eurer Lehrerin zu besprechen. Geht nach Hause, und seht euch noch einmal die Hausaufgaben vom letzten Jahr an.«

»Aber wir haben doch gerade erst angefangen«, erwiderte Sam Perry.

»Halt den Mund, Sam! Geht alle nach Hause. Nun macht schon.«

Die Kinder verließen murrend das Schulhaus, auch Alfred Finlay und der Oldtimer gingen. Sie kannten Alma Finlay und wussten, was jetzt kam. Wenn die Präsidentin des Schulgremiums wütend war, nahm sie kein Blatt vor den Mund, das hatte sie oft genug bewiesen, nicht nur in Schulangelegenheiten.

»Miss Keaton«, ließ sie Clara gar nicht zu Wort kommen. »Aller Anfang ist schwer, das weiß ich auch, und als Präsidentin des Schulgremiums war ich gerne bereit, Ihnen eine Eingewöhnungszeit zu gewähren. Aber was Sie sich in diesem ersten Unterricht erlaubt haben, spottet jeder Beschreibung. Nicht genug damit, dass Sie meinen Mann und meine Tochter zum Gespött aller Schüler machen, nein, Sie müssen sich auch noch über diese Wilden auslassen. Wo liegt Kalifornien? Wo lebten die Cheyenne? Sollten wir unseren Kindern nicht erst einmal die Grundbegriffe des Lesens, Schreibens und Rechnens beibringen, bevor wir sie mit solchen Nebensächlichkeiten langweilen?«

»Auch Geografie und Geschichte gehören zum Lehrplan«, wehrte sich Clara. »Außerdem habe ich die Erfahrung gemacht, dass es die Lernbereitschaft fördert, wenn ich auf die speziellen Interessen der Kinder eingehe.«

Alma Finlay wischte ihren Einwand mit einer Handbewegung weg. »Das mag für Kalifornien gelten. Hier sind wir in Alaska, und Sie sind vor allem an die Anweisungen des Schulgremiums gebunden. Haben wir uns verstanden?«

»Natürlich, Mrs Finlay.«

»Das hoffe ich doch«, sagte sie und stapfte davon.

11

Während der nächsten Tage hielt sich Clara an die Vorgaben des Schulgremiums. Auch um ihren vorzeitigen Rauswurf zu vermeiden, beschränkte sie sich darauf, ihren Schülerinnen und Schülern die Grundbegriffe der Rechtschreibung und des Rechnens beizubringen. Sie fand heraus, dass es bei den meisten Kindern mit dem großen Einmaleins und der Rechtschreibung von etwas schwierigeren Wörtern haperte, und dass selbst die beiden Erwachsenen nicht wussten, wie man Dezimalzahlen zusammenzählte.

»Mit Dezimalzahlen hab ich wenig am Hut«, wehrte sich Alfred Finlay. Seitdem seine Frau ihm Rückendeckung gegeben hatte, war er etwas mutiger und vorlauter geworden. Auch jetzt blickte er wieder Hilfe suchend zu seiner Frau. Alma Finlay hatte beschlossen, die ganze Woche den Unterricht zu besuchen. »Es reicht doch, wenn wir mit ganzen Zahlen umgehen können.«

Clara betrachtete ihn verwundert. »Haben Sie in Ihrem Laden nur runde Preise? Ich hab mir Ihr Schaufenster angesehen. Da gab es auch was für 2 Dollar 70. Wollen Sie das für drei Dollar verkaufen, nur weil Sie dann einfacher rechnen können? So schwer, wie sie aussieht, ist die Rechnerei nicht, Mister Finlay. Wie wär's, wenn Sie mit Ihrer Tochter zusammenarbeiten?«

Diesmal bekam Alfred Finlay weder Schützenhilfe von seiner Frau noch von seiner Tochter. Alma Finlay hielt das Ganze für eine gute Idee und nickte ihm aufmunternd zu, und Peneleope meldete sich und rief: »Ich helfe dir gern, Daddy. Ich kann das Einmaleins auswendig. Rechnen ist doch ganz einfach.«

Clara konnte das Mädchen ebenso wenig leiden wie seine Mutter, musste aber anerkennen, dass sie ihre beste Schülerin war. Zumindest wusste sie am meisten. Charakterlich ähnelte sie zu sehr ihrer Mutter, war besserwisserisch, rechthaberisch und ziemlich arrogant. Gleich am zweiten Tag erwischte Clara die Klassenbeste dabei, wie sie ihre Nachbarin anfuhr. Dass ausgerechnet die schüchterne Maggie Kalifornien auf der Landkarte gefunden hatte, passte ihr gar nicht: »Glaub bloß nicht, dass du schlauer bist als ich!«

»Zu einer guten Schülerin gehört auch, dass man die Leistung eines anderen Mädchens anerkennt«, wies Clara sie ärgerlich zurecht. »Oder willst du dir dein gutes Zeugnis mit einer schlechten Note in Betragen verderben?«

Penelope suchte vergeblich nach ihrer Mutter, ließ sich aber nicht einschüchtern. »Das würde meine Mutter niemals zulassen«, erwiderte sie. »Sie würde die schlechte Note anfechten und die Schulbehörde und den Commissioner einschalten. Er kann ein Zeugnis ändern, wenn es ungerecht ist.«

»Aber nur dann«, stellte Clara richtig.

Mit den anderen Kindern kam sie bestens zurecht. Sam Perry blieb vorlaut und mimte öfter mal den Klassenclown, war aber lernbegierig und wusste viel. Alex Richmond, der Sohn des Prospektors, der mit Sams Vater nach einer Goldader suchte, war das genaue Gegenteil von Sam, er blieb eher im Hintergrund und brachte durchschnittliche Leistungen. Maggie Gardiner meldete sich kaum, wusste aber meist eine Antwort, wenn sie gefragt wurde. Kenny Bower, der stille Sohn des Hotelbesitzers, der auch im Saloon bediente, krakeelte gern in den Pausen und hatte keine Ahnung von Rechtschreibung, konnte aber gut rechnen. Die beiden Erwachsenen taten sich schwer. Alfred Finlay blieb aufsässig und würde niemals so gut wie seine Frau rechnen können, und Tommy Ashley, der Oldtimer, hatte Schwierigkeiten beim Schreiben.

Dennoch bekam Clara ihre Klasse einigermaßen in den Griff. Bis auf die kleinen Wortgefechte, die sie sich mit Alfred Finlay lieferte, lief alles so, wie sie es sich erhofft hatte. Selbst Penelope bereitete ihr kein Kopfzerbrechen. Eine schwierige Schülerin gab es in jeder Klasse, das war auch in Salinas nicht anders gewesen. Mit dem Unterschied, dass dort das Schulgremium und die Eltern immer hinter ihr gestanden hatten. Hier in Porcupine tat sie sich schwerer mit den Behörden, besonders dann, als sie erfuhr, dass neben Alma Finlay nur noch Bürgermeister O'Brady und Doc Gardiner im Schulgremium saßen. Beide waren viel zu sehr mit ihren eigenen Problemen beschäftigt, um eine entscheidende Rolle in dem Gremium zu spielen. Alma Finlay entschied mutterseelenallein, wie der Unterricht für die Kinder auszusehen hatte.

Nachdem sie zwei weitere Tage am Unterricht teilgenommen hatte, zeigte sie sich einigermaßen zufrieden. »So gefallen Sie mir schon besser, Miss Keaton«, sagte sie, »aber glauben Sie ja nicht, dass Sie damit einen Freibrief haben. Ich werde Sie auch weiterhin im Auge behalten.« Was bedeutete, dass ihr Mann und ihre Tochter ihr jeden Abend berichteten, was in der Schule geschehen war. So wie am vierten Tag, als Clara ihnen einen weiteren Staat auf der Landkarte gezeigt, Massachusetts nämlich, und mit ihnen den »Yankee Doodle« einstudiert hatte, weil dieses Lied sehr gut zu einem

Staat im fernen Nordosten passte. »Nichts gegen ein wenig Auflockerung«, mahnte Alma Finlay, als Clara zum Einkaufen in ihren Laden kam, »aber wen interessiert in Alaska schon, wo Massachusetts liegt und wie der ›Yankee Doodle‹ klingt?«

»Nehmen Sie sich das zerfledderte Lesebuch, das im Schrank liegt«, erklärte Clara, »da steht auch was über Massachusetts drin, und der ›Yankee Doodle‹ steht gleich auf einer der ersten Seiten. Meines Wissens gehört das Lesebuch auch zu den Lehrmitteln in Alaska. Sie werden lachen, aber in Kalifornien blieb man sitzen, wenn man den ›Yankee Doodle‹ nicht auswendig konnte.«

Das war zwar gelogen, verfehlte aber seine Wirkung nicht. »Schon gut«, erwiderte Alma Finlay. »Ich wusste gar nicht, dass wir noch ein Lesebuch haben. Ich hab vor langer Zeit mal welche bestellt, aber leider nie bekommen.«

»Das macht nichts, Mrs Finlay. Ich kann das Buch auswendig.«

Im Laden der Finlays lernte Clara auch einige der anderen Bewohner kennen. Der Laden und der Saloon, in dem weibliche Besucher aber unerwünscht waren, galten als die Treffpunkte der Stadt, und in Ermangelung einer Kirche, die einem Feuer zum Opfer gefallen war, fand sogar der sonntägliche Gottesdienst im Saloon statt. Robert Bower, der Besitzer des Etablissements, verhängte das Bierfass sowie die Regale mit Schnapsflaschen mit einem schwarzen Vorhang und ließ auch das freizügige Gemälde einer unbekannten Schönen unter dem großen Elchgeweih unter schwarzem Stoff verschwinden.

Obwohl die Bürger von Pocupine verschiedenen Konfessionen angehörten, gab es nur einen Pfarrer. Er gehörte den Presbyterianern an, ließ sich Reverend Smith nennen und zelebrierte den Gottesdienst so, wie er ihn für richtig hielt. Niemand wusste, ob er wirklich ein Pfarrer war. Hinter vorgehaltener Hand behaupteten manche Leute, dass er zur Zeit des großen Goldrausches auf dem Pfad der Sünde gewandelt wäre. Meist wetterte er in seinen Predigten gegen Alkohol und blickte dabei Doc Gardiner an, der selbst während des Gottesdienstes eine Schnapsflasche in seiner Jackentasche stecken hatte. Was Reverend Smith nicht daran hinderte, jeden Abend mit ihm eine Partie Schach im Laden der Finlays zu spielen. Dabei fluchte auch Smith nach Herzenslust.

»Wenn ich mich richtig erinnere, warf Jesus die Gaukler und Spieler aus dem Tempel«, sagte Clara, als sie den Laden betrat und wieder auf die beiden traf. »Mit der Einstellung gewinnen Sie keine neuen Schäfchen, Reverend.«

»In Gottes Haus ist Platz für die unterschiedlichsten Charaktere, Ma'am«, erwiderte der Pfarrer, ein gemütlicher, aber streitbarer Mann mit einem dichten Vollbart. Die Narben in seinem Gesicht und an seinen Händen waren ein untrügliches Zeichen dafür, dass er nicht sein ganzes Leben als Reverend gearbeitet hatte.

»Gott sei Dank«, stimmte ihm Clara zu, »sonst wäre es schlecht um diesen Ort bestellt.« Sie wandte sich an den Doktor, der wie immer leicht benebelt war und eine Flasche Whiskey neben dem Spielbrett stehen hatte. Er blickte grübelnd auf das Brett und hatte keinen Schimmer, welchen Zug er als Nächstes ausführen sollte.

»Die Dame nach rechts, sonst ist es um sie geschehen«, riet Clara.

Der Doktor kam ihrer Aufforderung nach, warf einen

Läufer raus und stellte ihn erleichtert an den Rand des Spielbretts. »Hey«, sagte er grinsend. Er war ein hagerer Mann mit schmalen Augen und einer viel zu langen Nase. Seine wenigen Haare hatte er sorgfältig nach hinten gekämmt. »Seit wann spielen Sie Schach, Ma'am?«

»Einer meiner Kollegen in Salinas hat es mir beigebracht, Doc.« Sie deutete auf das Spielbrett. »Jetzt würde ich meinen Springer einsetzen.«

Wieder folgte ihr der Doktor. »Sie sind ein Genie, Ma'am.«

»Wann kommen Sie endlich in die Schule, Doc?«, wechselte Clara das Thema. »Bei mir ist es Brauch, alle Kinder zu Beginn eines Schuljahres von einem Arzt untersuchen zu lassen. Von einem nüchternen Arzt, wohlgemerkt. Oder wollen Sie sich den Rest Ihres Lebens an einer Flasche festhalten?«

»Sie sind ziemlich direkt, Ma'am.«

»So was Ähnliches hab ich schon von Mrs Finlay gehört«, erwiderte Clara. »Soweit ich weiß, sind Sie der einzige Arzt im weiten Umkreis. Soll ich nach Dawson City reiten, wenn jemandem was passiert, oder den Medizinmann der Indianer holen? Wir brauchen einen Arzt, der sich um die Bürger kümmert.«

»Sie haben keine Ahnung, Ma'am.«

»Auch der Satz ist mir bekannt, Doc.«

Einige Tage später, als sie von der Witwe Johnson erfuhr, dass Doc Gardiner vor drei Jahren seine Frau in einem Unwetter verloren hatte, bereute sie den schnippischen Wortwechsel mit dem Doktor schon wieder. Seine Frau war während eines Gewitters vom Blitz getroffen worden. Doc Gardiner machte sich Vorwürfe, weil er sie auf den langen Ritt nach Dawson City mitgenommen hatte, und ertränkte seinen Kummer seitdem in Alkohol. Seine Tochter Maggie kümmerte sich um ihn, bekam manchmal Hilfe von der Frau des Pfarrers, einer gutmütigen und sehr stillen Frau, die kaum in Erscheinung trat.

Nur ganz selten ließ sich die junge Blanche im Laden der Finlays blicken. Sie war die Tochter des Hotelbesitzers. Eigentlich hieß sie Susan, arbeitete im Hotel ihres Vaters an der Rezeption und im Büro, kümmerte sich um den Haushalt und ihren jüngeren Bruder und wechselte abends auf die Bühne des Saloons. In einem Kleid, das sie sich selbst nach einer Vorlage aus dem Sears & Roebuck Katalog genäht hatte, und einer strohblonden Perücke versuchte sie sich inmitten der bescheidenen Kulissen als Tänzerin und Sängerin. Nur an den Wochenenden, wenn der Saloon wenigstens halb gefüllt war, unterbrach Bürgermeister Luther O'Brady ihre Darbietung mit einem klassischen Monolog, der die Gäste regelmäßig zu höhnischem Klatschen und Pfeifen verleitete.

»Sobald ich genügend Geld gespart habe, gehe ich nach Dawson City«, verkündete sie jedem, dem sie begegnete. Auch Clara blieb von ihren Plänen nicht verschont. »Ich werde in einem großen Theater tanzen und singen, bis ein Agent auf mich aufmerksam wird und mich nach San Francisco holt.«

Clara hatte das achtzehnjährige Mädchen nie singen gehört, erkannte aber an den verdrehten Augen der anderen Kunden, dass es mit seiner Sangeskunst nicht weit her sein konnte. Dennoch bewunderte sie Blanche. Wer mit einer solchen Überzeugung und Begeisterung an seinen Träumen festhielt, musste einfach dafür belohnt werden. »Halten Sie an Ihren Träumen fest, Blanche«, sagte sie. »Ich freue mich schon darauf, Ihr Foto im Examiner zu sehen.«

Während eines Abendessens, das Clara regelmäßig

bei der Witwe Johnson einnahm, weil sie ohnehin nicht gut kochen konnte und ihr die neue Freundin einen Sonderpreis machte, traf sie Joe Perry und Ben Richmond, die beiden Goldsucher, die fest davon überzeugt waren, noch in diesem Jahrzehnt zu Millionären zu werden. Sie saß vor einem Teller mit Elchgulasch und Kartoffeln, als die Männer das Lokal betraten und sich erschöpft an einem der Tische niederließen. »Bring uns was von dem Eintopf, Witwe Johnson!«, rief Joe Perry. Er hatte dieselben roten Haare wie sein Sohn und war ebenso vorlaut. »Wir haben den ganzen Tag geschuftet und brauchen dringend was zu essen. Ein Kaffee wäre auch nicht schlecht. Bring uns Kaffee, schön stark.«

»Wie wär's, wenn ihr erstmal die Lady begrüßt, ihr Stoffel?«, erwiderte die Witwe Johnson. Sie blieb vor Clara stehen. »Das sind die beiden großspurigen Tölpel, von denen ich Ihnen erzählt habe, Clara. Joe Perry und Ben Richmond. Ihre missratenen Söhne kennen Sie ja schon. Die beiden schwören seit Jahren, die reichste Goldader von Alaska zu finden, und kommen gerade mal mit ein paar Nuggets nach Hause. Wie ich sie kenne, können sie nicht mal ihren Eintopf bezahlen. Das ist Clara Keaton, unsere neue Schoolma'am.«

Die Goldsucher nahmen ihre Mützen ab. »Ma'am«, grüßten beide.

»Freut mich«, erwiderte Clara, nachdem sie runtergeschluckt hatte. Die beiden Männer, laut und großspurig, wenn sie allein waren, und eher schüchtern und kleinlaut in Anwesenheit einer jungen Frau, gefielen ihr. Wer Tag für Tag von frühmorgens bis spätabends in der Erde wühlte und so fest an sein Glück glaubte, musste etwas Positives an sich haben. »Ihre Söhne geben sich große Mühe in der Schule. Wenn sie so weitermachen, wird was aus ihnen.«

Ben Richmond griff nach dem Kaffeebecher, den die Witwe ihm hinstellte, und nippte vorsichtig daran. Er war etwas kräftiger als sein Partner und wirkte lange nicht so wach und munter. »Keine Bange, aus denen wird sowieso was. Sobald wir auf die große Ader gestoßen sind, gehört ihnen die halbe Welt.«

»Sind Ihre Frauen nicht böse, wenn Sie bei der Witwe essen?«, fragte Clara nach einer Weile. »Sie haben doch sicher was auf dem Herd stehen.«

»Helen und Dorothy?« Richmond kicherte heiser. »Die kochen erst wieder für uns, wenn wir die Ader gefunden haben. Solange wir tagelang im Dreck wühlen und nur alle paar Tage nach Hause kommen, sollen wir uns selber um unser Essen und die Wäsche kümmern. Sie sind ziemlich sauer, müssen Sie wissen?«

»Weil sie kein Gold finden?«

»Weil wir tagelang wegbleiben ... manchmal auch wochenlang. Dabei wühlen wir doch nur für sie im Dreck. Für unsere Frauen und unsere Söhne.« Er trank von seinem Kaffee und wischte sich mit dem Handrücken über die Lippen. »Sie sind die neue Schoolma'am, sagen Sie? Miss Clara Keaton?«

»Ja ... wieso?«

»Weil heute ein Fallensteller bei uns im Lager war. Wie hieß er noch?«

»Mike«, antwortete Perry. »Mike Gaffrey.«

»Mike Gaffrey ... genau. Ein netter Bursche. Kam für einen Kaffee an unser Feuer und löcherte uns mit Fragen über Sie. Ob denn die neue Schoolma'am schon in Porcupine wäre, und wie sie sich eingelebt hätte? Und ob Alma Finlay und das Schulgremium mit ihr einverstanden wären?« Richmond grinste über beide Backen

»Sie haben den Kerl schon mal irgendwo getroffen, hab ich recht?«

Clara war rot angelaufen. »Ja … wieso?«

»Weil ich jede Wette eingehe, dass der Kerl bis über beide Ohren in Sie verliebt ist! So wie der sich benommen hat. Wenn der gekonnt hätte, wäre er gleich mit uns gekommen. Wir sollen Ihnen einen schönen Gruß ausrichten.«

»Einen schönen Gruß, genau«, bestätigte Perry ebenfalls grinsend. »So liebeskrank, wie der aussah, taucht er so bald wie möglich hier auf. Stimmt's?«

»Stimmt«, sagte Richmond. »Wenn ich Sie mir so anschaue, kann ich den Kerl auch gut verstehen. Also, wenn ich nicht mit Helen verheiratet wäre …«

»… Würdest du dir eine kräftige Abfuhr holen!«, schnitt ihm die Witwe Johnson das Wort ab. »Oder meinst du, eine hübsche Lehrerin wie sie würde sich mit einem ungehobelten und schmutzigen Maulwurf wie dir einlassen?«

»Helen hat's getan«, widersprach Richmond.

»Als du noch jung und hübsch warst«, erklärte die Witwe.

Clara war so verlegen, dass sie die Hälfte ihres Gulaschs zurückgehen ließ und sogar auf den gewohnten Kaffee verzichtete. Immer noch hochrot im Gesicht verabschiedete sie sich von der Witwe und kehrte überstürzt zum Schulhaus zurück. Sie spürte, wie die Blicke der Goldsucher ihr durchs Fenster folgten.

Zu Hause ließ sie sich auf einen Stuhl fallen und starrte lange ins Leere. »Mike«, flüsterte sie, »mein Gott! Und ich hatte mir geschworen, die nächsten drei Jahre keinen Mann mehr anzusehen. Wie man sich doch täuschen kann.«

12

Bevor Clara schlafen ging, trat sie ans Fenster und blickte in die Nacht hinaus. Der Himmel hatte aufgeklart, und der Mond und die Sterne standen leuchtend am Himmel und spiegelten sich im ruhigen Wasser des schmalen Flusses, der unterhalb ihrer Hütte nach Südosten floss. Silbernes Licht lag über den Schwarzfichten am Ufer und verlieh ihnen ein unwirkliches Aussehen.

Wie romantisch diese Wildnis doch sein konnte. Als würde es niemals ein Gewitter oder einen Schneesturm geben, als wäre die Natur dem Menschen nur freundlich gesinnt. Die Worte des Fallenstellers kamen ihr in den Sinn, sein Loblied auf den Hohen Norden, der ihn abseits der Städte mit seinem Frieden und seiner Stille lockte. »Ein Land, in dem man monatelang keinem Menschen begegnet«, hatte er gesagt, und doch war sie gerade ihm über dem Weg gelaufen, einem Mann, der sie schon bei ihrer ersten kurzen Begegnung an der Anlegestelle fasziniert und seitdem nicht mehr losgelassen hatte.

Sie machte sich nichts vor. Die Chancen, dass aus ihrer flüchtigen Begegnung und der schüchternen Verabredung in Dawson City eine dauerhafte Beziehung werden konnte, waren eher gering. Eine Schoolma'am, die auch in der Wildnis zu einem bürgerlichen Leben an einem festen Wohnort gezwungen war, passte nicht zu einem rastlosen Fallensteller, der in der Natur zu Hause war und in einem Kanu oder mit einem Hundeschlitten durch die Wälder zog. Doch was waren Vernunft und Logik gegen das geheimnisvolle Kribbeln, das sie allein bei dem Gedanken an Mike Gaffrey empfand? Dieses Brennen ihrer geröteten Wangen und diese beinahe schmerzhafte Sehnsucht, ihn unbedingt wiedersehen zu wollen? Oder brauchte sie nach der großen Enttäuschung mit Benjamin Carew nur einen Anker, an dem sie sich festhalten konnte? Sie war nicht nach Alaska gegangen, um einen Mann zu finden.

Sie löschte die Kerosinlampe und legte sich ins Bett. Wie aus weiter Ferne drangen die schrägen Töne des Walzenklaviers im Saloon an ihre Ohren. Joe Perry und Ben Richmond feierten mit einigen anderen Goldsuchern, die am frühen Abend in Porcupine aufgetaucht waren und nach einigen Wochen in der Wildnis ihren Spaß haben wollten. Viel hatte die kleine Stadt nicht zu bieten. Whiskey und Bier, ein Kartenspiel mit Freunden und die zweifelhaften Darbietungen von Blanche mussten genügen. Nicht einmal leichte Mädchen hatten sich in dieses abgelegene Nest verirrt. Hinter vorgehaltener Hand wurde zwar gemunkelt, dass Blanche bei zahlungswilligen Gästen schon mal schwach wurde, aber beweisen konnte das niemand, und es laut auszusprechen, hätte bedeutet, sich mit Robert Bower, dem Hotelbesitzer, anzulegen.

Einigermaßen zufrieden schloss Clara die Augen. Sie hatte die ersten Tage besser gemeistert, als es nach den Zurechtweisungen von Alma Finlay am ersten Schultag den Anschein gehabt hatte. Sogar die Präsidentin des Schulgremiums hatte sie einigermaßen von ihrem Können überzeugt. Solange sie sich streng an den Lehrplan hielt und darauf beschränkte, die Basisfächer Lesen, Schreiben und Rechnen zu unterrichten, würde sie keine Schwierigkeiten bekommen. Wie in allen abgelegenen Dörfern, auch im fernen Kalifornien, war man in Porcupine sehr konservativ. Fächer wie Geografie und Biologie wurden bereits als unnützer Luxus betrachtet, und die Beschäftigung mit einem Buch oder das Erlernen eines Gedichtes grenzten an Frevel. Sie würde äußerst behutsam vorgehen müssen, um den abwechslungsreichen Unterricht, den sie aus Salinas gewohnt war, in der Wildnis von Alaska durchsetzen zu können.

Mit den Bewohnern ihrer neuen Heimat kam sie besser zurecht als erwartet. Die Witwe Johnson war ihr schon nach wenigen Tagen zur Freundin geworden, eine patente Frau, die sie an Rose Galucci in Dawson City erinnerte. Die Witwe war noch direkter und herzlicher. An den rauen Umgangston von Goldsuchern wie Joe Perry und Ben Richmond konnte man sich gewöhnen, ihre derbe Art war wesentlich ehrlicher als die falsche Höflichkeit, die sie in den besseren Kreisen von Salinas erlebt hatte. Der verrückte Bürgermeister, der kaum einen Tag ohne einen klassischen Monolog vergehen ließ, der geheimnisvolle Reverend mit der rätselhaften Vergangenheit, und die hübsche Tochter des Hotelbesitzers, die von einer großen Karriere träumte, gehörten zu der Ansammlung von sonderbaren Charakteren, die im Hohen Norden besonders ausgeprägt sein sollten. Das hatte man ihr bereits auf dem Schiff erzählt. »Läge Alaska nicht so weit im Norden, würde ich sagen, dort ist der Wilde Westen noch lebendig«, hatte der Captain der *Skagway* gesagt.

Mit diesem Gedanken schlief Clara ein. Sie versank in einem wirren Traum, der sie in den Wilden Westen entführte und in dem ihr Mike Gaffrey als tapferer Cowboy erschien, der auf einem weißen Pferd in die Stadt kam und mit einem flüchtigen Lächeln an ihr vorbeiritt. Im nächsten Augenblick sprangen mehrere

Hunde zu beiden Seiten seines Pferdes empor und schnappten knurrend und geifernd nach seinen Beinen. Als einer der Hunde, eine schwarze Bestie mit toten Augen, seine gelben Zähne in die Flanke seines Pferdes grub und Blut über das weiße Fell spritzte, schreckte sie aus dem Schlaf. Sie schnappte entsetzt nach Luft und blickte sich verwirrt in ihrem halbdunklen Zimmer um.

Erschöpft von dem Albtraum, rieb sie sich den Schweiß von der Stirn. Sie stand auf und trank ein Glas Wasser, starrte eine Weile benommen ins Leere und wollte gerade ins Bett zurückkehren, als ein verdächtiges Geräusch an ihre Ohren drang. Ein leises Jaulen, direkt vor ihrem Fenster. Ein wildes Tier, war ihr erster Gedanke, der Bär, der ihre Vorgängerin vertrieben hatte. Doch als sie auf Zehenspitzen zum Fenster schlich und vorsichtig hinausspähte, konnte sie nichts Verdächtiges entdecken. Das Bild, das sich ihren leicht verschlafenen Augen bot, war genauso friedlich wie vor dem Schlafengehen.

Sie blieb stehen und lauschte angestrengt. Es fiel ihr schwer, sich von ihrem Alptraum mit den knurrenden Hunden und dem ängstlich wiehernden weißen Pferd zu trennen und auf das seltsame Geräusch zu konzentrieren. Es war immer noch da, klang aber jetzt vom Flussufer herauf, ein leises, beinahe menschliches Wimmern, das sich in dem auffrischenden Wind verlor. Sie blickte genauer hin, beobachtete etwas Weißes, das sich über die Böschung bewegte und wenig später am Flussufer auftauchte. Der Wolf, der weiße Wolf, den sie gerettet hatten. Er war ihr von Dawson City bis nach Porcupine gefolgt und blieb in ihrer Nähe, wie ein Hund oder eine Katze.

Auch als sie die Augen zusammenkniff, um noch

genauer sehen zu können, konnte sie nicht mit Bestimmtheit sagen, dass es sich um den Wolf handelte. Auch die Hunde aus der Nachbarschaft, und darunter gab es zumindest einige schwarz und weiß gemusterte Huskys, trieben sich nachts manchmal am Flussufer herum. Sie presste ihr Gesicht gegen die kühle Scheibe, erreichte damit aber nur, dass sie unter ihrem Atem anlief und ihr das Sehen erschwerte. Nachdem sie mit ihrem Unterarm darübergewischt hatte, war der weiße Fleck verschwunden. Auch das Wimmern war plötzlich verstummt.

Doch kaum hatte sie sich vom Fenster abgewandt und auf den Bettrand gesetzt, kehrte es zurück, diesmal lauter und eindringlicher. Als würde der Wolf verzweifelt nach ihr rufen. Einer inneren Stimme folgend, stand sie auf und zog sich an. Sie band die Haare notdürftig zu einem Pferdeschwanz zusammen, stülpte ihre Wollmütze darüber und schlüpfte in den gefütterten Mantel. In ihren Hausschuhen verließ sie die Blockhütte und stieg zum Flussufer hinab. Der frische Nachtwind wehte ihr unangenehm kühl ins Gesicht.

Am Flussufer blieb sie stehen und blickte sich suchend um. Das Jaulen war verstummt, und sie wusste nicht, in welche Richtung sie sich wenden sollte. Sie blickte auf die Bäume im Westen und ging langsam darauf zu. Nur zögernd wagte sie sich in das Dunkel des Waldes hinein. Mit ausgestreckten Armen, um nicht gegen einen der Baumstämme zu prallen, tastete sie sich vorwärts. Die dichten Zweige hielten das blasse Licht des Mondes und der Sterne ab, ließen den Wald in düsterer und unheimlicher Finsternis versinken.

Erst allmählich wurde ihr bewusst, welche Dummheit sie beging. Sie lebte nicht mehr in Kalifornien, hatte die Zivilisation hinter sich gelassen und mit einem wilden Land vertauscht, das mit zahlreichen Gefahren aufwartete, die man im erschlossenen Kalifornien gar nicht mehr kannte. Hier gab es Bären und Wölfe, die auch Menschen angriffen, wenn sie unter großem Hunger litten oder sich belästigt fühlten. Und in der Natur, auch in unmittelbarer Nähe einer Siedlung wie Porcupine, war man nirgendwo vor einer Überraschung sicher. Nicht mal eine Waffe hatte sie dabei, dabei hatte ihr Alfred Finlay erst gestern im Laden einen gebrauchten Revolver angeboten: »Eine Schachtel Patronen gebe ich Ihnen gratis dazu.« Sie hatte abgelehnt und nur gelacht, als er gesagt hatte: »Hier draußen braucht jeder eine Waffe, auch die Lehrerin.«

Jetzt wünschte sie sich, einen geladenen Revolver in der Hand zu halten, obwohl sie noch nie in ihrem Leben eine Waffe abgefeuert hatte und gar nicht wusste, ob sie dazu fähig war. Mach dich nicht lächerlich, sagte sie sich, du bist keine fünfzig Schritte von deiner Hütte entfernt und brauchst keine Angst zu haben. Bis an die Siedlung wagen sich die wilden Tiere bestimmt nicht heran. Oder doch? Sie wollte schon umkehren, als das Winseln wieder zu hören war, diesmal ganz in ihrer Nähe, und sie ängstlich zusammenzucken ließ.

Dennoch lief sie die paar Schritte zu einer Lichtung und sah den weißen Wolf im Gras liegen. Das helle Mondlicht ließ ihn noch weißer erscheinen, als er wirklich war. Bei seinem Anblick spürte sie plötzlich keine Angst mehr. Ohne Scheu lief sie zu ihm. Sie kniete nieder und beugte sich über ihn. Bedrückt stellte sie fest, dass sich eine Bisswunde am Hals entzündet hatte und ihm anscheinend schwer zu schaffen machte. Er atmete heftig und schnell.

»Hat dich der schwarze Hund doch schlimmer erwischt, als wir dachten«, sagte sie leise. Mit der flachen

Hand strich sie über sein Fell und ließ sie eine Weile auf seinem Nacken ruhen. Sie spürte seinen raschen Herzschlag.

Der Wolf wollte aufstehen, knickte aber schon bei der ersten Bewegung mit den Vorderläufen ein und sank erneut in das feuchte Gras. Ein schmerzerfülltes Winseln kam aus seinem leicht geöffneten Maul. Er brauchte dringend Hilfe.

Clara überlegte angestrengt. Es gab keinen Tierarzt in Porcupine, und wenn, hätte er sich bestimmt nicht um einen Wolf gekümmert. Die Hunde überließ man sich selbst, auch andere Haustiere, und wenn sich ein Pferd oder Maultier verletzte, sprang Doc Gardiner ein. »Der benimmt sich sowieso wie ein Viehdoktor«, sagten die Leute, »und wenn er genug Whiskey getankt hat, weiß er ohnehin nicht, ob er einen Menschen oder ein Tier auf dem Behandlungstisch liegen hat.« Aber was würde er sagen, wenn man ihn mitten in der Nacht wegen eines Wolfes aus dem Bett holen würde? Sie konnte froh sein, wenn er nicht seinen Revolver aus der Schublade zog und sie davonjagte.

Doch mit dem weißen Wolf schien sie ein unsichtbares Band zu vereinen, als wäre er ein treues Haustier, das schon seit Ewigkeiten bei ihr lebte. Auch sie kannte die meist rührseligen Geschichten von treuen Hunden, die keinen Schritt von der Seite ihres Herrn wichen und ihm quer durch das Land folgten, wenn er sein Zuhause verließ. Niemand würde ihr glauben, wenn sie von einem Wolf erzählte, der ihr aus purer Dankbarkeit schwer verletzt durch die Wildnis folgte, nur um in ihrer Nähe zu sein. Normalerweise wäre ein Wolf in die Wildnis zurückgekehrt, nachdem sie ihn vor Dynamite Dick und seinem Kampfhund gerettet hatten. War dieser weiße Wolf ein besonderes Wesen? Hatte er die Ungebundenheit seines früheren Lebens in der Gefangenschaft vergessen?

»Hab keine Angst!«, sagte sie zu dem verletzten Tier. »Ich hole Hilfe.«

Ohne weiter zu überlegen, stieg sie über die Uferböschung zur Main Street hinauf. Doc Gardiner wohnte in dem zweistöckigen Gebäude neben der Poststation, ein einfaches Holzhaus, von dem längst die Farbe abgeblättert war. Clara kletterte die steile Treppe zum Privateingang im zweiten Stock empor und klopfte heftig gegen die Tür. »Doc Gardiner! Ein Notfall! Wachen Sie auf!« Sie klopfte ein zweites Mal, lauschte ungeduldig auf seine Schritte.

Nach einer Weile öffnete Maggie. Sie rieb sich gähnend den Schlaf aus den Augen und hatte Mühe, Clara im Mondlicht zu erkennen. »Ma'am? Sie?«

»Tut mir leid, dass ich dich aufgeweckt habe«, entschuldigte sich Clara bei dem Mädchen. Sie blickte in den dunklen Flur. »Ist dein Vater zu Hause?«

»Er schläft. Es ... Es geht ihm nicht besonders, Ma'am.«

Das hatte Clara schon befürchtet. Es verging kaum ein Abend, an dem Doc Gardiner nicht betrunken nach Hause kam und sich manchmal erst spätnachts am Geländer die steile Treppe hochzog. Einige Leute schlossen bereits Wetten darauf ab, wann er nicht mehr imstande sein würde, seine Haustür zu erreichen und auf den Stufen einschlief. Im Winter wäre das lebensgefährlich.

Aus dem Flur drang das laute Schnarchen des Doktors. Sie drückte ungeduldig die Tür nach innen und fragte: »Darf ich reinkommen, Maggie?« Noch während sie es sagte, drängte sie sich bereits an ihr vorbei und klopfte an die Tür des Zimmers, aus dem das

Schnarchen kam. »Hallo Doc! Ich bin's, Clara Keaton, die Lehrerin. Ich brauche Ihre Hilfe! Ein Notfall! Kommen Sie bitte!«

In dem Zimmer rührte sich nichts. Das Schnarchen hielt unvermindert an und ließ ihr keine andere Wahl, als die Tür zu öffnen und das Schlafzimmer des Doktors zu betreten. Doc Gardiner lag angezogen auf dem Bett, den Mund weit geöffnet und von einer Dunstwolke aus Whiskey umgeben. Er machte nicht den Eindruck, als könnte er in dieser Nacht jemand behandeln.

Clara schüttelte ihn ungeduldig. »Wachen Sie auf, Doc! Ein Notfall!«

Das Schnarchen verstummte kurz. Der Doktor öffnete verstört die Augen, blickte sie an, ohne sie zu erkennen, brummte etwas und schlief wieder ein.

»Doc! Wachen Sie auf!

Maggie erschien mit einer flackernden Kerosinlampe in der Tür. »Ich geb ihm immer Kaffee, wenn er krank ist«, sagte sie, anscheinend daran gewöhnt, ihren Vater in diesem Zustand vorzufinden. »Mit Kaffee kriegen Sie ihn am schnellsten wach. Soll ich welchen holen? In der Küche steht noch welcher.«

»Das wäre nett. Warte, ich helfe dir.«

Clara folgte dem Mädchen in die Küche, nahm die Kanne von dem beheizten Ofen und kehrte mit der Kanne und einem Becher ins Schlafzimmer zurück. »Geh ins Bett, Maggie«, sagte sie, »sonst bist du morgen früh nicht ausgeschlafen. Ich schaffe das schon allein. Stell die Lampe auf den Tisch.«

Das Mädchen gehorchte und verschwand.

Clara wartete, bis sie in ihrem Zimmer war, und flößte Doc Gardiner den heißen Kaffee ein. Schon nach dem ersten Schluck reagierte er. Er schreckte so plötzlich aus dem Schlaf, dass sie etwas von dem heißen Kaffee verschüttete, hustete und schnaubte wie ein Walross und sank stöhnend in die Kissen zurück. Anscheinend vertrug er keinen Kaffee. Clara versuchte es ein zweites Mal, riss ihn diesmal ganz aus dem Schlaf und brachte ihn dazu, sich aufzusetzen. Er blieb auf dem Bettrand hocken und blickte sie verwirrt an, wähnte sich wohl in einem Traum und wartete keuchend darauf, dass er aufwachte.

»Ich bin's, Clara Keaton, die Lehrerin«, versuchte sie es noch einmal. »Wachen Sie auf, Doktor! Ich hab einen Notfall! Geht es wieder, Doktor?«

»Kaffee!«, brummte er. »Geben Sie mir Kaffee!«

Doc Gardiner brauchte eine geschlagene halbe Stunde, um wieder einigermaßen nüchtern zu werden. Zumindest war er den Alkohol in seinem Blut so gewöhnt, dass er wieder halbwegs funktionierte. Er stand auf, stolperte auf wackeligen Beinen zum Waschtisch und hielt seinen Kopf in die Waschschüssel mit dem kalten Wasser. »Ein Notfall?«, sagte er, als er prustend wieder hochkam. »Warum müssen die Leute immer spätnachts krank werden?«

»Ein Wolf«, klärte Clara den Doktor auf. »Er ist verletzt.«

»Ein Wolf?« Der Doktor starrte sie verwirrt an.

»Ein besonderer Wolf. Kommen Sie, Doktor!«

Doc Gardiner schüttelte verstört den Kopf, glaubte sich wohl noch immer in dem Traum und griff nach seiner Tasche. »Wenn Sie mich zum Narren halten wollen, Ma'am, haben Sie sich einen schlechten Zeitpunkt ausgesucht.«

»Ich meine es ernst, Doktor. Kommen Sie endlich!«

Sie zog den Doktor nach draußen und wunderte sich, wie schnell er wieder nüchtern wurde. Auf der Treppe musste er sich zwar am Geländer festhalten, doch er stolperte nicht und ließ sich auch durch das nervöse Bellen einiger Huskys vor einem der Blockhäuser nicht aus der Ruhe bringen. Der frische Nachtwind tat ein Übriges, um seine Lebensgeister zu wecken. Nur mit seinen Gedanken war er nicht ganz dabei. Zum Glück für Clara, denn sonst hätte er sich bestimmt nicht bereit erklärt, einen Wolf zu behandeln. Eher verstört und immer noch etwas benommen folgte er Clara auf die Lichtung im Wald.

Der Anblick des weißen Wolfes ließ ihn innehalten, doch Clara drängte ihn weiter und kniete neben dem verletzten Tier. »Kommen Sie, Doc! Er tut Ihnen nichts! Keine Angst, ich zahle die Behandlung. Den doppelten Preis.«

»Den doppelten Preis?«

Die Aussicht auf ein anständiges Honorar ließ den Doktor alle Vorbehalte vergessen. Er ging vor dem verletzten Wolf in die Knie und untersuchte ihn eingehend. In dieser Verfassung war die Bestie auch nicht gefährlicher als ein kranker Husky. Als er die Wunde am Hals berührte, jaulte der Wolf schmerzerfüllt auf. »Die Wunde hat sich entzündet. Ich gebe ihm eine Spritze gegen die starken Schmerzen und streiche meine spezielle Kräutersalbe auf die Stelle. Bei dem Husky, den ich vor einigen Wochen behandelt habe, hat sie gewirkt, aber garantieren kann ich für nichts.« Er öffnete seine Tasche und zog eine Spritze auf. Seine Hände zitterten noch ein wenig. »Sie wollen wirklich, dass ich diese Bestie behandelte?«, fragte er noch einmal nach, um alle Zweifel zu beseitigen.

»Sonst hätte ich Sie nicht geholt«, erwiderte sie. »Und Maluk ist keine Bestie, sondern eine bedauernswerte Kreatur, der man übel mitgespielt hat.«

»Maluk?«, wunderte er sich.

Sie nickte. »Der Name fiel mir gerade ein. So hieß der Wolf in einem Roman, den ich mit meinen Schülern in Salinas gelesen habe. Ausnahmsweise war er nicht der Böse. Er rettete eine ganze Familie vor einem Schneesturm.«

»Maluk, hm? Sie sind eine bemerkenswerte Frau, Ma'am.«

Sie lachte. »Sie sind nicht der Erste, der das sagt, Doc.«

Doc Gardiner verabreichte dem Wolf die Spritze und schmierte die Wunde vorsichtig mit seiner Salbe ein. Das Rezept hatte er aus einer Fachzeitschrift, die er bei einem Besuch in San Francisco in der Praxis eines Kollegen durchgeblättert hatte. Doch das verriet er niemandem. Den Bewohnern von Porcupine gaukelte er vor, die Salbe mit einem Schamanen entwickelt zu haben.

Nachdem er den Wolf verarztet hatte, verstaute er die Dose mit der Salbe in seiner Tasche und stand auf. »Ich hab keine Ahnung, warum Sie sich um diesen Wolf kümmern, aber wenn ich Ihnen einen guten Rat geben darf: Sorgen Sie dafür, dass er so bald wie möglich verschwindet. Wir haben nicht viel übrig für Wölfe. Wenn Sie mir nicht das doppelte Honorar versprochen hätten ...«

»Sie haben recht, Doc!«, unterbrach ihn eine vertraute Stimme. Alfred Finlay war unbemerkt auf die Lichtung getreten und zielte mit seinem Gewehr auf den verletzten Wolf. »Und jetzt treten Sie zur Seite, damit ich der verdammten Bestie den Garaus machen kann! Das gilt auch für Sie, Ma'am!«

»Nein! Bitte nicht!«, rief Clara flehend und stellte sich vor Maluk.

13

»Sie haben Miss Keaton gehört«, meldete sich Mike Gaffrey vom Waldrand her. Er trat auf die Lichtung, das Gewehr in der Armbeuge, bis sein Gesicht im blassen Mondlicht zu sehen war. »Lassen Sie den Wolf in Ruhe, Finlay!«

Alfred Finlay drehte sich erstaunt um und ließ die Waffe sinken. »Mike! Was suchen Sie denn hier? Haben Sie einen Narren an unserer Schoolma'am gefressen, oder warum verteidigen Sie plötzlich diese weiße Bestie? Wenn ich mich recht entsinne, haben Sie letzten Winter ein halbes Rudel erledigt.«

»Das war was anderes«, erwiderte der Fallensteller. Er kam ein paar Schritte näher, wechselte aber nur einen kurzen Blick mit Clara. »Den Burschen hier haben Clara ... Miss Keaton und ich vor Dynamite Dick und seinen Kumpanen gerettet. Sie wollten ihn einem ihrer Kampfhunde zum Fraß vorwerfen. Wir haben den armen Wolf nicht gerettet, damit Sie ihn kaltblütig erschießen.«

Alfred Finlay ließ das Gewehr sinken. Seine Lippen verzogen sich zu einem leichten Grinsen, als sein Blick zwischen Mike und Clara hin und her ging. »Wusste ich's doch. Sie haben sich in die Schoolma'am verguckt.«

»Los, verschwinden Sie einfach, Finlay! Um diese Zeit liegen anständige Bürger zu Hause in ihren Betten und schlafen.«

»Mike Gaffrey und unsere Schoolma'am«, feixte der

Ladenbesitzer. Aber er gehorchte und verschwand ohne ein weiteres Wort von der Lichtung.

Doc Gardiner folgte ihm kopfschüttelnd.

Nachdem beide gegangen waren, standen sich Clara und der Fallensteller schweigend gegenüber. Mike wechselte sein Gewehr von der rechten in die linke Hand, und sie verspürte für einen winzigen Augenblick die Hoffnung, er hätte es nur getan, um sie besser in die Arme schließen zu können, aber er rührte sich nicht von der Stelle, und auch sie machte keine Anstalten, ihn so herzlich zu begrüßen, wie sie es sich vorgestellt hatte. Irgendetwas hinderte sie daran, in seine Arme zu sinken und ihre Wange an seine Brust zu legen.

»Maluk«, sagte sie, nur um etwas zu sagen. »Er heißt Maluk.«

»Der Wolf?«

Sie erzählte ihm von dem Buch, das sie mit ihren Schülern gelesen hatte, beugte sich aus lauter Verlegenheit zu dem Wolf hinunter und streichelte ihn liebevoll. »Ich hoffe, er wird bald gesund und geht in die Wildnis zurück.«

»Das hoffe ich auch.«

»Ich habe Sie … ich habe dich vermisst, Mike.«

»Ich … ich dich auch, Clara.« Er nahm das Gewehr wieder in die rechte Hand. »Mach dir um den Wolf … Mach dir um Maluk keine Sorgen. Ich passe auf ihn auf, wenn du in der Schule bist. Gefällt es dir in Porcupine, Clara?«

»Ich glaube schon«, antwortete sie. »Die Finlays … sie sind ein wenig sonderbar. Alma Finlay gebärdet sich wie eine Aufseherin und achtet streng darauf, dass ich den Lehrplan einhalte. Und ihre Tochter ist altklug und eingebildet. Aber so etwas gab es in Kalifornien auch. Ich komme zurecht, Mike.«

»Ich freue mich, wenn du bleibst«, sagte er. »Obwohl ich …«

»Obwohl du nicht so oft wirst kommen können, nicht wahr?«

Er war erleichtert, dass sie ihm die Erklärung abgenommen hatte. »Das stimmt. Ich muss meine Huskys versorgen. In ein paar Wochen fällt der erste Schnee, dann kann ich den Schlitten nehmen, und an Weihnachten … am Weihnachtsabend feiern sie einen großen Ball im Saloon, da … da würde ich gern mit dir hingehen.« Er errötete leicht. »Wenn du Lust hast, meine ich.«

Sie lächelte. »Natürlich habe ich Lust, Mike.«

»Ich bin kein besonders guter Tänzer«, fuhr er fort. »Wenn ich ehrlich bin, kann ich eigentlich überhaupt nicht tanzen und trete dir bestimmt auf die Füße. Das letzte Mal war ich bei der Hochzeit meiner Schwester tanzen. Das ist jetzt ungefähr zehn Jahre her. Ich glaube, ihr tun die Füße heute noch weh.«

»Zehn Jahre? Wo lebt deine Schwester?«

»In San Francisco«, antwortete er. »Wir kommen aus einem winzigen Nest in Oregon, aber sie wollte schon als Kind in die Stadt. Sie ging mit sechzehn von zu Hause weg und war zwei Jahre später verheiratet. Meine Eltern waren nicht gerade begeistert, als sie ging, aber ihr Mann ist Polizist, gegen den konnten sie schlecht was sagen. Inzwischen wohnen sie auch in der Stadt.«

»Und du? Warum bist du nicht in die Stadt gezogen?«

Er schüttelte den Kopf. »Die Stadt ist nichts für mich. Ich war zwei Jahre auf hoher See, auf einem Walfänger vor der kanadischen Küste und später auf einem Frachtschiff. Alaska gefiel mir so gut, dass ich dem Captain einen Abschiedsbrief schrieb und von Bord ging. Die suchen heute noch nach mir.«

»Alaska muss was haben, das die Leute anzieht«, sagte sie.

»Vielleicht wollte jemand, dass wir uns treffen.«

Sie gab sich einen Ruck, trat auf ihn zu und küsste ihn auf die Wange. Nur für den Bruchteil einer Sekunde ruhten ihre Hände auf seinen Schultern, und für ebenso kurze Zeit legten sich seine Hände um ihre Hüften. Eine Berührung, die ihr einen Schauer über den Rücken trieb und sie die Augen schließen ließ. Dann rannte sie, erschrocken über ihre Gefühle, von der Lichtung.

Im Osten waren bereits die ersten hellen Streifen zu sehen, als sie ihr Zimmer betrat. Es lohnte sich nicht mehr, ins Bett zu gehen. Sie heizte den Ofen an, holte frisches Wasser und wusch sich ausgiebig. Nachdem sie sich angezogen hatte, gönnte sie sich eine heiße Schokolade und eine Scheibe von dem Sauerteigbrot, das sie vor zwei Tagen gebacken hatte. Dazu gab es Rührei mit Schinken. Ihr nächtlicher Ausflug hatte sie hungrig gemacht. Sie hätte gern mit Mike gefrühstückt, doch er war bei Maluk geblieben und befürchtete wohl auch, dass man Clara schief ansehen würde, wenn sie mit einem Mann frühstückte. Das Wiedersehen mit dem Fallensteller hatte ihre Stimmung erheblich gebessert. Er war wieder einmal im richtigen Augenblick gekommen.

Sie war früh dran und fand nach dem Frühstück noch genügend Zeit, um das Geschirr abzuwaschen und aufzuräumen. Während der Arbeit blieb sie stehen und blickte sehnsüchtig aus dem Fenster, in der Hoffnung, Mike würde mit dem weißen Wolf auftauchen, sie fest in die Arme nehmen und so lange küssen, bis sie keine Luft mehr bekam. Sie hatte die Draufgänger unter den Männern immer verabscheut, doch jetzt sehnte sie sich danach, und ihr Verlangen nach einem leidenschaftlichen Kuss war so groß, dass sie am liebsten auf die nahe Lichtung gerannt und ihm um den Hals gefallen wäre. »Du bist verrückt!«, flüsterte sie, als sie den Teller auf die Kommode stellte. »Du bist vollkommen verrückt! Läufst einem der reichsten Männer des Salinas Valley davon und wirfst dich einem einsamen Fallensteller in die Arme!«

Als sie um zehn vor neun Uhr die Schultür aufschloss und vor das Blockhaus trat, warteten nicht nur die Kinder, sondern auch Bürgermeister Luther O'Brady und Alma Finlay auf sie. Ihr Erscheinen überraschte sie nicht. »Guten Morgen, Kinder!«, grüßte sie. »Nehmt schon mal Platz, ich komme gleich nach.« Sie wandte sich an die beiden Vertreter des Schulgremiums. »Bürgermeister O'Brady, liebe Mrs Finlay … Ich nehme mal an, Sie kommen wegen Maluk.«

»Maluk?«, fragte Alma Finlay verwundert.

»Der weiße Wolf, den wir verarztet haben.«

»Ganz recht«, bestätigte die Präsidentin des Schulgremiums streng. »Eine unverzeihliche Dummheit, wenn Sie mich fragen, und dabei hatte ich gerade das Gefühl bekommen, Sie würden sich an unsere Vorschriften halten.«

»Ihre Vorschriften, Mrs Finlay.«

»Was auch immer.« Alma Finlay schüttelte unwirsch den Kopf. »Ich halte es für unverantwortlich, eine gefährliche Bestie wie diesen Wolf am Leben zu lassen und auf diese Weise das Leben unserer Kinder zu gefährden. Ich möchte, dass die Bestie verschwindet. Bis heute Abend ist sie weg, oder ich wende mich an den Commissioner in Juneau und sorge dafür, dass Sie von

Ihrem Posten entbunden werden. Haben Sie mich verstanden, Miss Keaton?«

»Sind Sie der gleichen Meinung, Bürgermeister?«, fragte Clara.

»Nun«, begann Luther O'Brady. Ihm war die Angelegenheit sichtbar peinlich. »In der klassischen Literatur nimmt der Wolf eine außerordentliche Stellung ein, und ich muss zugeben, mich haben diese Schilderungen immer tief beeindruckt. Aber ich verstehe natürlich auch die Besorgnis von Mrs Finlay.«

»Maluk ist keine Bestie«, erklärte Clara. »Er ist eine geschundene Kreatur, der von Dynamite Dick und seinen Kumpanen übel mitgespielt wurde. Ich hatte Mitleid mit dem Tier, das ist alles. Sobald Maluk sich wieder einigermaßen bewegen kann, kehrt er in die Natur zurück. Er tut niemandem etwas.«

»Heute Abend, Miss Keaton. Haben wir uns verstanden?«

»Natürlich, Ma'am.«

»Bei der Gelegenheit«, sah O'Brady eine Möglichkeit, sein Talent in den Mittelpunkt zu rücken, »sollte man die Kinder vielleicht mit einigen Werken der Weltliteratur, in denen der Wolf eine bedeutsame Rolle spielt, vertraut machen. Ich denke vor allem an die Fabeln von Äsop und Phädrus, aber auch an ein neues Buch, das ein Dichter im fernen Europa geschrieben hat. Ich erkläre mich gerne bereit, einige Ausschnitte aus diesen Büchern vorzutragen ...«

»Gern, Bürgermeister«, unterbrach ihn Clara und fügte mit einem Seitenblick auf Alma Finlay hinzu: »Aber ich fürchte, wir müssen Ihre Lesung auf den kommenden Montag verschieben. Mrs Finlay besteht darauf, dass ich heute noch einmal das Große Einmaleins mit den Kindern durchgehe, und die Grundrechenarten haben nun mal Vorrang vor der Dichtkunst, nicht wahr? Darf ich fragen, welches Buch Sie zurzeit lesen, meine liebe Mrs Finlay?«

»Schaffen Sie den Wolf weg!«, fauchte Alma Finlay und verschwand.

Clara kehrte ins Schulhaus zurück und begann mit dem Unterricht. Alfred Finlay war nicht erschienen, wollte sich nach der Demütigung durch den Fallensteller wohl kleine Blöße geben, und auch Tommy Ashley saß nicht auf seinem Platz, er hatte es vorgezogen, bei dem einigermaßen schönen Wetter auf die Jagd zu gehen, wie sie später erfuhr. Doch weil Clara wusste, dass Penelope ihrer Mutter jede Einzelheit ihres Unterrichts berichten würde, hielt sie sich an ihr Vorhaben, noch einmal das Einmaleins mit den Kindern durchzugehen. Penelope konnte es am besten, prahlte regelrecht damit, eine Reihe nach der anderen aufzusagen, und lächelte schadenfroh, als Maggy stecken blieb. Ihr war deutlich anzumerken, dass sie zu wenig geschlafen hatte.

Auch wenn sie sich streng an den Lehrplan hielt und auch an diesem Samstag nur Alma Finlays Lieblingsfächer unterrichtete, gelang es Clara trotzdem, den Kindern etwas mitzugeben, das sie für ebenso wichtig hielt. In dem Diktat, das sie vor der Mittagspause schreiben ließ, hieß es: »... wird der Wolf in den meisten Geschichten und Fabeln als trickreicher Betrüger oder gefräßige Bestie geschildert. Der Irrglaube, dass es sich bei dem Wolf um ein wildes und wertloses Tier handelt, besteht seit vielen Jahrhunderten. In Wirklichkeit geht der Wolf dem Menschen meist aus dem Weg. Nur wenn er nichts anderes mehr zu fressen hat und großen Hunger verspürt, greift er an. Der Wolf ist dem Menschen ähnlicher, als man glaubt. Er ist gesellig, kümmert sich liebevoll um seine Jungen und respektiert Vater und Mutter Wolf …«

Ihr Wissen hatte Clara aus dem Lexikon, das sie in Salinas besessen und in Seattle neu gekauft hatte. Sie war selbst überrascht gewesen, wie stark das Leben der Wölfe organisiert war und wie wenig feindlich sie den Menschen eigentlich gesonnen waren. Und natürlich war sie auf den Einwurf vorbereitet, den Penelope schon nach dem ersten Satz vorbrachte: »Wollten wir uns heute Morgen nicht mit dem Einmaleins beschäftigen, Ma'am?«

»Wenn ich mich recht erinnere, haben wir das gerade getan«, erwiderte Clara. Es fiel ihr immer schwerer, bei den altklugen Bemerkungen der Finlay-Tochter ruhig zu bleiben. »Oder fehlt es dir ein wenig an Übung, Penelope?«

»Mir? Nein, wieso? Aber ..«

Clara beugte sich über die Schultern des Mädchens und lächelte. »Und wenn ich mir deinen ersten Satz ansehe, gibt es mindestens zwei gute Gründe, ein Diktat in dem zweiten Fach, das deine Mutter bevorzugt, zu schreiben.«

Penelope errötete vor Scham, fand zumindest einen der beiden Fehler und korrigierte ihn rasch. Die Zurechtweisung machte ihr stark zu schaffen, und als sie nach der Mittagspause nur eine durchschnittliche Note bekam, rannte sie weinend nach Hause und kehrte mit ihrer aufgebrachten Mutter zurück.

»Miss Keaton!«, rief Alma Finlay erbost. »Wie kommen Sie dazu, einen solchen Text zu benutzen? Und was fällt Ihnen ein, meine Tochter mit einer so durchschnittlichen Note abzuspeisen? Sie ist eine erstklassige Schülerin.«

Clara blieb ruhig. »Das ist wahr, Mrs Finlay, aber

auch eine gute Schülerin hat mal einen schwachen Tag. Sehen Sie sich die Fehler an, die haben nichts mit dem Inhalt zu tun. Ich würde Ihrer Tochter empfehlen, öfter mal ein Buch zu lesen, um ihre Rechtschreibkenntnisse zu verbessern, und sich weniger darum zu kümmern, ihrer Mutter im Unterricht nach dem Mund zu reden.«

»Nehmen Sie sich nicht zu viel heraus, Miss Keaton!«, konterte Alma Finlay. »Ich weiß genau, dass Sie mich mit diesem Text provozieren wollten. Aber das funktioniert nicht.« Sie wandte sich an ihre Tochter. »Und du strengst dich gefälligst an! Die guten Noten fallen nicht von den Bäumen!«

Penelope verdrückte sich kleinlaut, und auch ihre Mutter hatte keine große Lust mehr, sich an der Lehrerin zu reiben. Clara registrierte es und freute sich, ihr zumindest einen Teil der Gemeinheiten zurückgezahlt zu haben. Zufrieden rief sie zum Unterricht. Sie verbrachte den Nachmittag damit, die Fehler im Diktat durchzugehen und den Kindern ein fröhliches Lied beizubringen. Auch Penelope sang begeistert mit.

Nachdem sie die Kinder nach Hause geschickt hatte, lief sie auf direktem Weg in den nahen Wald. Auf der Lichtung blieb sie erschrocken stehen. Maluk war verschwunden, und auch Mike war nicht mehr da. »Mike!«, rief sie. »Mike! Bist du hier irgendwo?« Sie lief zu der Stelle, an der Maluk gelegen hatte, stellte fest, dass das Gras noch immer niedergedrückt war, und lief ziellos in den Wald hinein. »Mike! Wo bist du, Mike? Lauf nicht weg, Mike!«

Doch Mike blieb verschwunden, und auch von dem weißen Wolf war keine Spur mehr zu sehen. Sie lief zum Ufer hinunter, suchte nach dem Kanu des Fallenstellers und entdeckte lediglich einen mächtigen Elch, der äsend im Ufergras stand und bei ihrem Anblick neugierig den Kopf hob. Als sie wieder nach Mike und Maluk rief, verschwand er mit lockeren Schritten im Wald.

Clara kehrte enttäuscht in die Siedlung zurück und tröstete sich damit, dass weder Alfred Finlay noch ein anderer Jäger dem Wolf gefährlich werden konnten. Er hatte sich rechtzeitig davongemacht, als hätte er gehört, wie Alma Finlay ihr gedroht hatte. Sie hoffte nur, dass die Kräutersalbe des Arztes gewirkt hatte und er einigermaßen genesen war. Ein so stolzes und treues Tier hatte es nicht verdient, an einer entzündeten Wunde einzugehen. Deshalb hatten Mike und sie den Wolf nicht gerettet. Er sollte wieder durch die Wildnis streifen, allein oder mit einem Rudel, und seine neue Freiheit genießen.

Vor ihrem Café stand die Witwe Johnson, eine Hand in die Hüfte gestemmt, und winkte sie herein. »Heute geht die heiße Schokolade aufs Haus!«

»Ich hab keinen Durst«, erwiderte Clara traurig.

»Natürlich haben Sie Durst.« Die Witwe führte sie ins Café und stellte ihr einen Becher mit heißer Schokolade hin. »Raten Sie mal, wer vorhin hier war.«

Sie blickte die Witwe hoffnungsvoll an. »Mike?«

»Mike Gaffrey«, bestätigte sie. »Ich hab keine Ahnung, warum der Stoffel nicht auf Sie warten konnte, aber ich hab ihm zumindest angesehen, dass er über beide Ohren in Sie verliebt ist und seinen Leithund und alle Felle, die er im Winter jagen wird, dafür hergeben würde, dass Sie diese Liebe erwidern.«

»Das hat er gesagt?«, wunderte sich Clara.

»Unsinn!«, erwiderte die Witwe. »Dazu ist er viel zu schüchtern. Aber ich hab's ihm angesehen. Und wenn einer wie er vor lauter Aufregung seinen Eintopf nicht aufisst, weiß ich, was die Stunde geschlagen hat. Den Kerl hat es erwischt! So wie es Sie erwischt hat, meine Liebe. Ich wette, er ist nur verschwunden, weil er nicht wusste, was er sagen sollte, wenn Sie kommen:«

»Meinen Sie wirklich?«

Die Witwe lachte fröhlich. »Das meine ich nicht, das weiß ich. Und jetzt trinken Sie endlich Ihre heiße Schokolade, sonst wird das Zeug noch kalt.«

14

Am Sonntag wurde Clara durch ein leises Klopfen geweckt. Sie öffnete die Augen, blickte auf ihren Wecker und stellte verwundert fest, dass es noch keine sieben Uhr war. Innerlich fluchend schwang sie ihre Beine aus dem Bett. Alma Finlay, schoss es ihr durch den Kopf. Die Präsidentin des Schulgremiums kam in aller Herrgottsfrühe, um ihr wieder mal einen neuen Rüffel zu erteilen. Oder war Mike zurückgekommen, um sie doch noch in die Arme zu schließen?

In Ermangelung eines Morgenmantels hängte sie sich eine Wolldecke um die Schultern. Sie öffnete die Tür und sah sich Johnny Running Deer gegenüber, dem Indianerjungen, den Alma Finlay nicht ins Schulhaus gelassen hatte. »Johnny!«, erinnerte sie sich an seinen Namen. »Was willst du denn hier?«

Der Junge war mit einem zerfledderten Mantel ohne Knöpfe bekleidet. Obwohl die Luft bereits nach Schnee roch und kalter Wind aus dem Norden wehte, trug er keine Kopfbedeckung. »Guten Morgen, Ma'am«, begrüßte er sie. »Sie haben doch gesagt, dass Sie heute in unser Dorf kommen wollen.«

»Das stimmt«, erinnerte sich Clara. Sie zog ihre Decke fester um die Schultern und blinzelte in den frischen Wind. »Aber ich weiß, wo euer Dorf liegt. Ich hätte doch allein hingefunden. Warum kommst du denn so früh?«

Johnny schien nicht zu frieren. »Ich konnte nicht mehr schlafen. Auch die meisten anderen Kinder sind schon auf. Wir sind sehr aufgeregt, Ma'am. Wir waren noch nie in der Schule. Wir wollen, dass es möglichst bald losgeht.«

»Und deswegen ziehst du mitten in der Nacht los?« Clara konnte dem Jungen nicht böse sein und lächelte nachsichtig. »Na, komm erstmal rein. Du wartest am besten im Schulraum, während ich mich wasche und anziehe.«

Johnny nickte dankbar und ging in den Nachbarraum. Beinahe andächtig blieb er vor der Tafel stehen und blickte auf die Zahlenreihen, die noch vom letzten Unterricht geblieben waren. »Das Einmaleins«, staunte er. »Ich weiß schon, wie man Zahlen schreibt. Mein Vater hat es mir beigebracht. Das wäre wichtig.«

»Dein Vater hat recht«, erwiderte sie. »Nimm dir ein Stück Kreide und schreib ein paar Zahlen an die Tafel. Ich brauche nicht lange. Bis gleich ...«

Sie schloss die Tür und legte die Decke aufs Bett. Nachdem sie frisches Holz in den Ofen geworfen und das Feuer angefacht hatte, begnügte sie sich mit einer Katzenwäsche im Wasser vom letzten Abend und zog sich an. Das Reisekleid, das sie auf dem Ritt von Dawson City angehabt hatte, den Wintermantel, die Stiefel, die Wollmütze, die neuen Handschuhe. Ihren Schal, den sie ebenfalls in Seattle gekauft hatte, band sie sich locker um den Hals.

Um nicht mit leeren Händen im Indianerdorf anzukommen, packte sie einige ihrer Vorräte in einen Leinenbeutel, etwas Schinken, Käse und Butter, das Glas Honig, das sie von der Witwe Johnson geschenkt bekommen hatte, etwas Mehl und Zucker und die Schokolade, die sie in einer Schublade vor sich selbst versteckt hatte. Seltsamerweise hatte sie in Alaska mehr Hunger als anderswo.

Als sie die Tür zum Schulraum öffnete, stand Johnny mit leuchtenden Augen vor der Tafel. Er hatte die Zahlen von eins bis neun geschrieben und betrachtete sie voller Ehrfurcht. Er legte die Kreide weg und blickte sie an.

»Das hast du gut gemacht, Johnny«, lobte sie ihn. Sie nahm ihren Schal vom Hals und reichte ihn ihm. »Hier ... Binde dir den um den Hals. Du musst doch frieren in dem offenen Mantel. Es wird langsam Winter, nicht wahr?«

»Nicht langsam ... schnell. Der Winter kommt schnell. Morgen schneit es, sagt mein Vater. Er war auf der Internatsschule in Carcross, er ist ein kluger Mann.« Während er antwortete, betrachtete er den neuen Schal wie etwas äußerst Wertvolles und band ihn sich erst um, als sie das Blockhaus verließen.

Sein stolzes Lächeln entschädigte Clara für den Verlust. Sie würde sich einen neuen Schal kaufen, auch wenn er bei den Finlays wesentlich teurer war.

Der Junge übernahm die Führung. »Am Fluss entlang«, sagte er.

In einigen der Blockhütten und auch im Haus der Finlays brannte bereits Licht, als sie zum Ufer hinabstiegen und dem schmalen Pfad nach Nordwesten folgten. Einige Huskys bellten den Mond an, der zwischen den Wolken, die während der Nacht aufgezogen waren, nur schemenhaft zu sehen war. Über den Bäumen im Osten kündigten die ersten hellen Streifen den Morgen an. Die Nächte wurden immer länger. Im tiefen Winter, hatte die Witwe Johnson ihr erzählt, erschien die Sonne nur für ein paar Stunden am Himmel.

Auf dem hart gefrorenen Boden kamen sie schnell voran. Johnny schritt zügig aus, er wollte so rasch wie möglich in seinem Dorf ankommen. Er hatte seinen neuen Schal mehrfach um den Hals geschlungen und trug ihn wie eine Trophäe. Alle paar Schritte blickte er sich nach Clara um und lächelte dankbar. »Es ist nicht weit«, versprach er. »Eine Stunde, vielleicht etwas länger.«

Clara genoss die morgendliche Frische. Hier draußen in der grenzenlosen Wildnis lag die Belohnung für ihre mutige Entscheidung, ihren sicheren und behüteten Platz in der Heimat zu verlassen und im fernen Alaska die Herausforderung zu suchen. Dieses Land war atemberaubend, es überwältigte sie mit seiner üppigen Natur, die sich in vielen hundert Jahren nicht verändert zu haben schien. Außer dem leisen Geräusch ihrer Schritte war nur die Natur zu hören, das Rauschen des Windes, das Rascheln der Blätter, das leise Plätschern des Flusses gegen die Uferböschung. Ein Fisch sprang aus dem Wasser, glänzte silbern im letzten Mondlicht und versank in den dunklen Schatten über dem Fluss. Ein Biber huschte durch das Ufergras und verschwand in seinem Bau.

Ein großartiges Land, das andächtige Ruhe und stillen Frieden ausstrahlte und doch mit tausend Gefahren drohte. Nur die Indianer, die seit vielen Jahrhunderten in der Wildnis lebten, und ein Mann wie Mike Gaffrey, der gelernt hatte, mit diesen Gefahren zu leben, überlebte im Hohen Norden. Benjamin Carew, ihr ehemaliger Verlobter, hätte es keinen Tag in einer Blockhütte fernab der Zivilisation ausgehalten. Er wäre verhungert, weil er bisher nur auf Tontauben geschossen hatte, oder von wilden Tieren zerrissen worden, weil er ihre Spuren übersehen und ihnen in die Quere gekommen wäre. Oder das entbehrungsreiche Leben in der Einsamkeit hätte ihm den Verstand geraubt.

Clara kletterte hinter dem Jungen über einen entwurzelten Baumstamm. Sie schüttelte den Kopf, als er ihr helfen wollte. Wie würde sie in dieser Wildnis zurechtkommen? Selbst in einer winzigen Siedlung wie Porcupine brauchte sie keine Angst zu haben. Dort wohnten Männer mit Gewehren, die sie bei Gefahr beschützen würden. Es gab einen Arzt, auch wenn er ständig betrunken war. Im Laden der Finlays konnte man Lebensmittel und alle wichtigen Dinge des täglichen Lebens kaufen. Doch was wäre, wenn sie mit einem Fallensteller wie Mike Gaffrey zusammenleben würde? In einer einsamen Blockhütte mitten in der Wildnis. Umgeben von dunklen Wäldern und so weit von der nächsten Siedlung entfernt, dass man zwei, drei Tage brauchte, um sie zu erreichen. Wie würde sie sich schlagen, wenn er seine Fallen abfuhr und sie vielleicht tagelang allein in der Hütte bleiben musste?

Der Gedanke erschreckte sie ein wenig, auch wenn nicht im Geringsten daran zu denken war. Sie fühlten sich zueinander hingezogen, das war alles, vielleicht war sogar Liebe im Spiel, aber konnte sie wirklich mit Bestimmtheit sagen, dass sie bei einer Trauung nicht wieder mit »Nein« antworten würde, aus Angst, den Herausforderungen der Wildnis nicht gewachsen zu sein? Sie konnte weder mit einem Hundeschlitten oder einem Kanu umgehen, noch hatte sie jemals ein Gewehr abgefeuert, sie wäre ihrem Mann dort draußen auf Gedeih und Verderb ausgeliefert. Ein Gedanke, der sie erschreckte. Sie wollte auf eigenen Beinen stehen, auch in einer Ehe, die auf Liebe gegründet war.

Vor ihnen tauchte das Indianerdorf auf. Einige Holzhäuser am Flussufer, windschief und baufällig, die meisten mit Teerpappe, Baumrinde oder Fellen geflickt. Überall lag Abfall herum. Knochen, Fischgräten, Lumpen und Papier. Wie dunkle Skelette hoben sich die

Holzgerüste mit den trocknenden Fischen gegen den heller werdenden Himmel ab. Es stank erbärmlich nach den Fischresten, die bei den Hunden lagen, und nach Urin. Erst später erfuhr sie, dass viele Indianer ihre Felle mit Urin gerbten, eine Sitte, die auf ihre Vorfahren zurückging. Etliche Hunde mit zottigem Fell, darunter einer, der nur drei Beine hatte, rannten ihnen entgegen und empfingen sie mit aufgeregtem Gebell.

Das Hundegebell lockte zahlreiche Indianer nach draußen. Sie sahen überhaupt nicht so aus wie die stolzen Krieger, die sie von Bildern und aus Büchern und Groschenheften kannte. Weder trugen sie Federhauben noch mit Perlen verzierte Leggins und Kriegshemden. Die meisten Männer und Frauen waren in zerfranste Decken gehüllt und trugen die abgetragenen Hosen oder Kleider, die ihnen die Regierung oder wohltätige Weiße geschenkt hatten. Nur wenige hatten Mäntel oder Anoraks an. Die Kinder sahen nicht besser aus, eine warme Mütze entdeckte sie bei den Jungen und Mädchen überhaupt nicht.

Clara spürte die neugierigen Blicke der Bewohner auf sich gerichtet und schämte sich beinahe für ihre warme Kleidung. So arm und vernachlässigt hatte sie sich die Indianer nicht vorgestellt. Das Lächeln fiel ihr schwer, zu bedrückend war der Anblick, der sich ihr in dem namenlosen Dorf bot. Am liebsten hätte sie die Augen geschlossen und sich die Nase zugehalten, doch gerade diese Haltung war es wahrscheinlich, die diese Menschen in die Armut getrieben hatte. Die Regierung hatte die Augen vor dem Problem verschlossen, so wie in den Staaten, wo viele Indianerstämme am Existenzminimum lebten. Alle Amerikaner wussten das, aber niemand tat etwas dagegen.

Johnny deutete auf eine dicke Frau, die vor einem

der Häuser stand und mit mürrischer Miene zu ihnen herüberblickte. »Das ist meine Tante Agnes«, erklärte der Junge. »Sie hat immer schlechte Laune, weil sie so dick ist. Keiner weiß, warum sie ständig zunimmt. Sie hat keinen Mann, der auf die Jagd gehen kann, und lebt von dem Essen, das sie von anderen bekommt. Viel ist das nicht.« Er wies auf zwei junge Männer in langen Mänteln, jeder mit einer halbvollen Flasche in der Hand. »Auf die musst du aufpassen. Die trinken das scharfe Zeug, das es im Saloon gibt, und prügeln sich dauernd. Ich mag sie nicht.« Er verzog sein Gesicht und lachte erst wieder, als ihnen ein paar Kinder zuwinkten. »Die freuen sich schon auf den Unterricht. Aber zuerst musst du meinen Vater begrüßen. Indian Charly. Er ist der Häuptling unseres Dorfes.«

Der Mann, der sich Indian Charly nannte, empfing sie in der offenen Tür seines Hauses und war Clara auf Anhieb sympathisch. Er war ungefähr vierzig, obwohl das bei Indianern schwer zu sagen war, eher untersetzt, trug Nietenhosen und ein kariertes Hemd und darüber einen offenen Mantel. Seine schwarzen Haare hatte er zu zwei Zöpfen gebunden. Vor allem seine Augen faszinierten sie, wie glühende Kohlen leuchteten sie in einem verwitterten, von einigen Narben durchzogenen Gesicht. »Du bist die neue *skooltrai,* die meinem Sohn versprochen hat, die Kinder unseres Dorfes zu unterrichten.«

»Clara Keaton«, stellte sie sich vor. »Ich habe dir ein kleines Geschenk mitgebracht.« Sie reichte ihm den Beutel mit den Vorräten. »Tut mir leid, dass Johnny und die anderen Indianerkinder nicht ins Schulhaus dürfen.«

Indian Charly lächelte. »Du bist die erste weiße Frau, die so etwas sagt. Sollte Kitche Manitu meine Gebete erhört haben?« Er blickte zum Himmel, als erwartete er sich von dort eine Antwort. »Ich bin Indian Charly, und die Frau im Haus ist Ruth. Das kleine Mädchen heißt Sarah. Komm ins Haus!«

Clara folgte dem Häuptling ins Haus, das lediglich aus einem großen Raum bestand. Der Schlafbereich war durch einen Vorhang abgetrennt, im Wohnzimmer gab es eine vorsintflutliche Couch, aus der schon eine Feder sprang, einen Tisch mit vier Stühlen, einen Schrank und eine Kommode und einen gusseisernen Herd, der gleichzeitig als Ofen diente. Der Eintopf, der über einer heißen Platte kochte, duftete nach Fisch. Ruth rührte mit einem Kochlöffel darin herum, nickte Clara schüchtern zu, während sie Sarah auf dem Arm trug.

»Setz dich!«, forderte Indian Charly sie auf. Er zog eine kurzstielige Pfeife aus seiner Manteltasche und stopfte sie mit Tabak aus einem Lederbeutel. Nachdem er den Tabak mit einem Span aus dem Herd zum Glühen gebracht hatte, paffte er ein paarmal, murmelte etwas in seiner Sprache und reichte die Pfeife an sie weiter. »Das Rauchen hilft uns, offen und wahrhaftig zu sein.«

Clara wusste um die Bedeutung, die eine Pfeifenzeremonie bei den Indianern hatte, und zog vorsichtig daran. Obwohl sie den Rauch nicht in die Lungen sog, musste sie kräftig husten. »Ich freue mich, hier zu sein«, sagte sie.

»Du fragst dich, warum es den Indianern so schlecht geht«, schien der Häuptling ihre Gedanken zu lesen. »Und du fragst dich auch, ob es stimmt, wenn andere Leute schlecht über uns reden und uns vorwerfen, faul und nachlässig zu sein. Ich war in einem Internat des weißen Mannes und kann es dir sagen, *skooltrai*. Bevor die Weißen in dieses Land kamen, waren wir Jäger. Die Männer stellten Hirschen und Karibus nach und waren oft tagelang unterwegs, um etwas Essbares für sich und ihre Verwandten zu schießen. Ein anstrengendes Leben, das musst du zugeben. Dann kamen die Weißen. Sie brachten uns Kartoffeln, Reis und Mehl, verführten uns mit Kaffee und Zucker und Süßigkeiten und tauschten Blechdosen mit Gemüse und süßen Pfirsichen gegen kostbare Felle ein, obwohl die Felle viel mehr wert waren. Sie machten die Schwachen vom Alkohol abhängig, sogar Frauen und Kinder.«

»Warum lasst ihr euch darauf ein, Häuptling?«, fragte Clara. »Warum versucht ihr nicht, wie die Weißen zu leben? Gibt es denn keine Hoffnung?«

Indian Charly paffte nachdenklich an seiner Pfeife. »Für die meisten von uns ist es zu spät. Aus unseren Jägern sind sesshafte Siedler geworden, die mit dem neuen Leben nicht zurechtkommen. Niemand hat sie darauf vorbereitet. Den Rest haben die Krankheiten des weißen Mannes besorgt. Hast du die Narben in den Gesichtern mancher Kinder gesehen? Sie waren alle krank. Sehr krank. Der weiße Mann hat viel Unglück über unser Volk gebracht.«

»Ich weiß«, räumte Clara ein. Bisher hatte sie die Probleme der Indianer nur aus der Zeitung gekannt, und auch dort gab es widersprüchliche Meldungen. Die einen hielten die Indianer für geborene Verlierer, die mit der neuen Zeit nicht zurechtkamen und ausgemerzt werden sollten. Ebenso viele Reporter übertrieben in die andere Richtung und verehrten die Indianer als unberührte Naturkinder, die man wie seltene Tiere hegen und pflegen sollte.

Hier in Alaska stellte sich das Problem viel ursprünglicher und direkter: Die Indianer lebten unter unwürdigen Bedingungen und brauchten dringend Kleidung und etwas zu essen, um wenigstens einigermaßen überleben zu können. Und wenn es der nächsten Generation besser gehen sollte, musste man ihre Kinder in die Schule schicken und nicht wie Aussätzige abweisen.

Indian Charly schien tatsächlich ihre Gedanken lesen zu können. »Du kommst zum selben Ergebnis wie ich, nicht wahr? Nur wenn wir unsere Kinder in die Schule schicken, gibt es noch eine Zukunft für uns. Bring unseren Kindern etwas bei, *skooltrai,* und lass dich durch die Menschen, die uns als schmutzige Wilde beschimpfen, nicht davon abhalten. Wir vertrauen dir.«

Clara fühlte sich durch die Worte des Indianers sehr geehrt. Sie dankte ihm und seiner Frau und folgte Johnny in eines der Blockhäuser, das die Kinder und ihre Eltern in ein Schulhaus umgewandelt hatten. Aus allen Häusern hatten sie Tische und Stühle herbeigeschafft, und als Tafelersatz hatten sie einige Bogen billiges Packpapier über ein notdürftiges Holzgestell gehängt. Als Kreide musste ein Stück Holzkohle dienen. Als Clara den Raum betrat, drängten sich nicht nur Kinder, sondern auch einige Erwachsene in dem »Schulhaus«, sodass sie Mühe hatte, sich zu ihrem Tisch neben der »Tafel« durchzukämpfen. »Guten Morgen!«, grüßte sie. »Ich freue mich, bei euch zu sein.«

Der Unterricht gestaltete sich schwierig. Die Indianer verloren schnell die Lust an einem Thema, wenn es sich nicht so entwickelte, wie sie dachten, und neigten dazu, die Flinte zu schnell ins Korn zu werfen. Clara ließ sich nicht entmutigen. Sie bat den fleißigen Johnny, die Zahlen von eins bis zehn auf das Packpapier zu schreiben und ließ einige andere Kinder darüber malen: einen Biber für die Eins, zwei Elche für die

Zwei, drei Vögel für die Drei. Das Zeichnen bereitete den Kindern viel Freude und half ihnen, die Zahlen besser zu verstehen. Nach zwei Stunden konnten sie bereits einfache Rechnungen durchführen. Jedes Mal, wenn eines der Kinder die richtige Lösung sagte, klatschten die anderen begeistert, als wären sie im Zirkus oder im Theater.

Um zwei Uhr nachmittags beendete Clara den Unterricht – sehr zum Leidwesen ihrer Schülerinnen und Schüler, die den Rechenunterricht eher als unterhaltsames Spiel empfunden hatten und mehr davon wollten. »Wie wär's, wenn ich nächsten Sonntag wiederkomme?«, fragte sie. Riesiger Applaus beantwortete ihre Frage und bestärkte sie in der Ansicht, die richtige Entscheidung getroffen zu haben. Auch wenn sie sich ungern vorstellte, wie Alma Finlay auf die Nachricht von ihrer Indianerschule und ihren Unterricht reagieren würde.

»Du bist eine gute Lehrerin«, sagte Indian Charly, der einem Teil des Unterrichts gefolgt war. »Die Kinder mögen dich. Das ist ein gutes Zeichen.«

»Ich danke dir«, erwiderte Clara lächelnd.

Erst auf dem Heimweg, als sie einer der Männer in seinem Kanu nach Porcupine zurückpaddelte, wurde sie ernster und grübelte darüber nach, wie man sie in der Siedlung empfangen würde. Sicher war ihr Ausflug nicht unbemerkt geblieben. Solche Nachrichten verbreiteten sich schnell. Sie war fest entschlossen, sich diesmal nicht unterkriegen zu lassen.

15

In Porcupine erwartete man sie bereits. Als sie aus dem Kanu kletterte und über den schmalen Pfad zum Steilufer hinaufstieg, kamen ihr Kinder entgegen, und der rothaarige Sam Perry rief: »Sie sollen in den Saloon kommen, Ma'am! Wir sollen Ihnen sagen, dass die Leute mit Ihnen sprechen wollen.«

Clara hatte sich schon so etwas gedacht und war wenig überrascht. Dennoch musste sie erst einmal tief durchatmen, bevor sie sich aufraffte, ihren Mantelkragen hochschlug und mit entschlossenen Schritten zum Saloon marschierte. Tommy Ashley stand mit einem Kumpel rauchend vor der geschlossenen Tür, die beiden machten sich aber schnell aus dem Staub, als sie die Lehrerin bemerkten. Die zwei herrenlosen Hunde, die schon seit Monaten in der Stadt lebten, lagen müde unter dem Vorbaudach und nahmen kaum Notiz von ihr.

Aus dem Saloon drangen aufgeregte Stimmen. Sie vernahm die Worte »stinkende Rothäute« und »faules Pack« und ahnte schon, wie die Leute sie empfangen würden. Doch feige war sie nie gewesen. Sie öffnete die Tür, wartete geduldig, bis jeder sie erkannt hatte und zu reden aufhörte, und lief mit festen Schritten zum Tresen. Das Bierfass und das Regal mit den Schnapsflaschen waren mit schwarzen Vorhängen abgedeckt, und auch von der freizügigen Schönen auf dem Ölgemälde war nur ein blonder Haarschopf zu sehen.

Der Reverend stand am Tresen, eine aufgeschlagene

Bibel in den Händen, und war wohl gerade im Begriff gewesen, eine Textstelle zu zitieren. Direkt vor ihm an einem der runden Tische saßen die Finlays und Bürgermeister O'Brady. Die anderen Bürger hatten sich um die übrigen Tische gruppiert.

»Sie wollten mich sprechen?«, sagte Clara. Sie wandte sich bewusst an Reverend Smith. »Ich nehme an, Sie sind verärgert, weil ich heute nicht zum Gottesdienst erschienen bin. Es tut mir leid. Ich bin ein gottesfürchtiger Mensch und zähle die tägliche Andacht zu den selbstverständlichen Pflichten eines Christenmenschen. Aber heute Morgen war ich leider verhindert.«

»Davon haben wir gehört«, antwortete Alma Finlay für den Reverend. »Wenn ich richtig informiert bin, haben Sie es vorgezogen, den schmutzigen und verlausten Heidenbälgern im Indianerdorf das Einmaleins beizubringen.«

»Wenn Sie mit ›Heidenbälger‹ die getauften Christenkinder der Indianer meinen, haben Sie recht.« Clara blickte die Präsidentin des Schulgremiums und dann wieder den Reverend an. »Obwohl ich den Eindruck habe, dass unser Reverend keines dieser Christenkinder in seinem Gotteshaus sehen will.« Sie blickte dem Pfarrer prüfend in die Augen. »Ist es nicht so, Reverend?«

»Nun«, suchte der Reverend verzweifelt nach einem Ausweg. »In der Bibel steht: ›Lasset die Kindlein zu mir kommen, denn ihrer ist das Himmelreich.‹ Doch wie kann ich den Kindern dieser … dieser Wilden versprechen, das Himmelreich zu erlangen, wenn sie täglich die zehn Gebote brechen. ›Du sollst nicht stehlen‹, heißt eines der wichtigsten Gebote, und doch erwischen wir immer wieder Indianerkinder dabei, wie sie Vorräte stehlen. Nein, das sind keine Christenkinder. Sie glauben selbst jetzt noch, viele Jahre nach ihrer Unterwerfung, an ihre Götter und laufen achtlos an unserem Kreuz vorbei.«

»Waren Sie denn schon einmal bei diesen Heidenkindern, wie Sie sie nennen? Haben Sie mit ihnen gesprochen? Wissen Sie, was diese Kinder bewegt? Welche Sorgen und Nöte sie haben? Haben Sie jemals versucht, ihnen das Christentum, wie es uns Jesus gelehrt hat, nahezubringen? Ich glaube nicht, dass Sie das versucht haben, Reverend. Ich glaube vielmehr, dass Sie genauso von Ihren Vorurteilen bestimmt werden wie die meisten anderen Menschen in diesem Raum. Wahres Christentum sieht anders aus, daran glaube ich fest.«

Alma Finlay schob ihren Stuhl zurück und stand auf. »Was fällt Ihnen ein, unseren Reverend auf diese Weise anzugreifen, Miss Keaton? Das ist unfair. Wir, die Bürger von Porcupine, Alaska, haben Sie geholt, um unseren Kindern eine bessere Erziehung angedeihen zu lassen, in der Hoffnung, dass Sie sich als verantwortungsvolle Lehrerin und aufrichtige Christin präsentieren. Ich spreche Ihnen Ihre Begabung, mit Kindern umzugehen, nicht ab. Unsere Kinder haben während der letzten Woche viel gelernt. Mit großer Bestürzung haben wir jedoch zur Kenntnis genommen, dass Sie keinen Unterschied zwischen aufrechten weißen Christenkindern und schmutzigen roten Heidenbälgern machen und sie ebenfalls unterrichten wollen. Ich darf Sie freundlichst daran erinnern, liebe Miss Keaton, dass Sie vom Schulgremium von Porcupine und nicht von den Häuptlingen dieses verlausten Indianerdorfes bezahlt werden.«

»Und ich darf Sie freundlichst daran erinnern, dass ich die Kinder im Indianerdorf an meinem freien Tag unterrichtet habe. Niemand kann mir vorschreiben, wie ich meine Freizeit verbringe. Solange ich meine

Pflichten gegenüber der Schulbehörde und dem Commissioner nicht vernachlässige, bewege ich mich innerhalb des gesetzlichen Rahmens. Stimmt das, Ma'am?«

»Ja, das stimmt«, räumte Alma Finlay widerwillig ein, »aber es geht nicht nur um den gesetzlichen Rahmen, wie Sie sich auszudrücken pflegen. Die Bürger von Porcupine bilden eine verschworene Gemeinschaft und wollen nicht, dass der bürgerliche Friede durch rote Halsabschneider und Diebe gestört wird. Wehret den Anfängen, sage ich nur. Wenn Sie sich mit diesen Heiden verbrüdern, fühlen die sich doch ermutigt, nach Porcupine zu kommen, und bevor wir uns versehen, hocken diese betrunkenen Diebe vor unseren Hauseingängen oder betteln vor dem Saloon. So weit darf es nicht kommen!«

»Alma hat recht!«, rief jemand. »Wir wollen keine Rothäute!«

»Das sind alles Betrüger!«

»Diebe und Mörder!«

»Und eine Schoolma'am, die gemeinsame Sache mit ihnen macht, wollen wir erst recht nicht«, meldete sich Alfred Finlay. »Hab ich recht, Alma?«

»Nein, Sie haben nicht recht, Mister Finlay!«, rief Clara so laut, dass alle Unterhaltungen im Saloon abbrachen. »Oder was meinen Sie, wie die Öffentlichkeit reagiert, wenn innerhalb eines Jahres die zweite Lehrerin aus Porcupine verschwinden muss? Was meinen Sie, was die Zeitungen schreiben, wenn eine ganze Stadt darauf verzichtet, ihren Kindern die nötige Schulbildung angedeihen zu lassen? Ich sehe schon die Schlagzeilen vor mir: ›Die dümmsten Kinder von Alaska‹ ... ›Eine Stadt stellt sich stur‹ ... Die Bürger von Porcupine, Alaska, erklären die Unabhängigkeitserklärung für ungültig.«

»Die Unabhängigkeitserklärung?«, rief Alfred Finlay wütend. »Was soll der Unsinn? Wir sind gesetzestreue Bürger und schwören auf die Verfassung unserer Regierung, auch wenn man Alaska noch nicht zum Staat erklärt hat.«

»Wir halten diese Wahrheiten für grundlegend«, zitierte Clara die Unabhängigkeitserklärung, »dass alle Menschen gleich geboren und mit den gleichen unveräußerlichen Rechten ausgestattet sind.« Sie ließ ihren Blick durch den Raum schweifen und stieß fast überall auf betretene Mienen. »Schon mal gehört? So steht es in unserer Unabhängigkeitserklärung. Warum beschimpfen wir die Indianer als ›dreckige Heiden‹ und ›verlauste Wilde‹? Wir haben ihr Land genommen und sie ihrer Lebensgrundlage beraubt, nur deshalb sind sie so geworden, wie sie jetzt sind. Ich weiß, das klingt nicht besonders populär, und ich habe auch Verständnis dafür, dass einige von Ihnen wütend auf sie sind, weil sie Ihnen übel mitgespielt oder Ihnen etwas gestohlen haben. Gerade deshalb müssen wir uns um ihre Kinder kümmern. Nur mit einer gründlichen Ausbildung können die Indianer ihrem Käfig entfliehen. Geben wir ihnen doch eine Chance. Ich werde sie nicht mit unseren Kindern zusammen unterrichten. Ich weiß inzwischen, wie schwierig das wäre. Aber was ist schon dabei, wenn ich sonntags zu ihnen fahre und sie unterrichte? Sie werden sehen, je mehr sie lernen, desto weniger müssen Sie sich über sie ärgern.«

Das war eine kühne Rede für eine junge Frau, die sich erst seit wenigen Tagen mit dem Indianerthema herumzuschlagen hatte, aber sie kam bei den Menschen an. Reverend Smith besann sich zuerst. Wie immer auf harmonischen Ausgleich bedacht, suchte er nach einem passenden Zitat in der Bibel, fand keines und sagte: »Also, mir erscheint diese Regelung als salomonische Lösung. Die Heidenkinder lernen etwas und werden vielleicht doch noch zu anständigen Christenmenschen, und wir bekommen sie seltener zu sehen.«

»Meinetwegen«, gab sich auch Alma Finlay geschlagen, »gehen Sie zu den Wilden, wenn Sie unbedingt wollen. Aber sobald ich merke, dass sich diese zusätzliche Belastung auf Ihre Arbeit auswirkt, pfeife ich Sie zurück. Und dass mir keines dieser Indianerkinder unser Schulhaus betritt, verstanden?«

»Was haben Sie eigentlich gegen die Indianer, Mrs Finlay?«, fragte Clara. »Ich meine, außer dass Sie die armen Kinder mit unflätigen Ausdrücken belegen. Wie ich höre, stammen Sie und Ihr Mann aus Alaska. Haben nicht alle Einwohner dieses Staates russisches oder indianisches Blut in den Adern?«

Alma Finlay erhob sich so plötzlich, dass ihr Stuhl nach hinten kippte. »Was fällt Ihnen ein?«, rief sie aufgebracht. »Ich komme aus einer angesehenen Familie von ... von Händlern. Keiner meiner Vorfahren wäre so dumm gewesen, sich mit den Wilden einzulassen. Sie haben gegen sie gekämpft!«

»Ich wollte Sie nicht beleidigen, Mrs Finlay. Ich wollte Ihnen nur klarmachen, was mir der Commissioner und andere angesehene und studierte Leute mitgeteilt haben. Wir werden das Indianerproblem, wie es viele nennen, nur lösen, wenn wir ihnen helfen, unabhängig zu werden. Nur wenn wir ihren Kindern das nötige Wissen vermitteln, lernen sie, auf eigenen Beinen zu stehen.«

»Unsere Schoolma'am hat recht«, meldete sich eine Stimme vom Eingang. Die Witwe Johnson hatte den Saloon betreten und einen Schwall kühle Luft von draußen mitgebracht. »Es wird höchste Zeit, dass wir uns nicht mehr wie ein Haufen rückständiger Dörfler benehmen. Überlasst dieses engstirnige Denken den Leuten in Eagle und Chicken. Und jetzt würde ich vorschlagen, dass ihr euer Palaver beendet und in mein Café kommt, sonst wird der Kaffee kalt, und die Kekse kann ich wegwerfen. Erstklassige Chocolate Chip Cookies. Ach ja, und die ersten zehn Besucher bekommen ihren Kaffee umsonst.«

Wahrscheinlich war es nur dieses Angebot, das die Leute aus dem Saloon trieb. Selbst der Pfarrer, der nie für seinen Kaffee bezahlte, lief sofort los. Clara blieb zurück und atmete erst einmal durch, froh darüber, den Leuten ihre Meinung gesagt zu haben und sie wenigstens teilweise von der Notwendigkeit, die Indianerkinder unterrichten zu müssen, überzeugt zu haben. Die Hoffnung, von den Indianern weniger belästigt und nicht mehr bestohlen zu werden, war wohl der eigentliche Antrieb. Sie hatte nie etwas gegen andersfarbige Menschen gehabt, hatte auch nie verstanden, warum manche Leute in Salinas etwas gegen Mexikaner gehabt hatten. Einige der nettesten Menschen, die sie dort gekannt hatte, hatten mexikanisches Blut in ihren Adern.

Die nächsten Wochen verliefen ruhig. Nach der hitzigen Diskussion im zur Kirche umgewandelten Saloon sehnten sich die Bürger nach dem Frieden, der vor der Ankunft der Schoolma'am ihre kleine Stadt beherrscht hatte, und wollten nichts mehr über die Indianer hören. Sie fühlten sich durch den Streit zwischen Alma Finlay und der Schoolma'am in ihrer Ruhe gestört und drängten die Präsidentin des Schulgremiums, sich zurückzunehmen. Die Mehrheit der Bürger hielt die Absicht der Lehrerin, die Indianerkinder in ihrem eigenen Dorf zu unterrichten, für eine gute Idee. Alle waren froh darüber, dass sich seitdem weniger Indianer in der

Nähe der Stadt aufhielten, und ihre Kinder keine Angst mehr zu haben brauchten, einem der »verlausten Wilden« zu begegnen.

Clara genoss die neue Harmonie, auch wenn sie von einigen Bürgern nur gespielt war, und ließ sich häufiger in der Stadt blicken. Weil sie ab und zu im Laden der Finlays verweilte, dem angeschlagenen Doktor beim Schach half und sich ausgiebiger mit den Eltern ihrer Schulkinder unterhielt, festigte sie auch ihre eigene Stellung. Es war immer schwer für eine Lehrerin, sich in einer neuen Umgebung zurechtzufinden, das hatte ihr auch eine Kollegin in Kalifornien erzählt, die aus Kansas gekommen war, und es war doppelt schwer, sich in einer so fremden und ungewohnten Umgebung wie Alaska zu behaupten. Besonders dann, wenn man auf eine Gremiums-Präsidentin wie Alma Finlay traf.

In diesem Spätherbst hatten die Leute ohnehin andere Sorgen. Der Winter kündigte sich mit böigem Wind und den ersten Schneeflocken aus dem Norden an, und jeder beeilte sich, die nötigen Vorbereitungen zu treffen. Den ganzen Tag hallten Axtschläge durch die Stadt, jeder schlug so viel Holz wie möglich und stapelte es neben dem Ofen und im Windschatten des Hauses. Joe Perry, der kein Hehl daraus machte, wie sehr er die Schoolma'am verehrte, schwang einen ganzen Nachmittag für sie die Axt und lehnte entrüstet ab, als sie dafür bezahlen wollte. Nur den Elchbraten, den sie ihm bei der Witwe Johnson spendierte, akzeptierte er. Die Männer kontrollierten ihre Hundeschlitten, rieben die Kufen mit Fett ein und überprüften das Zaumzeug der Huskys. Die Frauen stockten die Vorräte der Speisekammern auf und stopften die Löcher in den Anoraks und langen Unterhosen.

Sehnsüchtig erwarteten alle Bewohner die Ankunft

des Postmasters, auch Clara, die den Roman »Wolfsblut« von Jack London und einige Textbücher für die Schule bestellt hatte. Mit mehr Packmulis als sonst würde er neue Vorräte für den Laden der Finlays bringen, vor allem Konserven, Kaffee, Mehl, Butter, Zucker und andere Lebensmittel, die in der Kälte auch während eines längeren Rittes nicht verderben würden. Auch Eier und frische Milch transportierte er manchmal nach Norden, und wenn sich die Packtiere einigermaßen anständig benahmen, blieben die empfindlicher Eier sogar heil.

Clara las den Kindern gerade ein Gedicht über den Winter vor, als Joe Perry die Tür des Schulhauses aufriss und rief: »Der Postmaster kommt! Jerry muss jeden Augenblick hier sein!« Ihr blieb nichts anderes übrig, als den Unterricht zu beenden und den Kindern für den Rest des Tages freizugeben. Der Tag, an dem der Postmaster kam, war ein ganz besonderer Tage, und die Kinder waren viel zu aufgeregt, um im Unterricht stillzusitzen und aufzupassen. Das lag auch an den Süßigkeiten, die sich im Gepäck des Postmasters befanden.

In Mantel und Mütze, den neuen Schal, den sie beim letzten Besuch von Jerry Anderson bekommen hatte, um den Hals geschlungen, folgte Clara den Kindern zum Postbüro. Aus den Blockhütten und den Häusern an der Main Street strömten die Erwachsenen zum Treffpunkt. Sie sah nur freudig erregte Mienen. Unterwegs begegnete sie der Witwe Johnson, die in ihrem Pelzmantel und der ebenfalls mit Pelz besetzten Mütze wie eine begüterte Lady aussah und ihr kameradschaftlich einen Arm um die Schultern legte. »Hoffentlich hat er den Kakao dabei«, sagte sie besorgt, »sonst sitzen wir die nächste Zeit auf dem Trockenen. Ich hab auch zwei Truthähne bestellt, für Thanksgiving.«

Jerry Anderson erschien wenige Minuten später, diesmal mit drei Maultiertreibern, damit er die zehn Packtiere besser im Zaum halten konnte. Seine Laune war nicht die beste. Anstatt sie mit einem angedeuteten Lächeln zu begrüßen wie sonst, stützte er sich diesmal mit besorgter Miene auf das Sattelhorn und sagte: »Hallo, Leute! Ich hab eine schlechte Nachricht für euch.«

»Sag bloß, du hast die Truthähne vergessen«, rief die Witwe Johnson. Das Thanksgiving Dinner in ihrem Café gehörte zu den Highlights des Jahres.

Die Miene des Postmasters blieb ernst. »Dynamite Dick hat die Bank in Dawson beraubt. Zehntausend Dollar sollen sie erbeutet haben, sagt Kilkenny, der Bankdirektor. Er konnte nichts machen. Dynamite Dick und seine Kumpane tauchten spätnachts bei ihm auf. Sie klingelten ihn aus dem Bett, zwangen ihn, das Geld aus dem Tresor zu holen und schlugen ihn bewusstlos. Als er aufwachte, waren die Schurken längst über alle Berge. Die Mounties glauben, dass sie nach Alaska rüber sind und sich in eurer Gegend rumtreiben. Sie haben mich gebeten, euch zu warnen. Mit Dynamite Dick und seinen Leuten ist nicht zu spaßen, die sind mehrfach vorbestraft. Dieser Roscoe soll besonders gefährlich sein. Auch ohne Brille trifft der immer ins Schwarze.«

Die Meldung schockierte die Bewohner von Porcupine und sorgte für angespannte Ruhe. Doch nach einigen Schrecksekunden plapperten alle wild durcheinander und überschütteten den Postmaster mit Fragen. Sie wollten genau wissen, was die Mounties gesagt hatten, und ob die amerikanische Polizei in Alaska ebenfalls nach den Bankräubern suchte. »Das erinnert mich an eine Szene aus Shakespeares ›Macbeth‹«, tönte Bürgermeister O'Brady. »Nachdem Macbeth den König ermordet hat, wendet er sich an die Lady und sagt ...«

»Was dieser Macbeth, oder wie immer der Typ heißt, zu seiner Lady sagt, kann uns gleichgültig sein«, schnitt ihm die Witwe das Wort ab. »Uns interessiert nur, ob Dynamite Dick und seine Kumpane nach Porcupine kommen.«

»Das werden sie nicht wagen«, erwiderte Alma Finlay. »Sie wären doch dumm, wenn sie sich hier sehen lassen würden. Die meisten von uns besitzen Waffen und würden sie sofort festnehmen. Ich glaube eher, die suchen einen Piloten und zwingen ihn, sie mit dem Flugzeug von hier wegzubringen. In Eagle gibt es einen Mann mit einer Maschine, und in Chicken lebt auch ein Pilot.«

Jerry Anderson schüttelte den Kopf. »Dort wartet bereits die Polizei auf sie, und wenn sie nicht ganz dumm sind, wissen sie das auch. Ich nehme an, sie kriechen in einem der Indianerdörfer oder bei einem Fallensteller unter, bis sich die Lage beruhigt hat. Dynamite Dick ist kein Dummkopf. Der wartet, bis die Polizei die Suche einstellt, und verschwindet dann auf Nimmerwiedersehen. Ich wäre aber dennoch vorsichtig. Wenn sie frischen Proviant brauchen, tauchen sie vielleicht nachts auf und versuchen, was zu stehlen.«

»Wir wissen uns zu wehren, Jerry«, verkündete die Witwe selbstbewusst. »Wenn die Burschen bei mir reinschneien, ziehe ich jedem Einzelnen eins mit dem Nudelholz über, das kann ich Ihnen versichern! Und jetzt schnallen Sie endlich die Packen von den Maultieren, und geben Sie mir die Truthähne und den Kakao. Und sagen Sie bloß nicht, Sie hätten den Kakao vergessen ...«

16

Wenige Tage, nachdem der Postmaster die Stadt verlassen hatte, setzte der Winter mit einer solchen Heftigkeit ein, dass es Clara beinahe mit der Angst zu tun bekam. Die Witwe Johnson und Joe Perry und Ben Richmond, die beiden Goldsucher, hatten den plötzlichen Wintereinbruch vorausgesagt, doch als sie eines Nachts durch das laute Pfeifen eines Blizzards geweckt wurde, ans Fenster lief und vor lauter wirbelnden Flocken kaum den Holzstapel vor dem Haus erkennen konnte, zog sie sich erschrocken die Wolldecke um die Schultern. So einen Wintereinbruch hatte sie in Kalifornien nie erlebt.

Der Anblick des tobenden Schnees war so beängstigend, dass sie beinahe eine halbe Stunde am Fenster stehen blieb und wie versteinert in die weiße Flut starrte, bevor sie merkte, wie die Kälte unter ihr Nachthemd zog und bis unter ihre Haut drang. Sie warf ein paar Holzscheite ins Feuer und kehrte ins Bett zurück, tat aber die restliche Nacht kein Auge mehr zu und wartete ängstlich darauf, dass das Pfeifen endlich verstummte.

Lange bevor es hell wurde, stand sie auf. Sie wusch sich in dem Wasser, das sie auf der Ofenplatte erwärmt hatte, und zog sich an. Dann schlüpfte sie in ihren gefütterten Mantel und trat vor die Blockhütte. Tief beeindruckt blieb sie stehen, verzaubert von dem vollkommen veränderten Anblick, der sich ihren vom fehlenden Schlaf geröteten Augen bot. Eine weiße Schneedecke überzog die sonst so zerfurchte Main Street, lastete auf den Giebeldächern der Blockhäuser und ließ das Land wie eine Märchenlandschaft aussehen. Obwohl dunkle Wolken den Mond und die Sterne verdeckten und in den Häusern noch keine Lichter brannten, leuchtete der frische Schnee, als gäbe es irgendwo eine geheime Lichtquelle. Vor den Blockhäusern erwachten ein paar Huskys und hießen den Schnee mit einem lauten Heulen willkommen, erfreut darüber, endlich wieder in ihrem gewohnten Element zu sein.

Der Wintereinbruch veränderte die Menschen, fand Clara, auch sie selbst wurde ruhiger und ausgeglichener und verhielt sich den anderen Bewohnern gegenüber freundlicher und zuvorkommender. Die weichen Konturen, mit denen der Schnee das Land veränderte, nahmen auch den Zwistigkeiten der Menschen die Schärfe, als wollte die Natur ihnen zeigen, wie unwichtig und unbedeutend ihre Probleme im Angesicht ihrer ungestümen Kräfte waren. Alma Finlay hielt sich sichtlich mit ihrer Kritik zurück, ihr Mann schaufelte Schnee, hackte Holz und schimpfte höchstens mal über das harte Holz, das sich so schwer schlagen ließ. Selbst Reverend Smith verzichtete in seinen Predigten darauf, den Teufel zu verdammen, und verneigte sich stattdessen vor dem allmächtigen Gott, der diese übermächtige Natur geschaffen hatte.

In der Schule lief alles nach Plan für Clara. Im Rechnen, Schreiben und Lesen erfüllten die Kinder schon bald die Anforderungen ihrer Altersklassen, und auch Alfred Finlay und Tommy Ashley, die allerdings nur sporadisch erschienen, weil sie zum Schneeschaufeln gebraucht wurden, konnten inzwischen einigermaßen rechnen und einen Text aus dem Lesebuch vorlesen. Penelope Finlay hatte ein wenig von ihrer Arroganz verloren, nachdem ihr Clara nicht nur bei dem Diktat klargemacht hatte, dass auch ihr die guten Noten nicht in den Schoß fielen, und Maggie Gardiner war selbstbewusster geworden, weil Clara ihr den Rücken stärkte und ihr in Geografie erstklassige Noten gab. Sie löste sogar ihr Versprechen gegenüber Bürgermeister O'Brady ein und ließ ihn eine Geschichte von Jack London vorlesen, was er mit sichtlichem Vergnügen tat. Natürlich übertrieb er bei der Betonung und gestikulierte wie ein ambitionierter Wanderschauspieler, aber die Kinder mochten seine Art und versuchten sogar, ihn zu übertreffen, wenn sie selbst vorlasen.

An einem Samstag im November erschien auch Doc Gardiner in der Schule. Nachdem Clara ihm mehrmals mit guten Ratschlägen bei einer Schachpartie geholfen und ihn nach langem Zureden dazu gebracht hatte, zumindest für eine Weile auf den Alkohol zu verzichten, raffte er sich auf und untersuchte die Kinder. Sie waren alle gesund. Nüchtern wirkte der Arzt lange nicht so missmutig wie sonst, wenn er seine Whiskeyflasche dabeihatte, und als eines der Kinder ihm das Stethoskop abnahm und seine Brust abhörte, konnte er sogar darüber lachen. An einem der nächsten Nachmittage, als Clara im Laden der Finlays einkaufte und den Doktor und den Pfarrer auf den Fässern sitzen sah, war Doc Gardiner immer noch nüchtern und brauchte nicht einmal ihren Rat, um seinen Gegner mit einigen wenigen wohlüberlegten Zügen schachmatt zu setzen.

Dynamite Dick und seine Kumpane ließen sich nicht blicken. Wo die Bankräuber abgeblieben waren, wussten weder die Mounties noch die amerikanischen Polizisten, die Joe Perry und Ben Richmond bei ihrer Mine trafen. Vielleicht hatten sie tatsächlich einen Piloten getroffen, der sie nach Süden gebracht hatte, obwohl die Polizisten das für unmöglich hielten. Sie vermuteten, dass sich die Bankräuber in einem Indianerdorf im Landesinneren versteckten. Sobald sie sich in der Zivilisation blicken ließen, würde man sie entdecken und festnehmen. Ihre Steckbriefe hingen an jedem öffentlichen Gebäude und in allen Drugstores und Gemischtwarenläden, sogar bei den Finlays. Fünfhundert Dollar hatte die Bank für die Ergreifung der Verbrecher ausgesetzt.

Auch im Indianerdorf hatte der Wintereinbruch vieles verändert. Der Schnee hatte die aufgewühlte Erde und den Abfall unter sich begraben und ließ das Dorf viel sauberer und freundlicher aussehen. Der schmale Fluss war zugefroren und glitzerte verlockend zwischen den Bäumen. In den beheizten Hütten staute sich die Hitze, weil selten jemand ein Fenster öffnete, und es stank erbärmlich, wenn die nassen Kleider über dem Ofen trockneten. Das Geheul der Huskys schallte als vielfaches Echo über den gefrorenen Fluss.

Bei den Indianern gestaltete sich der Unterricht wesentlich mühsamer als in Porcupine. Sie waren sprunghafter als die weißen Kinder, ließen sich leichter ablenken, und einige wollten auch nicht einsehen, warum Lesen, Schreiben und Rechnen so wichtig sein sollte. »Unsere Großeltern konnten auch nicht lesen und hatten immer genug zu essen«, entgegneten sie. Clara gab sich große Mühe, ihnen zu erklären, dass sich die Welt verändert hatte und man im neuen Jahrhundert nur weiterkam, wenn man die Schule besuchte und etwas lernte. »Von der Jagd und vom Fischfang allein könnt ihr nicht mehr leben«, erklärte sie, »das mussten auch meine Vorfahren irgendwann erkennen. Seht euch die Indianer auf den Prärien an. Früher gab es Büffel im Überfluss, und sie hatten alles, was sie zum Leben brauchten. Heute gibt es kaum noch Büffel, und es fällt ihnen schwer, über die Runden zu kommen. Das Leben verändert sich. Nur wenn man das erkennt und ständig dazulernt, kommt man weiter. Johnny hat das erkannt. Macht es wie er, lernt so viel wie möglich. Früher zeichnete sich ein Häuptling dadurch aus, dass er ein guter Krieger und Jäger war. Die Häuptlinge in unserem Jahrhundert erkennt man daran, dass sie viel wissen.«

Indian Charly war begeistert von der weißen Lehrerin und ihrer Fähigkeit, die Kinder mitzureißen. Er wohnte dem Unterricht mehrmals bei und lobte ihre einfühlsame und doch bestimmte Art, mit den Kindern umzugehen. »Du weißt, dass wir dich nicht bezahlen können«, sagte er, als er sie nach dem Unterricht vor seiner Hütte traf. »Selbst wenn wir Geld hätten, wäre es niemals genug, um dir für deinen Einsatz zu danken. Du bist die erste Weiße, die uns als Menschen respektiert, die uns nicht als ›heidnische Wilde‹ oder ›lästiges Ungeziefer‹ beschimpft. Du willst, dass sich unsere Kinder in der neuen Welt zurechtfinden und hast dich dafür mit der ganzen Stadt angelegt. Du hast dich durchgesetzt, und dafür sind wir dir zu tiefstem Dank verpflichtet, *skooltrai.*«

»Wenn ich hier bin, lerne ich auch von euch«, erwiderte sie. »Ich erfahre etwas über das Leben eurer Vorfahren, wie sie in diesem Land überleben konnten, welche Waffen und Werkzeuge sie besaßen und was geschah, als die ersten Weißen kamen. Mich faszinieren besonders eure Geschichten. Am besten gefallen mir die Erzählungen mit dem Raben, der sich über die Menschen lustig macht und ihnen vor Augen führt, wie dumm sie manchmal sind. Ich habe beschlossen, sie auch den weißen Kindern zu erzählen. Sie sollen wissen, dass auch andere Völker interessante Geschichten haben und dass der Rabe auch über sie lachen könnte, wenn sie euch als ›dumme Wilde‹ beschimpfen.«

»Ein kühner Gedanke«, fand Indian Charly. Er führte sie zu den Huskys hinter der Hütte und blieb stehen. »Ich habe lange darüber nachgedacht, wie ich dir außer mit Worten danken kann, und glaube, etwas gefunden zu haben. Ich werde dir zeigen, wie man einen Hundeschlitten steuert. Das musst du wissen, wenn du es in diesem Land zu etwas bringen willst.«

Sie wich vor den bellenden und an ihren Leinen zerrenden Hunden zurück und blickte ihn verwundert an. »Du meinst, dass könnte ich wirklich lernen?«

»Du bist eine starke Frau«, erwiderte Indian Charly, immer noch lächelnd. »Ich weiß, weiße Frauen lenken keine Fuhrwerke, auch keines dieser neuartigen Automobile, die ich in Dawson gesehen habe, und steuern auch keine Hundeschlitten. Auch unsere Frauen tun das nicht. Außer den wenigen Kriegerfrauen, wie wir sie nennen, die so stark sind wie wir Männer und von Kitche Manitu mit außerordentlichen Kräften ausgestattet wurden. Wir haben gehört, dass du einen weißen Wolf vor dem sicheren Tod gerettet hast. Und wir haben auch gehört, dass er dich besucht und dir gedankt hat. Nur eine Frau, die stärker ist als die meisten Männer, besitzt einen so mächtigen Schutzgeist.«

So hatte Clara den Wolf noch nie gesehen. »Aber er ist nicht mein Schutzgeist. Er ist ein Wolf, ein normaler Wolf. Mike … der Fallensteller und ich haben ihn befreit und in die Wildnis entlassen … Mehr haben wir nicht getan.«

»Ist er nicht zu dir zurückgekehrt? Ist er dir nicht nach Norden gefolgt? Hast du ihn nicht erneut vor dem sicheren Tod gerettet? Auch wir haben erfahren, was in jener Nacht geschehen ist. Wenn du den Doktor nicht geholt hättest, wäre er gestorben. Dafür wird er dir immer dankbar sein. Du hast ihm einen Namen gegeben, nicht wahr?« Er gab sich die Antwort selbst und fuhr fort: »Kennst du die Geschichte, die wir uns über den weißen Wolf erzählen?«

Clara blickte ihn verwundert an. »Über Maluk?«

»Unser weißer Wolf heißt Kaluk«, berichtete Indian Charly. Er trug einen zerschlissenen Anorak und eine Wollmütze, die ihm etwas zu groß war und weit über die Ohren reichte. »Schon meine Großeltern kannten ihn, und ich erinnere mich noch genau, wie ich an ihrem Feuer saß, über mir das in allen Farben schillernde Nordlicht, und ihrer Geschichte lauschte. Kaluk war ein einsamer Wolf. Ein mächtiger Bursche, der viele Kämpfe hinter sich hatte und dessen Fell mit zahlreichen Narben übersät war. Eigentlich war es nicht weiß, sondern grau, berichtete mein Großvater, so wie bei einem Krieger, der schon viele Winter gesehen hat. Sein Rudel hatte ihn verstoßen. Ein jüngerer Wolf eroberte das Herz der Wölfin und nahm seinen Platz ein. Kaluk zog allein durch die Wälder. Seine Beine waren nicht mehr so flink, seine Augen nicht mehr so scharf, sein Spürsinn nicht mehr so ausgeprägt wie früher, als er noch das Rudel geführt hatte. Als er einem mächtigen Elch in die Quere kam, verlor er die Orientierung und geriet unter seine Hufe. Schwer verletzt blieb er im Schnee liegen. Eine Medizinfrau unseres Volkes fand ihn und erkannte auf den ersten Blick, dass es sich um ein besonderes Tier handelte. Sie nannte ihn Kaluk und pflegte ihn gesund. Sie blieb bei ihm, bis er wieder laufen konnte und in die Wildnis verschwand. Einige Winter später, die Haare der Medizinfrau waren bereits grau geworden, geriet sie in einen heftigen Schneesturm und verirrte sich. Sie kniete erschöpft im Schnee und sang bereits ihr Totenlied, als Kaluk erschien und sie gegen die Wölfe seines früheren Rudels verteidigte. Obwohl er noch schwächer geworden war, tötete er den jungen Anführer und führte die erschöpfte Medizinfrau ins Dorf zurück.«

»Das ist eine spannende Geschichte, Indian Charly«, sagte Clara. »Aber was willst du mir damit sagen? Dass mir der weiße Wolf helfen wird, wenn ich mich in einem Schneesturm verirre? Ich glaube nicht, dass er zurückkehrt.«

Der Indianer zog seine Mütze gerade. »Wer weiß, *skooltrai.* Hier in der Wildnis geschieht so einiges, wovon auch die Weißen keine Ahnung haben.«

Zum Beispiel vom Hundeschlittenfahren, wie Clara während der nächsten Sonntage feststellte. »Du musst dich mit den Hunden anfreunden, wenn du eine gute Musherin sein willst«, begann Indian Charly mit dem Unterricht. »Sei ihre Freundin, aber sei auch stark genug, um ihnen die Grenzen aufzuzeigen. Du gibst die Befehle. Du sagst ihnen, was sie tun sollen. Der Leithund ist dein verlängerter Arm, er gibt die Befehle an die anderen Hunde weiter. Mit ihm musst du dich besonders gut verstehen. Mein Leithund heißt Chief.«

»Chief? Ein komischer Name für einen Hund.«

»Nicht bei den Indianern«, erwiderte er lächelnd. »Chief ist so stark und so umsichtig wie ein Häuptling, deshalb habe ich ihm den Namen gegeben.«

Bevor Clara lernte, wie man einen Hundeschlitten steuert, zeigte er ihr, wie man die Huskys anspannt. Sie waren paarweise an eine Zentralleine gebunden, mit der Halsleine, um sie in der Spur zu halten, mit der Zugleine, um den Schlitten zu ziehen. Nur der Leithund lief allein vorneweg. Indian Charly hatte fünf Hunde vor den Schlitten gespannt, mehr waren ihm nicht geblieben. Sie waren alle schon etwas älter, aber immer noch begierig darauf, einen Schlitten zu ziehen. Erwartungsvoll standen sie bereit, sie hatten ihre Augen nur auf Indian Charly gerichtet.

»Lass dich nicht von ihnen zum Narren halten«, erinnerte er sie vor ihrer ersten gemeinsamen Fahrt. Sie saß in eine Decke gehüllt auf dem Schlitten, ihr Gesicht hatte sie dem Indianer auf den Kufen zugewandt. »Denk immer daran: Du gibst die Befehle, du hast das Sagen. Aber nicht wie auf dem Kutschbock eines Fuhrwerks. Verlagere dein Gewicht auf den Kufen, wenn du die Richtung verändern willst. Wenn es nach rechts gehen soll, ruf ›Gee!‹ Nach links kommst du mit ›Haw!‹ So rufen die Weißen ... Ich habe meine Hunde von einem Fallensteller bekommen. Bleib locker in den Knien, sonst fliegst du vom Schlitten.« Er stieg auf die Kufen und zeigte es ihr. »Du musst dich den Bewegungen des Schlittens anpassen, das ist wichtig und viel schwerer, als du denkst. Besonders, wenn du ein langes Kleid trägst. Hast du keine Hosen?«

Clara schmunzelte. »Ich glaube, wenn ich in Hosen auf einem Hundeschlitten bei Alma Finlay auftauchen würde, könnte ich sofort meine Koffer packen. Und sie würde wahrscheinlich vor Schreck in Ohnmacht fallen.«

Ihre erste Runde mit dem Hundeschlitten endete schon nach wenigen Metern. Gleich in der ersten Kurve verlor sie das Gleichgewicht und stürzte in den Schnee. Sie überschlug sich einige Male und blieb erschöpft liegen. Als sie sich prustend aufrichtete, blickte sie in die schadenfrohen Gesichter einiger Kinder. Sie stemmte sich vom Boden hoch, klopfte sich den Schnee vom Mantel und musste plötzlich lachen. Sie steckte die Kinder mit ihrem Lachen an und war überraschend vergnügt, obwohl ihr nach dem Sturz alle Knochen wehtaten.

Beim zweiten Versuch meisterte sie zumindest die erste Kurve, doch als sie beim dritten Mal erneut vom Schlitten fiel, hatte sie erst einmal genug und ließ sich von Indian Charly nach Hause bringen. »Wie sagt ihr Weißen so schön?«, fragte er, während sie auf dem Schlitten saß, und er ihn über den zugefrorenen Fluss trieb. »Es ist noch kein Meister vom Himmel gefallen. Du wirst sehen, am nächsten Sonntag klappt es schon viel besser.«

Der Indianer behielt recht. Nachdem sie ihre Angst abgelegt hatte und sicherer wurde, lief es schon viel besser, und sie ließ nicht mehr so leicht von den Kufen schleudern. »Was sagst du nun, Chief?«, rief sie dem Leithund zu. »Du hättest nicht gedacht, dass eine Lehrerin aus Kalifornien auf dem Schlitten bleibt, was? So dumm, wie du gedacht hast, ist die weiße Frau nicht.«

Nach ihrer ersten erfolgreichen Fahrt fuhr Clara jeden Sonntag mit dem Schlitten auf den Fluss. Sie freundete sich mit Chief an und gewann seinen Respekt, erfuhr von Indian Charly, dass man so oft wie möglich mit dem Leithund reden musste, um sein Vertrauen zu gewinnen. Indianische Musher teilten manchmal sogar das Fressen mit ihnen. Sie lernte, die Hunde anzuspannen und wieder auszuschirren und sich bei dem Leithund und den anderen Huskys zu bedanken, wenn sie einen sicher über Eis und Schnee gebracht hatten. Sie hatte überhaupt keine Angst mehr vor den Hunden, bewunderte sie für ihre unermüdliche Ausdauer und genoss es, ihnen beim Laufen zuzusehen. Nicht einmale Rennpferde oder Leoparden bewegten sich eleganter.

Drei Wochen vor Weihnachten nahm Indian Charly sie zum ersten Mal auf einen längeren Ausflug mit. Sie fuhren über einen alten Indianerpfad durch den Wald, umgeben von einer Märchenlandschaft aus schneebedeckten Schwarzfichten, die sich wie klobige Figuren aus weißer Knetmasse gegen den grauen Himmel abhoben. Der Indianer ließ sie über eine Stunde den Schlitten lenken, und sie stand stolz auf den Kufen, schob den Schlitten an, wenn es bergauf ging, und ließ sich von den Kufen tragen, wenn es über flaches Land ging. Auf abschüssigen Strecken bremste sie mit den Stiefeln, und in den Kurven verlagerte sie geschickt ihr Gewicht, um auf Kurs zu bleiben und nicht wieder das Gleichgewicht zu verlieren. Sie genoss den frischen Fahrtwind, obwohl er eiskalt in ihr Gesicht blies und ihre Augen zum Tränen brachte, und feuerte die Hunde immer wieder an: »Lauf, Chief, lauf doch!«

Nachdem sie ins Dorf zurückgekehrt waren und die Hunde versorgt hatten, sprach Indian Charly ihr das größte Lob aus, das ein Indianer spenden konnte: »Du fährst wie eine Kriegerfrau, *skooltrai*. Ich bin sehr stolz auf dich. Am nächsten Sonntag darfst du allein fahren. Die Hunde freuen sich auf dich.«

17

Auf dem ersten Ausflug, den Clara allein mit dem Hundeschlitten unternahm, war sie mit sich und der Welt zufrieden. Die Indianerkinder hatten zum ersten Mal einen Text mit verteilten Rollen und beinahe fehlerfrei gelesen, und der fleißige Johnny Running Deer war inzwischen schon so weit, dass er mit allen weißen Kindern, die sie unterrichtete, außer vielleicht Penelope, mithalten konnte. Mit dem Rechnen haperte es noch ein wenig, und die Geografie hatte sie erst einmal ausgespart, aber spätestens in einem Jahr würden sie auch in diesen Fächern gute Leistungen bringen. Mit ihrem Wissen hätten sie größere Chancen, eine Arbeit zu finden und eigenes Geld zu verdienen.

»Lauf, Chief! Zeig, was du kannst!«, feuerte sie den Leithund an, als sie das Dorf verließen. Genauso wie die Männer, die auf die Jagd gingen, wollte sie den Leuten im Dorf damit zeigen, wie gut sie inzwischen mit dem Schlitten zurechtkam. Bevor sie die Hunde auf den vereisten Fluss hinunterlenkte, fuhr sie sogar eine besonders scharfe Kurve, um die Zuschauer zu beeindrucken, und erntete aufmunternde Rufe und begeistertes Klatschen. Mit einem kräftigen »Heya! Lauft, ihr Lieben!«, brauste sie über die feste Eisdecke davon.

Schon nach wenigen Minuten war das Dorf aus ihrem Blickwinkel verschwunden, und sie war allein mit der Wildnis. Sie hatte sich die Mittagszeit für ihren Ausflug ausgesucht, die knapp fünf Stunden, die es noch hell wurde im Dezember, und genoss das orangefarbene Sonnenlicht, das wie leuchtender Nebel über den Schwarzfichten hing. Die Luft war klar und eisig kalt. Sie hatte mehrere Tage gebraucht, um sich an die niedrigen Temperaturen zu gewöhnen, erstarrte auch jetzt noch, wenn sie morgens aus ihrem Blockhaus trat und die Kälte ihr mit voller Wucht entgegenschlug. Doch im gleichen Maße genoss sie die beinahe feierliche Stimmung, die von diesem arktischen Winter ausging. Der Schnee schien alle Probleme, die sich während des kurzen Sommers angesammelt hatten, unter sich zu ersticken, und die Natur beeindruckte mit einer friedlichen Stille, als würde sie den Atem anhalten und die Menschen daran erinnern wollen, wie ursprünglich und wertvoll sie war.

Jedes Geräusch wirkte wesentlich lauter als sonst, das Scharren der Kufen auf dem zugefrorenen Fluss, das Hecheln der Hunde, das Knarren des Lederzeugs, doch es störte die feierliche Stimmung kaum. Diese Laute waren so natürlich wie das Rauschen des Windes und das dumpfe Knacken, das entstand, wenn irgendwo ein Ast unter der Schneelast brach. Sie fühlte sich seltsam beschwingt in dieser Umgebung und spürte den Frieden, der von dieser verzauberten Natur ausging, auch tief in ihrer Seele. Am liebsten hätte sie die ganze Welt umarmt. Sie hatte die richtige Entscheidung getroffen. In dieser neuen Welt gab es eine Zukunft für sie, wartete ein neues Leben, das zwar wesentlich rauer und härter als in Kalifornien war und ihr alles abverlangte, sie aber auch mit einem märchenhafte Zauber belohnte, wie sie ihn in der alten Heimat niemals erlebt hatte. Sie würde ihrer Tante und ihrem Onkel in ihrem nächsten Brief davon erzählen und darauf hoffen, dass sie diesmal antworteten.

Seit ihrer Flucht hatte sie noch keinen einzigen Brief

von ihren Adoptiveltern bekommen, obwohl sie ihnen mehrmals geschrieben hatte. Sie war ihnen nicht böse. Eine gute Tochter hätte es nicht auf einen so dramatischen Abschied und eine überstürzte Flucht ankommen lassen. Und die Carews ließen sie bestimmt dafür büßen, dass ihre Tochter die angesehenste Familie im Salinas Valley während einer Trauungszeremonie vorgeführt hatte. Sie hätte es sich früher überlegen sollen, wusste aber auch, dass ihr Onkel und ihre Tante alles versucht hätten, um sie am Weggehen zu hindern und sie vielleicht sogar gezwungen hätten, Benjamin Carew zu heiraten. Irgendwann einmal würden sie erkennen, dass es keine andere Möglichkeit als diese überstürzte Flucht für sie gegeben hatte, und ihr verzeihen. Clara würde niemals aufhören, ihnen Briefe zu schreiben, und weiter auf eine Antwort von ihnen hoffen.

Sie folgte dem Pfad, den sie auf ihren Ausflügen mit Indian Charly genommen hatte, und freute sich, dass sie so gut mit dem Schlitten zurechtkam. Die Bewegungen waren ihr in Fleisch und Blut übergegangen, und als sie den Fluss verließ und die Uferböschung hochfuhr, sprang sie rechtzeitig von den Kufen und half den Hunden, die Steigung zu erklimmen, wie man es von einer guten Musherin erwartete. Inzwischen nannte sie jeden Hund beim Namen, erkannte jeden auf Anhieb. Chief, der Leithund, war am kräftigsten und hatte eine spitze Schnauze. Freckles verhedderte sich gern in den Leinen. Ben brauchte einige Zeit, um in Fahrt zu kommen. Curly leckte ständig sein Fell. Chris war der Älteste und hielt nur noch mühsam mit. Sie hatten alle ihren eigenen Charakter. Freckles bellte sofort, wenn ihm etwas nicht passte, und Chris hielt sich meist im Hintergrund. Wie bei den Menschen gab es solche und solche, und sie mochte jeden Einzelnen von ihnen.

Auf dem schmalen Trail, der beinahe schnurgerade durch den Wald führte, lag weniger Schnee, und sie kamen schneller voran. Auch ohne ihre Anfeuerungsrufe holten die Huskys alles aus ihren drahtigen Körpern heraus und freuten sich riesig darüber, endlich volles Tempo gehen zu können. Angetrieben von dem nimmermüden Chief, der den Horizont ständig im Blick zu haben schien, rannten sie der untergehenden Sonne entgegen. Lediglich fünf Stunden blieb die Sonne im Dezember am Himmel, und sie beschrieb nur einen flachen Bogen, bevor sie am Nachmittag wieder hinter den Hügeln verschwand.

Vielleicht war es das blutrote Gegenlicht, das zu dem folgenschweren Unfall führte. Indian Charly würde sie später damit trösten, dass sie einfach nur Pech gehabt hatte und sie keine Schuld an dem Sturz traf. Selbst ein erfahrener Jäger hätte den Unfall nicht verhindern können. »Vor den Elchen musst du dich in Acht nehmen«, hatte er gesagt, »ein Elch kann den Huskys gefährlicher werden als ein Grizzly oder ein Rudel aufgebrachter Wölfe. Wenn so ein mächtiges Tier mit den Vorderläufen auskeilt, haben die Hunde keine Chance.« Ein Grund, warum alle Musher eine Waffe mitführten, wenn sie auf große Fahrt gingen, und Indian Charly auch ihr eine Pistole mitgegeben hatte.

Doch als der Elch aus dem Wald brach, blieb gar keine Zeit, nach der Waffe zu greifen, und sie wäre wahrscheinlich auch viel zu aufgeregt gewesen, um sie zu benutzen. Es ging alles furchtbar schnell, so schnell, dass sie sich später kaum noch daran erinnern konnte. Der Elch trat zwischen den Bäumen hervor und senkte angriffslustig seinen Kopf mit dem ausladenden Schaufelgeweih, die Hunde gerieten in Panik und brachen nach links aus. Durch den Schwung und die plötzliche

Bewegung wurde Clara von den Kufen geschleudert und landete im Schnee, überschlug sich ein paarmal und blieb bewusstlos liegen. Sie sah nicht mehr, wie die Hunde mit dem Schlitten durchgingen und im Wald verschwanden, der Elch ihnen nachblickte und ebenfalls verschwand.

Als sie wieder zu sich kam, spürte sie etwas Warmes und Raues auf ihrer Wange. Sie öffnete stöhnend die Augen und erkannte Maluk, der wie ein treu sorgender Hund über ihr stand und ihr Gesicht ableckte. Einzig ihrer Benommenheit hatte sie es zu verdanken, dass sie nicht in Panik geriet und schreiend aufsprang. Nur ganz allmählich dämmerte ihr, wen sie vor sich hatte und dass der Wolf tatsächlich so etwas wie ein Schutzgeist für sie zu sein schien.

Sie streckte ihre Hand nach ihm aus und streichelte sein weißes Fell. Maluk ließ es geschehen und seufzte leise, offensichtlich freute er sich darüber, dass sie so schnell aus ihrer Bewusstlosigkeit erwacht war. Seit ihrem Unfall waren keine zehn Minuten vergangen, und nichts war gefährlicher, als bei diesen Temperaturen im Freien einzuschlafen oder das Bewusstsein zu verlieren. »Maluk!«, flüsterte sie, noch immer benommen. »Wo… Wo kommst du denn her, mein Freund?«

Der Wolf antwortete mit einem erneuten Seufzen, das ihr nur verriet, wie sehr er sich um sie sorgte. Sie stemmte sich vom Boden hoch, verharrte eine ganze Weile auf allen vieren, bis sie wieder klar sehen und einigermaßen klar denken konnte, und blickte ihm in die Augen. Sie waren weder blau noch grün, wie sie vermutet hatte, eher orangefarben mit dunklen Flecken darin. Seltsamerweise hatte sie keine Angst, auch jetzt nicht, da sie wieder bei vollem Bewusstsein war und nur ihr Kopf noch etwas schmerzte. Sie tätschelte seinen Hals, stellte erleichtert fest, dass die Wunde, die Doc Gardiner verarztet hatte, gut verheilt war, und sagte: »Es geht mir gut, Maluk. Ich bin okay.«

Was natürlich gelogen war, denn die Hunde waren mit dem Schlitten durchgegangen, und sie war ganz allein in der Wildnis, meilenweit vom Indianerdorf entfernt. »Und denk immer daran«, hatte Indian Charly sie gewarnt, »wenn du vom Schlitten fällst und die Hunde durchgehen, siehst du sie so schnell nicht wieder. Huskys sind schlaue Tiere, aber wenn sie einmal am Laufen sind, halten sie nicht mehr an.« Sie stand auf und hielt sich an einem der Bäume am Wegesrand fest, schloss für einen Augenblick die Augen, um Kraft für die vor ihr liegende Aufgabe zu sammeln. Als sie die Augen wieder öffnete, sah sie gerade noch, wie Maluk zwischen den Bäumen verschwand.

Sie folgte den Schlittenspuren in den Wald hinein, stieg über einen umgestürzten Baumstamm hinweg und blieb im verharschten Schnee stehen. »Chief!«, rief sie in der Hoffnung, dass die Hunde doch stehen geblieben waren oder sich mit den Leinen im Unterholz verheddert hatten. »Chief! Freckles! Ben! Curly! Chris! Wo seid ihr? Der Elch ist weg! Kommt zurück!«

Doch niemand antwortete ihr, und das leise Rieseln des Schnees, der von den Bäumen fiel, blieb das einzige Geräusch in der Stille. Die Hunde waren verschwunden. Sie kehrte auf den Trail zurück, lief weiter nach Norden und fand die Spuren ihres Schlittens auf dem Trail wieder. Die Huskys hatten den Wald verlassen und rannten auf dem Trail weiter, sie würden sich in ihrer Panik durch nichts und niemanden aufhalten lassen. Manche Hundegespanne rannten zehn Meilen, bevor sie stehen blieben, und manche sogar noch weiter. Eine Legende der Indianer wusste von einem Husky, der um die ganze Welt rannte, bevor seine Panik nachließ und er endlich genug hatte.

Clara blieb nichts anderes übrig, als umzukehren. Sie tröstete sich damit, dass Indian Charly ihr sofort nachfahren würde, wenn sie nicht zur vereinbarten Zeit zurückkehrte. Aber das konnte noch zwei oder drei Stunden dauern, und sie durfte auf keinen Fall in dieser Kälte stehen bleiben. Sie musste sich bewegen. Seit die Sonne untergegangen war, lag düsteres Zwielicht über den Wäldern, und die Kälte war noch eisiger und klirrender geworden. Böiger Wind fegte über den Trail und kroch unter ihren Mantel. Aus der romantischen Märchenlandschaft war eine feindliche Umgebung geworden, die sie mit dunklen Schatten und frostigen Nadelstichen bedrohte. Sie zog ihren Schal bis über die Nase, um besser gegen die eisigen Temperaturen geschützt zu sein, und lief zügig nach Süden, in der ständigen Angst, das Zwielicht würde von vollkommener Dunkelheit abgelöst werden und der schmale Trail vor ihren Augen verschwinden. Sie durfte auf keinen Fall die Orientierung verlieren.

Tatsächlich wurde es nur langsam dunkler. Selbst zwischen den Bäumen strahlte der Schnee ausreichend Helligkeit aus, um ihr die Richtung zu weisen. Sie war keine gute Wanderin und hatte in Kalifornien nur wenig Sport getrieben, aber durch die anstrengende Feldarbeit war sie robust und widerstandsfähig geworden. Außerdem hatte sie sich inzwischen an die Wildnis gewöhnt. Die Fahrten mit dem Hundeschlitten hatten ihr neue Kraft geschenkt. Doch die innere Unruhe, die sie bei dem Gedanken an die grenzenlose Wildnis ergriff, lähmte ihre Bewegungen und verlangte eine außergewöhnliche Anstrengung von ihr.

Nachdem sie ungefähr eine halbe Stunde unterwegs

war, bemerkte sie ein flackerndes Licht zwischen den Bäumen. Sie blieb stehen und nahm es genauer in Augenschein, sie glaubte schon, sich getäuscht zu haben, als das Licht für einen Augenblick verschwand, doch dann kehrte es zurück, und sie sagte sich, dass dort ein Feuer brennen musste. Ein Feuer bedeutete Leben, besonders hier in der Wildnis. Es wies auf die Anwesenheit von Menschen hin und zeigte einsamen Wanderern wie ihr, wie sie ihrer eisigen Umgebung entkommen konnten.

Voller Hoffnung lief sie auf das Feuer zu. Es brannte abseits des Trails, wahrscheinlich auf einer Lichtung, und warf gespenstische Schatten in den Wald. Je näher sie den Flammen kam, desto größer und verlockender wurden sie. Konnte es Indian Charly sein, der nach ihr suchte und ein Camp errichtet hatte? Ein weißer Trapper, der seine Fallen ablief, vielleicht sogar Mike, den ein gütiges Schicksal in ihre Nähe geschickt hatte? Sie blieb abrupt stehen und starrte auf das Feuer, das keine halbe Meile mehr entfernt sein konnte. Oder Dynamite Dick und seine Kumpane auf der Flucht vor den Polizisten? Fühlten sie sich so sicher in dieser wilden Gegend, dass sie es wagten, ein Feuer anzuzünden?

Sie lief langsam weiter, trat so leise wie möglich auf, um möglichst kein Geräusch zu verursachen. Ihre Angst vor den Schurken war groß, und sie wollte ihnen unter gar keinen Umständen in die Hände fallen. Besonders vor Roscoe, dem Burschen mit der Brille, hatte sie eine höllische Angst. Sie fragte sich jetzt noch, woher sie den Mut genommen hatte, diesen Männern entgegenzutreten. Ohne Mike wäre die Sache wohl anders ausgegangen. Doch sie musste sich Gewissheit verschaffen. Falls Indian Charly oder ein Fallensteller an dem Feuer saßen, durfte sie auf keinen Fall daran vorbeigehen.

Unbeabsichtigt und ohne es zu ahnen, näherte sich Clara dem Feuer gegen den Wind – die einzige Möglichkeit, um von den Pferden, die neben dem Lagerplatz angebunden waren, nicht gewittert zu werden. Nicht einmal ein unruhiges Schnauben verriet sie. Immer näher schlich sie an das Feuer heran, bis sie die Männer genau erkennen konnte. Sie blieb so abrupt stehen, als wäre sie gegen eine unsichtbare Mauer gelaufen. Ihre schlimmsten Befürchtungen bestätigten sich. Im flackernden Schein des Feuers saßen Dynamite Dick, Roscoe und Billy LeBarge. Sie tranken Kaffee und nagten an den Knochen von einem Kaninchen, das sie über dem Feuer gebraten hatten. Der Duft war verlockend.

Obwohl der Anführer seinen kahlen Kopf unter einer Schirmmütze mit dicken Ohrenschützern versteckt hatte, erkannte sie ihn sofort. Man brauchte nur in seine stechenden Augen zu blicken, um zu wissen, wen man vor sich hatte. Er blickte sich nach jedem Bissen unruhig um und hatte sein Gewehr über den Knien liegen. Roscoe und Billy LeBarge musterten ihn nervös.

»Hey, was ist los mit dir?«, fragte Roscoe. »Hast du Angst, dass jemand in der Nähe ist? Du tust ja gerade so, als hätten uns die Mounties umzingelt.«

»Sie haben bestimmt eine Belohnung auf uns ausgesetzt«, antwortete Dynamite Dick. »Es gibt genug Leute, die sich den Zaster verdienen wollen.«

»Sollen nur kommen.« Er klopfte auf den Revolver hinter seinem Gürtel.

Der taubstumme Billy LeBarge nickte eifrig.

»Wir sollten das Feuer wieder löschen«, schlug Dynamite Dick vor. »War sowieso riskant, es anzuzünden. Wer weiß, wer sich hier alles rumtreibt.«

»Mit den Wilden werden wir leicht fertig.«

»Und mit den Fallenstellern? Denk an den Scheißkerl, der uns den Hundekampf versaut hat. Der muss hier irgendwo seine Hütte haben. Ich hab keine Lust, ihm noch mal zu begegnen. Der hatte es faustdick hinter den Ohren.«

»Er hatte Glück, weiter nichts. Außerdem war's mir scheißegal, was mit dem weißen Wolf passiert. Soll er doch meinetwegen in der Wildnis verrecken. Aber seine Freundin, diese Lehrerin, die hätte ich gern mal im Arm. So viel Kontra wie die hat uns noch keine gegeben. Die wäre genau richtig.«

»Sie hat uns die Sache mit der Indianerin versaut. Auf dem Schiff.«

Roscoe grinste. »Gerade deswegen. Was meinst du, was die für einen Tanz aufführt, wenn du sie erst mal in der Mangel hast. Die wäre was für mich.«

»Du und deine Weiber!«, erwiderte Dynamite Dick abfällig.

Billy LeBarge las von den Lippen ab und kicherte heiser.

Clara wagte vor Schreck kaum zu atmen. Sie wusste, was die Schurken mit ihr anstellen würden, wenn man sie entdeckte, besonders dieser Roscoe, und sie bereute längst, sich dem Feuer genähert zu haben. Man würde sie beim leisesten Geräusch entdecken. Sie wollte sich gar nicht ausmalen, was sie dann erwartete. Danach würde man sie erschießen oder in der eisigen Kälte liegen lassen. Es konnte Monate dauern, bis jemand so weit vom Trail abkam und sie auf dieser Lichtung fand. Bis dahin hatten sich die wilden Tiere über sie hergemacht, und von ihr wäre nur noch ein Skelett übrig.

»Wir reiten weiter«, sagte Dynamite Dick plötzlich. »Ich hab ein Scheißgefühl im Bauch, das hat mich noch nie getrogen. Wer weiß, wer uns alles auf den Fersen ist. Solange wir uns hier rumtreiben, hab ich einfach keine Ruhe.«

»Und wie willst du hier wegkommen? Hier gibt's keinen Piloten.«

»Aber am Yukon, ungefähr zwei Tagesritte von hier«, erwiderte Dynamite Dick, »da wohnt ein Buschpilot, den überwachen sie bestimmt nicht. Charly Ferris. Hab den Kerl mal in einer Bar getroffen. Ist ständig pleite, weil er zu viel säuft und kaum einer mit ihm fliegen will. Wenn wir dem einen Hunderter oder zwei geben, fliegt er uns bis auf eine einsame Insel in der Südsee.«

»Und stürzen ins Meer.«

»Unsinn! Den kriegen wir schon nüchtern.«

Dynamite Dick schob Schnee in das Feuer, bis es zischend erlosch, und trug den Sattel, auf dem er gesessen hatte, zu seinem Pferd. »Ihr könnt ja hierbleiben, wenn ihr wollt«, sagte er und warf seinem Braunen den Sattel über. »Aber kommt mir später nicht damit, dass ich euch nicht gewarnt hätte.«

Seine Kumpane ließen sich nicht zweimal bitten. Nur wenig später als er saßen sie auf ihren Pferden und folgten ihm keine zehn Schritte an Clara vorbei aus dem Wald. Sie drängte sich dicht an einen Baum und hielt die Luft an, bis sie verschwunden waren. Die Gefahr, dass die Männer ihre Spuren entdeckten, bestand zum Glück nicht. Ihr Blick war geradeaus gerichtet, und sie hielten sich abseits des Trails, um keinem Suchtrupp in die Arme zu reiten.

Clara wagte sich erst eine Viertelstunde später aus dem Wald und marschierte weiter. Mit jedem Schritt, den sie sich von den Schurken entfernte, fühlte sie sich besser. So richtig erleichtert war sie aber erst, als Indian Charly mit ihrem Hundeschlitten und geschultertem Gewehr auftauchte.

»Ich wusste doch, dass ich schlaue Hunde habe«, sagte er. »Als sie ins Dorf zurückkamen, wusste ich sofort, was passiert war. Bist du in Ordnung?«

Sie begrüßte die Huskys und sank erschöpft auf den Schlitten. »Ich bin okay«, sagte sie, »aber ich könnte jetzt eine heiße Schokolade vertragen ...«

18

Nach ihrem unfreiwilligen Abenteuer beschloss Clara, vorerst keinen Schlitten mehr zu besteigen. In den zwei Wochen vor Weihnachten gab es so viel in der Schule zu tun, dass sie sowieso keine Zeit für einen Ausflug gefunden hätte. Zur Freude von Reverend Smith studierte sie die Weihnachtsgeschichte nach dem Lukas-Evangelium mit den Kindern ein und ließ sie einen kurzen Aufsatz über das Thema »Warum wir Weihnachten feiern« schreiben. Nur ihre beiden erwachsenen Schüler ließen sich nicht darauf ein. Alfred Finlay musste seiner Frau helfen, den Laden zu schmücken, und Tommy Ashley kannte das Alphabet inzwischen so gut, dass er sich in seinem Zimmer über dem Saloon eingeschlossen hatte und dort eine schlüpfrige Geschichte nach der anderen las.

Bereits im November hatte Alma Finlay ihr mitgeteilt, dass sie großen Wert auf einen öffentlichen Auftritt der Kinder am Weihnachtstag legen würde, die Darbietung vor der gemeinsamen Weihnachtsfeier im Saloon war Tradition in Porcupine. Außer der Weihnachtsgeschichte, die sie mit verteilten Rollen lesen und mit einer Pantomime in Kostümen begleiten würden, studierte Clara deshalb drei Lieder mit ihnen ein, die eines der Mädchen, natürlich Penelope, mit ihrer Gitarre begleiten würde. Sie war die einzige Schülerin, die ein Instrument spielte. Außerdem bestand die Tochter der Präsidentin des Schulgremiums darauf, ein Gedicht vorzutragen. Als Sam Perry sie deswegen als

»blöde Streberin« beschimpfte, prallte das wirkungslos an ihr ab.

Die Aufgabe von allen, Erwachsenen und Kindern, war es, möglichst fantasievollen Schmuck für den großen Weihnachtsbaum anzufertigen, den sie nach Thanksgiving im Saloon aufgestellt hatten. Alma Finlay nähte kleine Püppchen aus bunten Stoffresten, eine Bastelarbeit, die Clara der sonst so nüchternen und meist missgelaunten Ladenbesitzerin gar nicht zugetraut hätte. Die Witwe Johnson backte mit Schokolade verzierte Plätzchen. Reverend Jones, auch eine Überraschung, hatte ein Dutzend bunte Kugeln beim Postmaster bestellt und hoffte, dass sie Porcupine heil erreichten. Clara bastelte mit den Kindern vor allem Sterne aus Stroh, Papier und Pappe. Die größte Überraschung kam von Maggie Gardiner, ein kunstvoller Stern aus gefärbtem Stroh und Silberpapier. »Mein Daddy hat mir geholfen«, gab sie freudig zu.

Wie vor einem Jahr in Salinas fragte Clara auch die Kinder in Porcupine, was sie sich von Santa Claus wünschten. Die Antworten waren teilweise sehr überraschend. »Ich wünsche mir, dass mein Dad endlich die Goldader findet und Millionär wird«, tönte Sam Perry erwartungsgemäß. »Ich wünsche mir ein dickes Buch, aus dem ich meinen Eltern vorlesen kann«, sagte Penelope Finlay, »alles andere haben wir doch sowieso im Laden. Wenn ich auf einem Schaukelpferd reiten will, brauche ich doch nur nach nebenan zu gehen.« Kenny Bower, der Sohn des Hotelbesitzers, wünschte sich eine Goldwaschpfanne, weil er noch vor Joe Perry und Ben Richmond eine Million auf dem Konto haben wollte, und Maggie Gardiner sagte: »Ich wünsche mir, dass mein Daddy nie mehr Whiskey trinkt. Ohne Whiskey ist er mir viel lieber.«

»Und was wünschen Sie sich, Ma'am?«, fragte Sam Perry vorlaut.

Clara hatte mit der Frage gerechnet, wusste aber nicht, was sie den Kindern antworten sollte. Sie konnte ihnen schlecht sagen, dass sie sich vor allem wünschte, von Mike Gaffrey in den Arm genommen und leidenschaftlich geküsst zu werden. Sogar sich selbst gegenüber wagte sie kaum, sich diesen Wunsch einzugestehen. Sie würde sich schon glücklich schätzen, wenn er zur Weihnachtsfeier erschien, wie er es versprochen hatte, und sie zum Tanz aufforderte. Sie würde sich auch nicht beschweren, wenn er ihr auf die Füße trat.

»Ich wünsche mir vor allem, dass wir alle gesund bleiben«, wich sie lächelnd aus, »auch wenn Doc Gardiner dann weniger zu tun hat. Und ich freue mich natürlich auf die Plätzchen, die wir mit der Witwe Johnson backen.«

Alma Finlay runzelte die Stirn, als sie ihr mitteilte, dass sie vorhatte, einen Unterricht vor Weihnachten im Café der Witwe abzuhalten. Sie empfand den Vorschlag als Angriff auf ihren Lehrplan. »So einen Unsinn können Sie sich vielleicht in Kalifornien erlauben, Miss Keaton, aber nicht hier. Unsere Kinder gehen in die Schule, um etwas zu lernen, und nicht, um Spaß zu haben.«

»Das eine muss das andere nicht unbedingt ausschließen«, erklärte Clara. Sie ließ sich schon lange nicht mehr von der Präsidentin des Schulgremiums einschüchtern. »Ganz im Gegenteil. Wenn man Spaß am Lernen hat, fällt es einem viel leichter, sein Wissen zu vermehren. Fragen Sie Ihren Ehemann.«

»Lassen Sie meinen Gatten aus dem Spiel«, erwiderte sie scharf.

»Dann fragen Sie Ihre Tochter«, konterte Clara. »Und

denken Sie an den praktischen Nutzen, den die Lektion für die Kinder haben wird. Oder wollen Sie nicht, dass Ihre Tochter später einmal backen kann? Mal ganz davon abgesehen, dass die Kinder die Plätzchen nach Hause mitnehmen dürfen.«

»Ach, machen Sie doch, was Sie wollen«, sagte Alma Finlay.

Kritische Fragen musste sich Clara auch gefallen lassen, weil sie auch die Sonntage vor Weihnachten im Indianerdorf verbrachte. »Ich frage mich, wann Sie endlich mal einen Gottesdienst besuchen«, wollte Reverend Smith wissen, als sie ihm eines Morgens auf der Straße begegnete. Sie antwortete: »Ich komme jeden Mittwochabend zu Ihnen in die Bibelstunde, und ich werde natürlich auch bei der weihnachtlichen Andacht dabei sein, aber ich halte es ebenso für meine christliche Pflicht, mein Wissen an die Indianerkinder weiterzugeben. Sie glauben nicht, welche Fortschritte sie machen! Kommen Sie doch einmal mit mir und halten Sie dort einen Gottesdienst ab! Was halten Sie davon? Oder genügt es Ihnen bereits, die Wilden getauft zu haben?« Sie betonte »Wilden«. »Ihre Anwesenheit würde den Glauben der Indianer sicher vertiefen.«

»Ich werde darüber nachdenken, Ma'am«, erwiderte der Reverend, der sich von Clara in die Defensive gedrängt fühlte. »Sie sind eine streitbare Frau, Miss Keaton.«

»Und eine gute Schachspielerin«, ergänzte sie lächelnd.

Im Indianerdorf gab es keinen Raum, der groß genug für einen Weihnachtsbaum gewesen wäre, was Clara auf die Idee brachte, eine der vielen Schwarzfichten am Waldrand zu schmücken. Zusammen mit den Kindern suchte sie einen jungen Baum, der ausreichend durch ältere Bäume geschützt aus dem harten Boden wuchs und mit seinen ausladenden Ästen und Zweigen wie geschaffen für den Schmuck war. Mit den beiden Scheren und dem bunten Papier, das Clara im Laden der Finlays für die Indianer gekauft und dafür kein einziges Prozent Rabatt erhalten hatte, waren die Indianer noch geschickter als die Weißen und schufen eine Vielzahl von Halbmonden, Sternen, Tieren, auch totemähnlichen Gebilden, wie sie die Indianer der Nordwestküste aus Zedernstämmen schnitten. Mit dem goldenen Band, das sie ebenfalls bei den Finlays erstanden hatte, hängten sie die Figuren an den Baum. Kerzen konnte man an einem Baum in der freien Natur kaum befestigen, aber der Baum war auch so schön genug, woran auch der böige Wind keinen Abbruch tat, der öfter mal einen Teil des Schmucks vom Baum fegte.

Die Weihnachtsgeschichte, die Clara ihnen aus der Bibel vorlas, gefiel den Kindern, wenn sich auch manche fragten, warum Maria und Josef von allen Bewohnern der Stadt abgewiesen wurden. »In einem Indianerdorf stehen alle Türen offen«, sagte Johnny, »und es würde einem Jäger niemals einfallen, vor notleidenden Menschen die Tür zu schließen.« Ein Mädchen stimmte zu: »Mein Großvater sagt, dass wir alles, was wir haben, mit den anderen teilen sollen, auch das Essen. Das hätten die Leute in Bethlehem auch tun müssen.«

Clara hätte gern gewusst, was der Reverend darauf geantwortet hätte, und beschloss, ihn nach ihrer Rückkehr zu fragen. »Das stimmt«, beantwortete sie die Frage selbst, »die Bewohner von Bethlehem haben sich nicht gerade so benommen, wie es sich für einen anständigen Christenmenschen gehört. Jesus bat die Menschen stets, sich um ihre Mitmenschen zu kümmern. Nur wenn die Starken sich um die Schwachen kümmern, ist auf unserer Welt alles so, wie es sein muss. ›Liebe deinen Nächsten wie dich selbst‹, hat Jesus einmal gesagt.«

»Und warum mögen uns dann die Weißen nicht?«, fragte Johnny.

Clara überlegte eine Weile. »Vielleicht liegt es daran, dass ihr anders lebt und anders ausseht. Die Menschen, egal, ob Weiße oder Indianer, haben Angst vor allem, was ihnen fremd ist. Mich mochten manche Menschen in Porcupine auch nicht, als ich nach Alaska kam. Weil ich aus Kalifornien komme, einem Land, das viele Tagesreisen von hier im Süden liegt.« Sie versuchte, die Kinder etwas aufzumuntern. »Aber der Tag, an dem wir alle eine große glückliche Familie sein werden, ist nicht mehr fern, davon bin ich fest überzeugt.« In Wirklichkeit bezweifelte sie es. Die Menschen würden wohl nie miteinander auskommen, dazu gab es zu viele Rassen und Religionen.

Von dem Weihnachtslied, das Clara mit ihnen einstudierte, waren die Kinder restlos begeistert, und als sie Johnny bat, eine indianische Geschichte zum Weihnachtsfest zu erzählen, wartete er mit einem abenteuerlichen Märchen auf, das von einem Krieger berichtete, der sich wochenlang mit dem Hundeschlitten durch die Wildnis kämpfte, nur um ein bestimmtes Geschenk in Dawson City für seine Frau zu kaufen: ein Päckchen Kaffee, das er mit einem Goldnugget bezahlte, den er im Fluss gefunden hatte. Clara hatte den Eindruck, dass er sich diese Geschichte selbst ausgedacht hatte, und bat ihn, sie bei der Weihnachtsfeier auch den anderen Bewohnern des Dorfes zu erzählen.

Auch die Indianerkinder fragte Clara nach ihren Wünschen. »Ich wünsche mir, dass meine kleine Schwester zurückkommt«, sagte ein Mädchen, »sie ist letztes Jahr an der Schwindsucht gestorben.« Ein Junge wünschte sich einen saftigen Elchbraten. »Mir soll Santa Claus ganz viele Buntstifte bringen«, sagte ein anderer Junge, »damit ich ein Bild für meine Eltern malen kann.« Und Johnny Running Deer meinte: »Ein Schulhaus wäre toll, so wie es die weißen Kinder haben, mit einer großen Tafel und Bänken, und Sie müssten jeden Tag zu uns kommen, Ma'am, dann könnten wir noch mehr lernen.«

Weder die Eltern der Indianerkinder noch Clara konnten alle Wünsche erfüllen, doch sie hatte einen Teil ihrer Ersparnisse in die Anschaffung einiger kleiner Schiefertafeln und in einen Kasten Buntstifte investiert und überraschte sie damit während der Weihnachtsfeier, die sie einen Tag vor Heiligabend vor der geschmückten Schwarzfichte abhielten. An Heiligabend fand die traditionelle Party in Porcupine statt. Besonders Johnny war gerührt vom Geschenk der *skooltrai*. »Danke« schrieb er auf die Tafel und hielt sie hoch. Ebenso dankbar waren seine Eltern und die anderen Erwachsenen, die nicht mehr an eine Zukunft für ihre Kinder geglaubt hatten und jetzt neue Hoffnung schöpften. In ihren Augen standen Tränen, als die *skooltrai* mit ihren Kindern die Weihnachtslieder anstimmte, sie aus der Bibel mit verteilten Rollen vorlasen und Johnny Running Deer aufstand und seine Weihnachtsgeschichte vortrug. Der Wind untermalte seine Worte mit einem leisen Lied, und leichter Schnee fiel herab, wie auf den Bildern in Harper's Magazine, das Clara gerne las.

An Dynamite Dick und seine Banditen dachte Clara kaum noch. Sie hatte dem Postmaster, der drei Tage nach ihrer Begegnung mit den Schurken gekommen war, einen Brief an die Polizei mitgegeben, in dem auch der Name des Piloten stand, mit dem sie fliehen wollten, und hoffte, damit ihre Bürgerpflicht ausreichend erfüllt zu haben, obwohl sie nicht glaubte, dass die Polizei die Schurken noch rechtzeitig einholen würde. Als einzige Hoffnung blieb, dass Dynamite Dick den Piloten nicht sofort angetroffen hatte oder seine Maschine nicht für den Winter ausgerüstet war.

Indian Charly brachte die Lehrerin mit dem Hundeschlitten nach Hause. Alma Finlay, die zufällig vor ihrem Laden stand und ihren Besen gegen den Vorbaubalken schlug, verzog missbilligend den Mund und würdigte den Indianer keines Blickes, obwohl er freundlich grüßte. Ihrer Meinung nach schickte es sich nicht für eine junge Frau, allein mit einem »Wilden« durch den Wald zu fahren. Ein Fauxpas, wenn sie ehrlich war, den auch ihre Verwandten und Bekannten in Kalifornien nur widerwillig geduldet hätten. Doch Clara war auch nach Alaska gegangen, um sich von gewissen bürgerlichen Konventionen und Zwängen zu befreien und dachte gar nicht daran, sich deswegen außer Sichtweite des Dorfes absetzen zu lassen. Auch sie konnte stur sein.

Selbst die weihnachtliche Stimmung, die einen Tag vor Heiligabend in Porcupine herrschte, hielt Alma Finlay nicht davon ab, Clara mit Vorwürfen zu empfangen. Sie verzichtete zwar darauf, sie wegen der gemeinsamen Schlittenfahrt mit Indian Chalry zu tadeln, sagte aber: »Ich würde es sehr begrüßen, verehrte Miss Keaton, wenn Sie sich auch in Ihrer freien Zeit um die Vorbereitung für unsere Weihnachtsfeier kümmern würden. Sie wissen, wie wichtig diese Feier für uns ist. Diese Heidenkinder haben sowieso kein Recht, die Geburt unseres Herrn zu feiern. Seien Sie bitte etwas zurückhaltender.«

»Soweit ich mich erinnere, wurden diese Heidenkinder, wie Sie sie immer noch nennen, schon vor vielen Jahren getauft. Auch sie glauben an Gott.«

»Und an ihre Geister! Machen Sie sich doch nichts vor.«

Clara schüttelte bedächtig den Kopf. »Das hatten wir doch schon, Mrs Finlay. Ich dachte, die Leute in Alaska wären großzügiger und toleranter. ›Leben und leben lassen‹ hieße die Devise in der Wildnis, hat man mir gesagt. Sie machen sich doch nur unnötig das Leben schwer. Und was die Weihnachtsfeier angeht … Machen Sie sich keine Sorgen, Mrs Finlay. Die Kinder sind bereit. Oder hat Ihnen Penelope nicht gesagt, wie gut die Generalprobe lief?«

»Wir werden sehen«, sagte Alma Finlay.

Am Morgen des Heiligabends frühstückte Clara bei der Witwe Johnson. Aus der Küche duftete es verlockend nach gebackenen Plätzchen, und auch die Torten und Kuchen standen schon bereit. »Finger weg!«, warnte die Witwe gut gelaunt, als Clara davon naschen wollte. »Die süßen Sachen gibt's erst heute Abend. Zum Frühstück habe ich Rührei und Schinken da.«

»Und eine große heiße Schokolade«, fügte Clara hinzu.

Einige Zeit später, als Clara gegessen und nur noch den Becher mit der heißen Schokolade vor sich stehen hatte, setzte sich die Witwe zu ihr. Sie trank ebenfalls heiße Schokolade und wirkte sehr viel zufriedener als sonst.

»Bist du auf eine Goldader gestoßen?«, fragte Clara. Sie waren längst zur vertraulichen Anrede übergegangen. »Du erinnerst mich an einen Fuchs, der die ganze Nacht in einem Hühnerstall zugebracht hat. Oder hast du von deinen eigenen Plätzchen genascht?«

Sie schlug mit der flachen Hand auf ihre Schürzentasche. »Ich hab einen Brief von meiner Schwester bekommen. Ich hab dir doch gesagt, dass sie immer zu Weihnachten schreibt. Sie hat den ersten Preis in einem Wettbewerb gewonnen. Für ihre Bilder, stell dir vor? Es stand in der Zeitung, und ein Radioreporter hat ihr Fragen gestellt. Sie wird eine berühmte Malerin.«

»Das freut mich, Amy«, erwiderte sie ehrlich.

»Und es kommt noch besser: Sobald sie genug Geld gespart hat, will sie mich besuchen kommen. Mit ihrem Mann. Sie hat geheiratet ... Den Besitzer einer Galerie. Ist das nicht wunderbar?« Sie zog den Brief aus der Tasche und las vor: »Mein Mann ist ein großer Naturliebhaber und würde gern nach Alaska fahren, also sei darauf gefasst, dass wir irgendwann bei dir auftauchen.«

Clara nahm an, dass sich die Witwe nur deshalb so freute, weil ihre Schwester den Mann fürs Leben gefunden hatte, ein Glück, das ihr selbst nicht beschieden gewesen war. Auch wenn sie gut allein zurechtkam und eines der erfolgreichsten Geschäfte in der Wildnis besaß, sehnte sie sich wahrscheinlich nach einem Mann und Kindern, ein ganz natürlicher Wunsch, auch für eine selbstständige Frau wie die Witwe. Darüber täuschte auch nicht ihre burschikose und fröhliche Art hinweg. Tief in ihrem Herzen war sie traurig.

»Woran denkst du?«, störte die Witwe sie in ihren Gedanken.

»Ich?«, erschrak Clara. »An nichts ... Ich freue mich für dich.«

Die Witwe grinste fröhlich. »Du denkst an Mike Gaffrey, gib's zu. Du hast dich in den Kerl verliebt und hoffst, dass er zur Weihnachtsparty kommt.«

»Er hat es mir versprochen.«

»Ich weiß, und er gehört anscheinend zu den wenigen Männern, die ihre Versprechen halten. So nervös, wie der bei seinem letzten Besuch war, würde er tausend Meilen durch einen Blizzard wandern, nur um dich zu sehen.«

»Meinst du wirklich?«, fragte sie hoffnungsvoll.

»Ich kenne mich mit Männern aus«, sagte die Witwe und stand auf. »Und wenn alle Stricke reißen, tanzen eben wir beide zusammen. Wiener Walzer?«

»Gott bewahre!«, stöhnte Clara entsetzt.

19

Am Nachmittag begann es zu schneien. Ein dichter Vorhang von dicken Schneeflocken versperrte Clara die Sicht, als sie sich in der Waschschüssel mit warmem Wasser wusch und dabei aus dem Fenster blickte. Die Bäume des nahen Waldes waren nur als dunkler Schatten zu sehen, die Eisdecke des zugefrorenen Flusses schimmerte matt im Flockenwirbel. Vor dem Blockhaus lag der Schnee bereits so hoch, dass sie einen Weg freischaufeln musste. Einen freien Zugang zum Schulhaus zu schaffen, gehörte zu ihren Aufgaben, hatte Alma Finlay erst vor einigen Tagen betont, und wenn sie zu schwach zum Schaufeln wäre, läge es an ihr, eine Hilfskraft anzustellen und zu bezahlen.

Sie spülte die Seife von ihrem Körper und trocknete sich gründlich ab. Im Ofen knisterte das Feuer, das sie noch vor dem Waschen mit frischem Holz versorgt hatte. Sie zog sich neben dem Ofen an, die warme Unterwäsche, die wollenen Strümpfe und das neue Kleid aus blauem Calico, das sie im Laden der Finlays gekauft hatte. Vor dem Spiegel, den sie über die Kommode gehängt hatte, richtete sie ihre Haare.

Ihr Aussehen hatte sich während der letzten Monate verändert, zumindest bildete sie sich das ein, ihr Gesicht wirkte frischer und gesünder, und ihre Augen schienen größer und klarer geworden zu sein. Sie drehte ihre Haare zu einem kunstvollen Knoten, nicht ganz so fest und streng wie für die Schule, und ließ absichtlich ein paar Haarsträhnen herabhängen. Solche

Kleinigkeiten gefallen den meisten Männern, hatte die Witwe ihr gesagt.

Sie blickte aus dem Fenster und versuchte vergeblich, den dichten Vorhang aus Schnee mit ihren Blicken zu durchdringen. Während sie sich angezogen hatte, war die arktische Nacht hereingebrochen, und selbst die dunklen Umrisse des Waldes verschmolzen mit der Dunkelheit. Das Eis des Flusses reflektierte das wenige Licht, hob sich aber kaum noch von den verschneiten Ufern ab. Der Flockenwirbel erstickte jedes noch so schwache Geräusch.

Wo blieb Mike?

Sie trat dicht an das Fenster heran, presste ihr Gesicht gegen die Scheibe und zuckte erschrocken zurück, als sie die eisige Kälte auf ihrer Nase spürte. War er noch irgendwo da draußen? Als erfahrener Fallensteller hatte er doch sicher die dunklen Wolken bemerkt, die während der wenigen hellen Stunden am Mittag am Himmel aufgezogen waren. Warum war er nicht längst hier? Selbst für einen erstklassigen Musher wie ihn war es doch einfacher, um die Mittagszeit über die einsamen Trails durch die Wälder zu fahren. War er aufgehalten worden? War ihm etwas passiert? Lag er verletzt am Wegesrand?

»Mach dich nicht verrückt!«, rief sie sich flüsternd zur Ordnung. Sie ballte ihre Hände zu Fäusten und drückte sie gegen das vereiste Fenster. Mike lebte seit vielen Jahren in der Wildnis, er kannte sich aus. Durch die Dunkelheit, die den ganzen Winter im Hohen Norden vorherrschte, und den Schnee ließ sich ein Mann wie er bestimmt nicht aus der Ruhe bringen. Er wusste, dass die Weihnachtsfeier um vier Uhr nachmittags begann. So war es jedes Jahr, das wussten auch die anderen Fallensteller, die sich diese willkommene Abwechslung im langen Winter nicht entgehen lassen wollten, schon wegen des Kuchens und der Plätzchen und des heißen Eggnogs, den ebenfalls die Witwe Johnson zubereitete. Eggnog war ein Punsch aus Eiern, Milch, Zucker und Alkohol, den es auch in Kalifornien gegeben hatte, aber lange nicht so stark wie bei der Witwe. Zwei Fallensteller waren schon am Morgen gekommen, aber Mike war immer zu spät, er hatte auch den weitesten Weg. Er wird kommen, beruhigte sie sich, er hat es mir versprochen, er kommt bestimmt.

Pünktlich um vier zog Clara ihre Winterstiefel an. Sie schlüpfte in ihren Wintermantel, verzichtete auf ihre Wollmütze, um ihre Frisur nicht zu ruinieren, und schlang den neuen Schal um ihre Haare. Ihre Schnürschuhe und das Geschenk, das sie zu den anderen Päckchen unter den Weihnachtsbaum legen würde, verstaute sie in einer Leinentasche. Ein norwegisches Ehepaar, das seit dem Goldrausch in Alaska lebte, hatte vor vielen Jahren den »Julkpapp« eingeführt, ein skandinavischer Brauch, der das Schenken erleichterte: Jeder zog den Namen eines Mitbürgers, für den er ein Päckchen mit einem kleinen, aber originellen Geschenk vorbereiten musste. Keiner wusste, von wem sein Geschenk kam. Clara hatte Blanche gezogen und ihr ein Buch mit den Noten und Texten berühmter Operettenlieder bestellt.

Mit gesenktem Kopf, um besser gegen den treibenden Schnee geschützt zu sein, lief Clara zum Saloon. Vor der Tür blieb sie einen Augenblick stehen. Mike war nicht zu sehen, nur die beiden Fallensteller, die am Morgen gekommen waren. Sie hatten bereits ausgiebig dem Whiskey zugesprochen und waren bester Stimmung. »Warten Sie immer noch auf dieses Milchgesicht?«, fragte der eine fröhlich. »Warum schminken

Sie sich den Burschen nicht ab und tanzen mit uns? Mike ist bestimmt mit einer Indianerin durchgebrannt, oder er hat sich mit diesem Grizzly eingelassen. Wie hieß er noch, Jack?«

»Jonas«, antwortete Jack. »Der hat es schon seit Jahren auf ihn abgesehen. Würde mich nicht wundern, wenn er den armen Mike in der Mangel hätte.«

»Ich denke, Grizzly halten Winterschlaf?«, konterte Clara.

»Jonas? Der nicht, Ma'am. Der nicht.«

Der kurze Wortwechsel mit den beiden Fallenstellern stärkte nicht gerade ihre Zuversicht. Die Bemerkung über den Grizzly, die sicher als Scherz gemeint war, konnte durchaus zutreffen. Mike wäre nicht der erste Fallensteller, der auf gewaltsame Weise in der Wildnis umkam. Am liebsten wäre sie auf einen Hundeschlitten gesprungen und hätte nach ihm gesucht, wusste aber auch, dass sie sich durch ein solches Vorgehen nur lächerlich gemacht hätte.

»Worauf warten Sie noch, Miss Keaton?«, sagte Alma Finlay hinter ihr.

Clara drehte sich erschrocken um und sah die Finlays und einige andere Bürger hinter sich stehen. »Oh Verzeihung!«, murmelte sie und ging weiter.

Im Saloon erwartete sie angenehme Wärme. Die Regale mit den Flaschen und das Bild der leicht bekleideten Frau waren wie beim Gottesdienst mit schwarzen Tüchern bedeckt, und durch den Raum zogen sich Girlanden aus rotem und grünem Krepppapier. An dem prächtig geschmückten Weihnachtsbaum brannten die Kerzen, daneben standen drei Eimer mit Wasser, falls eine der Kerzen aus ihrer Halterung fiel und den Baum in Brand steckte, wie es vor einigen Jahren geschehen war. Auf der Bühne standen die Walker Twins. Sie waren weder Zwillinge noch verwandt und verschwägert, sondern hatten lediglich denselben Namen. Sie würden mit ihren Fiedeln für die musikalische Unterhaltung sorgen und zum Tanz aufspielen. Es duftete nach frischem Eggnog.

Clara legte ihr Geschenk zu den anderen Päckchen vor der Bühne und ging zur Witwe Johnson, die hinter dem mit bunten Tischtüchern bedeckten Tresen verschwand und ihren heißen Eggnog gerade mit etwas Alkohol verfeinerte. Einige Torten und Kuchen sowie ihre berühmten Plätzchen standen auf einem kleinen Büffet, das aber erst nach der Willkommensrede des Bürgermeisters eröffnet wurde. So wollte es der Brauch. Und weil die Witwe auch den Eggnog erst dann ausschenkte, stieg Bürgermeister Luther O'Brady sofort auf die Bühne, als die letzten Bürger seiner Stadt im Saloon erschienen. Mike war nicht gekommen.

»Liebe Mitbürger, liebe Freunde, sehr verehrte Gäste unserer traditionellen Weihnachtsfeier«, begann O'Brady wie immer blumig und feierlich. Er trug einen Smoking, der ihm längst zu klein geworden war und sich über seinem gewaltigen Bauch spannte. »Ich freue mich, dass Sie wie immer zahlreich zu unserer Party erschienen sind. Wie immer bei dieser Gelegenheit möchte ich mich bei allen Bürgern für ihre tatkräftige Mitarbeit bedanken, Sie alle haben dazu beigetragen, unsere kleine Stadt in einen Hort des Friedens und der Zuversicht zu verwandeln. Ich will diesen Dank mit einem Gedicht des großen William Shakespeare zum Ausdruck bringen. Es heißt ›Heigh Ho, The Holly‹ und geht so: Blow, blow, thou winter wind …« Er unterstrich die Verse des englischen Meisters mit weit ausholenden Gesten, ließ die letzte Zeile wie ein Gebet verklingen und senkte den Kopf. Dann genoss er den wohlwollenden Beifall, den Clara mit ihrem Klatschen anstimmte. Nicht zu laut, eher leise und zurückhaltend, damit er nicht auf die Idee kam, eine Zugabe zu geben. »Meinen aufrichtigsten Dank, liebe Freunde, ich bin zutiefst gerührt, ist doch das Weihnachtsfest ...«

Nur die Aussicht, bald von dem starken Eggnog kosten zu können, hinderte den Bürgermeister daran, seine blumige Rede endlos fortzuführen. Stattdessen übergab er das Wort an Clara, die ihre Schulkinder bereits vor dem Weihnachtsbaum versammelt hatte und sich ebenfalls bedankte: »... dass Sie mich so freundlich in Ihrer Stadt aufgenommen haben ...« Sie warf einen raschen und leicht spöttischen Blick zu Alma Finlay. »... Und natürlich bei meinen Schülerinnen und Schülern, die sich während der letzten Monate große Mühe gegeben haben und Ihnen nun die Weihnachtsgeschichte nach dem Evangelium des Lukas vortragen wollen. Penelope, du fängst bitte an.«

Die Kinder trugen die Geschichte ohne Fehler vor, dann stimmten sie die Lieder an, die Clara mit ihnen einstudiert hatte. Penelope spielte auf der Gitarre, und die Walker Twins untermalten den Gesang ungefragt mit ihren Fiedeln. Donnernder Applaus dankte den Kindern. Zum Abschluss der Feier sprach Penelope das Gedicht, wie immer fehlerfrei und mit einer solchen Überzeugung in der Stimme, dass nicht nur ihre Mutter vor Stolz beinahe platzte. Penelope war ein außergewöhnlich begabtes Mädchen, so viel war sicher.

Entsprechend fiel das Lob ihrer Mutter aus. Sie dankte Penelope mit überschwänglichen Worten, vergaß dabei beinahe, die anderen Kinder zu erwähnen, und rieb sich eine versteckte Träne aus den Augen. »Liebe Kinder«, beendete sie ihre kurze Ansprache, »natürlich hat Santa Claus auch bei euch zu Hause einige

Geschenke abgestellt, aber etwas ganz Besonderes, das euch allen gehören soll, steht draußen vor dem Saloon. Seht es euch an, nur zu …«

Die Kinder rannten nach draußen, begleitet von den neugierigen Erwachsenen, und stürzten sich johlend auf den großen Schlitten, den einige Männer in ihrer Freizeit gebaut hatten. Sogar einige Glöckchen bimmelten daran. »Vielen Dank im Namen aller Kinder!«, rief Penelope altklug und schüttelte ihren Eltern und dem Bürgermeister die Hand, wie die Abgesandte eines Vereins.

»Und damit kann ich wohl endlich den Eggnog ausschenken«, rief die Witwe Johnson. »Oder ist euch der Durst inzwischen vergangen? Was ist mit dir, Luther? Der Bürgermeister bekommt den ersten Becher, oder etwa nicht?«

»Das will ich meinen, liebste Freundin! Ich bin schon unterwegs.«

Während die anderen Bürger nichts Eiligeres zu tun hatten, als an die Köstlichkeiten auf dem Tresen zu kommen, blieb Clara vor dem Eingang stehen und starrte niedergeschlagen in das Schneetreiben. Keine Spur von Mike. Außer den Kindern, die ihren neuen Schlitten zur Uferböschung schoben, von allen Seiten darauf sprangen und auf den vereisten Fluss rutschten, war kein Mensch zu sehen. Einsam lag die Main Street verlassen vor ihr. Alle Häuser außer dem Saloon waren dunkel. Vor der Poststation, wo die beiden Fallensteller ihre Schlitten geparkt hatten, lagen die Huskys im Schnee und blickte neugierig zu ihr herüber. Sie hatten ihr Fressen schon bekommen und wirkten satt und zufrieden.

»Mike!«, flüsterte sie. »Warum tust du mir das an, Mike?«

In ihrem Schmerz spürte sie die Kälte ebenso wenig wie die Kinder, die nicht müde wurden, ihren Schlitten die Böschung hinaufzuschieben, nur um gleich darauf wieder auf den vereisten Fluss zu rutschen. Sie ging ein paar Schritte, blieb aber unter dem Vorbaudach stehen, das den Gehsteig vor dem Hotel und Saloon schützte. Mit zusammengekniffenen Augen, in der Hoffnung, so besser in dem treibenden Schnee sehen zu können, starrte sie in die Ferne, bis sich ihr Blick in dem Flockenwirbel und der Dunkelheit verlor. Mach dir nichts vor, sagte sie sich, er hat dich versetzt. Er kommt nicht mehr. Du hast dich da in etwas hineingesteigert, das es gar nicht gab. Er ist ein Fallensteller, er lebt in der Wildnis, und du bist eine Lehrerin. Das würde niemals klappen.

»Dachte ich mir doch, dass du hier draußen bist«, erklang die Stimme der Witwe Johnson. Sie war unbemerkt aus dem Saloon getreten und reichte ihr einen Becher mit Eggnog. »Trink was, das bringt sich auf andere Gedanken.«

Clara griff nach dem Becher und nippte vorsichtig an dem Getränk. Der Alkohol raubte ihr fast den Atem. »Wow!«, sagte sie hustend. »So was Starkes hab ich noch nie getrunken. Zwei Schluck mehr, und ich bin betrunken.«

»Wäre eine gute Methode, um dir Mike aus dem Kopf zu schlagen. Obwohl ich nicht glaube, dass Alma Finlay damit einverstanden wäre. Eine anständige Lehrerin betrinkt sich nicht. Außerdem ist der Abend noch lang.«

»Du meinst, Mike … Du meinst, er kommt noch?«

»Wenn nicht, isst du bis Neujahr umsonst bei mir.«

Clara suchte nach einer witzigen Antwort, kam aber gar nicht dazu, etwas zu sagen, denn im gleichen Augenblick kam Robert Howard aus dem Saloon und rief: »Hat jemand Blanche gesehen? Sie ist verschwunden! Sie ist weg!«

»Vielleicht ist sie in ihrem Zimmer«, überlegte die Witwe laut.

»Ich habe überall nachgesehen. Sie ist nicht im Haus.«

»Vielleicht bei den Kindern«, sagte Clara. Sie rannte zur Uferböschung und fragte bei den spielenden Kindern nach Blanche, aber auch dort hatte niemand das Mädchen gesehen. »Haben Sie denn keine Ahnung, wo sie sein könnte?«, fragte sie den Hotelbesitzer. »Ich hab sie noch gar nicht gesehen.«

Inzwischen waren auch die Finlays und einige andere Bürger aus dem Saloon gekommen. »Sie war in ihrem Zimmer«, antwortete Robert Howard. Seine Stimme hatte einen weinerlichen Unterton. »Sie war ein wenig ... Nun ja, sie war traurig, weil ich ihr Ihren größten Wunsch nicht erfüllen kann. Ihr wisst alle, dass sie nach Dawson City gehen und dort am Theater singen möchte, aber das kostet viel Geld ... Die Miete für ein Zimmer, bis sie auf eigenen Beinen steht, täglich was zu essen, neue Kleider, Schuhe ... So viel Geld hab ich nicht. Ich müsste schon das Hotel verkaufen, und das will ich nicht.«

»Eine Schnapsidee!«, mischte sich Alma Finlay ein. »Du hättest sie übers Knie legen und ihr mit deinem Gürtel Vernunft einbläuen sollen, das wäre vernünftig gewesen. Deine Tochter bringt doch keinen geraden Ton heraus.«

»Sie singt besser als viele andere. Und sie tanzt gut.«

»Mach dir doch nichts vor, Bob. Sie ist ...«

»Wollt ihr hier rumstehen und euch über ihr Gesangtalent streiten oder nach ihr suchen?«, schnitt ihr die

Witwe das Wort ab. »Wenn sie nach Dawson will, ist sie nach Südosten marschiert. Selbst wenn sie sich warm angezogen und einen Rucksack mit Vorräten mitgenommen hat, schafft sie doch nicht. Ein schwaches Ding wie sie kommt nicht mal über die Straße. Sind unsere Fallensteller noch nüchtern genug, um einen Hundeschlitten zu steuern?«

»Die liegen hinterm Tresen und schlafen«, rief jemand aus dem Saloon.

»Ich kann fahren«, rief Clara kurz entschlossen.

»Sie?«, rief Alma Finlay ungläubig. »Als Sie hier ankamen, konnten Sie nicht mal reiten. Seit wann kann jemand wie Sie einen Schlitten steuern?«

»Seitdem ich bei den Indianern unterrichte«, antwortete Clara zum allgemeinen Erstaunen Sie rannte zu einem der beiden Schlitten, scheuchte die Hunde hoch und rief: »Nicht so schüchtern, ihr Lieben! Euer Herrchen ist leider verhindert. Ein Notfall! Wir müssen Blanche finden, bevor sie da draußen erfriert.«

An den verdutzten Bürgern vorbei lenkte Clara den Hundeschlitten zum Fluss hinunter. Obwohl sie mit ihren Gedanken schon bei Blanche war, genoss sie die erstaunten Blicke ihrer Mitbürger, die nicht fassen konnten, welche gute Figur sie auf den Kufen machte und wie sicher sie den Schlitten über die Uferböschung und auf den schmalen Trail lenkte, der in den Wald führte.

Erst als die Häuser von Porcupine hinter ihr im Schneetreiben zurückblieben, wich das Lächeln aus ihrem Gesicht. Die Erinnerung an ihre Begegnung mit dem aggressiven Elch kehrte zurück, und sie konzentrierte sich wieder ganz darauf, den Schlitten in der Spur zu halten. Die Hunde freuten sich, an diesem verschneiten Abend über einen einsamen Trail laufen zu können, und ließen sich leicht führen, obwohl Clara nicht mal ihre Namen kannte.

»Lasst mich nicht im Stich, meine Lieben!«, rief sie ihnen zu.

In der Dunkelheit und in dem treibenden Schnee war es nicht einfach, auf dem Trail zu bleiben. Ohne die erfahrenen Huskys hätte sie es bestimmt nicht geschafft. Später sollte sie erfahren, dass der Fallensteller eines der besten Hundegespanne im ganzen Norden besaß. Sie feuerte die Hunde an und jauchzte vor Zuversicht, wenn sie selbst die schärfsten Kurven nahm und fluchte wie ein Maultiertreiber, wenn sie aus der Spur gerieten. »Blanche!«, rief sie immer wieder. »Blanche! Wo bist du? Versteck dich nicht vor mir, Blanche!«

Nach ungefähr fünf Meilen hielt Clara den Schlitten an. Sie rammte den hölzernen Anker in den Schnee und rannte zu dem schmalen Pfad zurück, der hinter ihr in den Trail mündete. Im Vorbeifahren hatte sie eine Bewegung wahrgenommen, zufällig nur, weil sie gerade in diesem Augenblick nach Westen geblickt hatte. Ein weißer Schatten war zwischen den Bäumen hervorgehuscht und hatte auf dem Pfad verharrt, lange genug, um auf sich aufmerksam zu machen. »Maluk!«, rief Clara. Dann lauter: »Maluk! Maluk!«

Sie blickte den schmalen Pfad hinab und sah den weißen Wolf im Schnee stehen, breitbeinig und voller Zuversicht. Obwohl es immer noch schneite und er mindestens fünfzig Schritte von ihr entfernt stand, erkannte sie die Narben in seinem Fell. Die Salbe des Doktors hatte gewirkt, er war wieder gesund und im Vollbesitz seiner Kräfte. »Maluk!«, rief sie wieder. »Hast du Blanche gesehen? Wo ist sie, Maluk? Du hast sie doch gesehen, sag es mir!«

Maluk hob den Kopf und ließ ein lautes Heulen vernehmen, das dumpf und geheimnisvoll zwischen den verschneiten Bäumen verhallte, dann verschwand er im Schneetreiben. Er schien keine besondere Eile zu haben, blickte sich sogar noch mal um, als wollte er sichergehen, dass sie verstanden hatte.

Sie holte den Schlitten und folgte ihm, bekam ihn aber nicht mehr zu Gesicht. Stattdessen kam ihr ein anderer Schlitten entgegen. Sie bekam es mit der Angst zu tun und hielt die Hunde zurück, dann sah sie Blanche auf der Ladefläche sitzen. Ihre blonden Locken ragten unter der Wollmütze hervor.

»Blanche!«, rief sie. »Mein Gott! Blanche! Wir suchen dich überall!«

Erst als der Musher seine Anorakkapuze aus dem Gesicht schob, erkannte sie auch ihn. »Mike!«, flüsterte sie ergriffen. »Du bist doch noch gekommen!«

20

In Porcupine wurden Clara und der Fallensteller jubelnd und mit großer Erleichterung empfangen. Robert Howard dankte den beiden mit einem kräftigen Handschlag, überreichte Mike eine Flasche seines besten Whiskeys, versprach Clara eine Schachtel Pralinen, die er allerdings erst beim Postmaster bestellen musste, und schloss seine Tochter fürsorglich in die Arme. »Das hätte schlimm ausgehen können, Blanche. Bin ich froh, dass du wieder hier bist!«

Für Clara verlief der Abend anders als erwartet. Sie hatte eigentlich gehofft, die freien Tage zwischen Weihnachten und Neujahr mit Mike verbringen zu können, doch die Freude über sein Kommen verwandelte sich schon nach kurzer Zeit in bedrückte Trauer. Die erste Stunde verlief so, wie sie es sich erhofft hatte. Sie stießen mit Eggnog an, aßen jeder ein Stück Nusstorte und gönnten sich einige der köstlichen Schokoladenplätzchen. Auch der erste Tanz, ein langsamer Walzer, ließ Clara im siebten Himmel schweben, obwohl ihr Mike bei jedem zweiten Schritt auf die Füße trat. Er konnte tatsächlich nicht tanzen, sondern bewegte sich ungelenk und hölzern durch den Saloon.

Doch als Clara ihm nach dem Julklapp eröffnete, ein besonderes Geschenk für ihn zu haben und ihn zu einem Spaziergang am Flussufer einlud, geschah etwas Seltsames, das sie noch Tage später beschäftigte. Es waren nicht der wollene Schal, den sie für ihn gestrickt hatte, und auch nicht seine Verlegenheit, kein Geschenk für sie zu haben, die diesen Abend in einem Fiasko münden ließen. Und es war schon gar nicht der leidenschaftliche Kuss, den sie im Schein des flackernden Nordlichtes austauschten. Als ob die Natur ihnen ein Geschenk machen wollte, hatte es zu schneien aufgehört, und sogar die dunklen Wolken hatten sich verzogen. Flackernde Lichter in schillernden Mustern wanderten über den Himmel und tauchten ihre Gesichter in bunte Farben. Heiß und innig verschmolzen ihre Lippen zu einem Kuss, der ihr fast die Besinnung raubte und sie glücklich lächeln ließ. »Ich glaube, ich … Oh Mike!«

Es war das, was danach geschah. Denn kaum hatten sie sich voneinander gelöst, und sie war eigentlich darauf vorbereitet, so etwas wie »Ich liebe dich« von ihm zu hören, da spiegelte sich ungewöhnliche Traurigkeit in seinen Augen, und er senkte den Kopf, als hätte er etwas vor ihr zu verbergen. »Ich … Ich kann nicht …«, brachte er mühsam hervor. »Ich würde dich … dich nur unglücklich machen … Ich da draußen in der Wildnis und … und du hier ..« Er seufzte tief, und sie hatte beinahe das Gefühl, er würde sich eine versteckte Träne aus den Augen wischen. »Ich möchte dich nicht unglücklich machen.«

Er blickte sie noch einmal an, wandte sich dann ab und lief zu seinem Schlitten. »Leb wohl, Clara! Es … es tut mir leid!«, rief er mit Tränen in den Augen und zog den hölzernen Anker aus dem Schnee. Noch bevor sie ihn aufhalten und etwas sagen konnte, lenkte er den Schlitten aus der Stadt und fuhr davon, über die Böschung zum Fluss und dem fernen Horizont entgegen.

Sie blieb konsterniert zurück und überlegte noch Tage später, was den plötzlichen Bruch zwischen ihnen ausgelöst haben konnte. War sie zu aufdringlich gewesen? Hatte ihm ihr Geständnis, sehnsüchtig auf ihn gewartet zu haben, erschreckt? War es tatsächlich unmöglich für sie, ein gemeinsames Leben zu führen? Noch in Dawson City hatte sie doch selbst daran gezweifelt, dass aus ihrer Bekanntschaft eine dauerhafte Beziehung werden konnte. Warum verzehrte sie sich hier draußen nach ihm und wünschte sich nichts sehnlicher, als dauerhaft mit ihm zusammen sein zu können? »Reiß dich zusammen, Clara«, rief sie sich selbst zur Ordnung. »Du hast deinem Bräutigam in der Kirche den Laufpass gegeben, weil du dich nicht in einen goldenen Käfig sperren lassen wolltest. Bist du den weiten Weg nach Alaska gefahren, um dich an einen Mann zu binden, der die meiste Zeit des Jahres unterwegs ist?«

»Mike war noch nie in seinem Leben verliebt«, sagte die Witwe Johnson, als sie einen Tag vor Silvester beim Frühstück zusammensaßen. »Er hat keine Ahnung, wie er damit umgehen soll. Und du machst es ihm nicht gerade leichter. Er ist nicht gewöhnt, dass ihm eine Frau offen ihre Zuneigung zeigt.«

»Tue ich das?«, fragte Clara überrascht.

»Man sieht dir an, dass du ihn liebst.«

»Und das macht ihm Angst?«

Die Witwe trank von ihrer heißen Schokolade. »Die einzige Frauen, mit denen er bisher zusammen war, waren Indianerinnen und … nun ja, sagen wir, Frauen, die mit Gefühlen wenig im Sinn haben. Wo soll so ein Fallensteller auch eine andere Frau kennenlernen? Er ist verwirrt … über seine eigenen Gefühle.« Sie grinste. »Ich klinge schon wie eine verdammte Pastorin, was?«

»Mir ist das alles zu kompliziert«, erwiderte Clara. »Ich hab mit der Schule und Alma Finlay schon genug am Hals. Auf diese zwischenmenschlichen Probleme kann ich gut verzichten. Ich komme auch ohne Mann zurecht.«

»Meinst du?«

»Du schaffst es doch auch.«

»Das stimmt«, antwortete die Witwe, »aber frag mich nicht, zu welchem Preis. Irgendein schlauer Mann hat mal behauptet, Mann und Frau wären die beiden Hälften einer Kugel und gehörten untrennbar zusammen. Wenn ich ehrlich bin, glaube ich bei dir und Mike daran. Ihr seid ein schönes Paar.«

»Ja … für einen Tanz«, sagte Clara.

Auch um sich von ihren Problemen abzulenken, verbrachte Clara die nächsten freien Tage in der Wildnis. Sie lieh sich den Schlitten von Indian Charly aus und folgte den Indianerpfaden durch die Wälder, ungeachtet der knappen vier Stunden, die sich die Sonne täglich am Himmel zeigte. Der Himmel war klar und wolkenlos, und Mond und Sterne verbreiteten genug Licht auf den verschneiten Trails. Um besser gegen einen angreifenden Elch oder eine andere Gefahr gewappnet zu sein, führte sie den 38er Revolver mit sich, den Rose Galucci ihr in Dawson geschenkt hatte, eine Waffe, die sie eigentlich kaum anfassen wollte, weil sie Waffen verabscheute und ein ungutes Gefühl dabei empfand. Doch ihre Begegnung mit dem Elch und Dynamite Dick und seinen Kumpanen hatte ihr auf ziemlich drastische Weise klargemacht, wie lebenswichtig ein Revolver in der Wildnis sein konnte.

Sie wählte anstrengende Trails, um viel mit den Hunden arbeiten zu müssen und keine Zeit mehr dafür zu haben, über Mike und sein rätselhaftes Verschwinden nachzudenken. Doch jedes Mal, wenn sich das flackernde Nordlicht mit seinen farbigen Mustern am Himmel zeigte, fühlte sie sich an den leidenschaftlichen Kuss erinnert, den sie am Flussufer ausgetauscht hatten. So war sie noch nie geküsst worden, schon gar nicht von ihrem Bräutigam, und sie spürte jetzt noch die Berührung seiner Lippen und das Forschen seiner Zunge, die sich tief in ihren Mund gegraben hatte. Sie waren füreinander bestimmt, einen besseren Beweis als diesen Kuss gab es dafür nicht. Es durfte einfach nicht sein, dass sie aus Gründen der Vernunft darauf verzichteten. War es denn vernünftig, die Gefühle der Vernunft unterzuordnen?

Auf einem ihrer Ausflüge erreichte sie Benny's Roadhouse. Benny O'Donnell und Jerry Anderson wurden vom Gebell ihrer Huskys nach draußen gelockt und begrüßten sie überrascht. »Hey, Sie haben sich aber mächtig schnell eingelebt, Ma'am!«, rief der Ire, als sie ihren Schal vom Gesicht zog. »Die letzte Schoolma'am hab ich nie auf einem Schlitten gesehen.«

»Alle Achtung!«, rang sich auch der Postmaster zu einem Lob durch. »Den Schlitten kenne ich. Das sind die Hunde von Indian Charly, nicht wahr?«

Sie rammte den Anker in den Schnee und stieg von den Kufen. »Er hat mir das Fahren beigebracht. Als Dank dafür, dass ich die Indianer unterrichte.«

»Die Rothäute? Das wird Alma Finlay aber gar nicht gefallen«, erwiderte O'Donnell. »Die würde diese Wilden doch am liebsten skalpieren.« Er lachte über seinen eigenen Scherz. »Sie haben einen Stein bei ihr im Brett, was?«

Auch Clara musste lachen. »Das würde ich nun nicht gerade sagen. Wir werden bestimmt nie dicke Freundinnen.« Sie kraulte ihrem Leithund den Nacken, tätschelte die anderen Hunde und folgte den beiden Männern ins Haus. Die beiden Begleiter des Postmasters, die an einem der Tische saßen und Kaffee tranken, nickten ihr überrascht zu. »Haben Sie eine heiße Schokolade für mich, O'Donnell? Ich hab eine anstrengende Fahrt hinter mir.«

»Kakao hab ich gerade frisch reinbekommen«, sagte O'Donnell. »Geht klar. Mit frischer Sahne.« Er ging in die Küche und machte sich an die Arbeit.

Jerry Anderson war höflicher, als sie ihn in Erinnerung hatte, nahm ihr den Mantel ab und half ihr auf einen Stuhl. »Da fällt mir ein, ich hab ja einen Brief für Sie«, sagte er und ging nochmal nach draußen. Mit einem Umschlag kehrte er zurück. »Hat mir Rose Galucci für Sie mitgegeben. Muss was Wichtiges sein. Ich hab strenge Anweisung, den Brief nur Ihnen zu geben.«

Clara öffnete den Umschlag, fand eine vergilbte Fotografie und las den mehrseitigen Brief. »Liebe Clara«, stand da in verschnörkelten Buchstaben, »ich bin keine große Briefschreiberin und entschuldige mich schon jetzt für meine schlechte Schrift und die vielen Fehler. Als Schülerin würde ich bestimmt eine schlechte Note von dir bekommen. Du wunderst dich vielleicht, nach so langer Zeit von mir zu hören, aber glaube mir, ich habe dich nicht vergessen und würde mich freuen, dich bald mal wieder in Dawson begrüßen zu dürfen. Von Jerry Anderson höre ich, dass du dich gut eingelebt hast und gut mit den Kindern zurechtkommst. Es war sicher nicht einfach, dich auf die ungewohnte Umgebung einzustellen. In der Wildnis ist doch manches anders.

Ich schreibe dir aus einem ganz bestimmten Grund, liebe Clara, und entschuldige mich schon jetzt dafür, dich mit einer großen Bitte zu belasten. Du kannst dir nicht vorstellen, wie viele schlaflose Nächte ich in letzter Zeit durchwacht und darüber nachgedacht habe, ob ich mich mit dieser Bitte an dich wenden kann, aber mir fällt keine andere Person ein. Obwohl ich schon sehr lange in Dawson lebe, habe ich keine wirklichen Freunde, jedenfalls keine, die ich mit einem solchen Problem belasten könnte. Außerdem soll niemand in Dawson wissen, was mich seit vielen Jahren bewegt.

Verzeih mir, wenn ich ein wenig aushole, aber du musst einiges wissen, bevor du über meine Bitte nachdenkst. Wie du weißt, lebe ich schon seit beinahe dreißig Jahren in Dawson City. Wie die meisten Menschen, die damals hierherkamen, wollte ich reich werden. Als alleinstehende Frau hatte ich es nicht einfach. Um die Erde umzugraben und nach Gold zu suchen, war ich zu schwach, und um einen Laden aufzumachen, fehlte mir das Geld. Also versuchte ich es als Schauspielerin, Tänzerin und ›Lady of the Night‹, wie manche Goldsucher die Damen unserer Profession damals nannten. Du bist die erste Frau, die davon weiß und mich deswegen nicht verurteilt. Dafür bin ich dir sehr dankbar. Bisher wandten sich alle Frauen von mir ab, wenn sie erfuhren, wie ich zu meinem Geld gekommen war und dass ich ein Bordell führte.

Und nun zu meinem eigentlichen Anliegen: Ich habe dir von Joey erzählt, dem Goldsucher, der mich so schmählich im Stich ließ, als er auf eine reiche Goldader stieß. Natürlich hatte er Angst, mir etwas abgeben zu müssen, aber das war nicht der einzige Grund, warum er mich verließ. Den anderen Grund siehst du auf der beiliegenden Fotografie. Meine Tochter Molly. Sie stammt von meiner ersten Liebe am Klondike, dem Halbindianer Rusty Brannon. Er starb vor einigen Jahren an der Schwindsucht. Ich weiß, ich hätte dir von ihm erzählen sollen, aber ich bin nicht besonders stolz darauf, wie ich mich ihm gegenüber verhalten habe, und verschweige ihn gern. Zur Zeit des großen Goldrauschen waren wir ein Liebespaar. Glaub mir, ich liebte ihn wirklich, aber er verdiente kein Geld und hätte mir nur das armselige Leben in einem Indianerdorf bieten können. Außerdem war er eifersüchtig auf die anderen Männer, mit denen ich mich damals aus beruflichen Gründen einlassen musste. Heute schäme ich mich für mein Verhalten. Wenn ich Rusty wirklich geliebt hätte, wäre ich mit ihm gegangen und in seine Hütte am Fluss gezogen.

Molly nahm er schon als Baby zu sich. Sie verbrachte die ersten Jahre bei ihm und seiner Familie, bis ich ein schlechtes Gewissen bekam und mich bereiterklärte, sie in eine Internatsschule nach Whitehorse zu schicken. Ihre Haut war sehr hell, und niemand wusste, dass indianisches Blut durch ihre Adern floss. Doch sie wusste es, und als sie viele Jahre später nach Dawson zurückkehrte, wollte sie weder bei mir bleiben noch zu ihren indianischen Verwandten in die Wildnis ziehen. Sie sagte sich von uns los, nahm einen neuen Namen an und heiratete einen Mann aus Alaska, der keine Ahnung von ihrer Vergangenheit hat. Der richtige Name meiner Tochter ist Alma, und der Mann, den sie geheiratet hat, heißt Alfred Finlay. Nur durch einen Zufall, den ich nicht erörtern möchte, habe ich erfahren, dass Alma Finlay meine Tochter ist.«

Clara blickte von dem Schreiben auf, sie hatte gar nicht gemerkt, dass O'Donnell ihr die heiße Schokolade hingestellt hatte. Sie nahm einen Schluck, leckte sich geistesabwesend die Sahne von den Lippen, und blickte ins Leere. Alma Finlay hatte indianisches Blut in den Adern. Nicht zu fassen! Vielleicht wandte sie sich deshalb so entschlossen gegen die Bewohner des Indianerdorfes, weil sie sich für ihre eigene Vergangenheit schämte und ihre Mutter, ihren Vater und sich selbst dafür hasste. Und vielleicht war das auch der Grund für ihre scheinbare Strenge und Unnachgiebigkeit.

»Irgendwas Schlimmes?«, fragte der Postmaster neugierig.

Sie zwang sich zu einem Lächeln. »Ein Problem, das nur Rose und mich etwas angeht«, sagte sie. »Ein Mann würde wahrscheinlich darüber lächeln.«

»Weiberkram, hm?«, meldete sich der Ire vom Tresen.

Clara las die letzten Zeilen des Briefes: »Ich weiß, es ist reichlich viel von dir verlangt, aber ich würde meine Tochter so gerne wiedersehen, und wenn es nur für ein paar Minuten ist, und möchte dich bitten, ihr von meiner Bitte zu erzählen und dich für mich stark zu machen. Würdest du das für mich tun, Clara? Ich weiß, wir kennen uns kaum, und doch kommt es mir so vor, als wären wir schon Jahre miteinander befreundet. Ich glaube, du bist die einzige Person, die es schaffen könnte, mir ein Treffen mit Alma zu ermöglichen.«

Sie überflog die Grußzeilen, faltete das Schreiben sorgfältig zusammen und steckte es in den Umschlag zurück. Erst dann betrachtete sie das Foto. Alma oder Molly, wie sie mit richtigem Namen hieß, stand in einer einfachen Schuluniform neben ihrer Mutter. Wahrscheinlich war das Foto zu Beginn eines Schuljahres im Internat entstanden. Das Mädchen konnte damals höchstens fünfzehn gewesen sein, wies aber schon erstaunliche Ähnlichkeit mit der Alma Finlay auf, die Clara kennengelernt hatte. An ihr war nichts Indianisches, weder ihre Augen noch die Farbe ihres Haares wiesen darauf hin. Bei einer weißen Mutter und einem Halbindianer als Vater war das nichts Außergewöhnliches. Doch allein das Wissen darum war Grund genug für Alma gewesen, ihre Verwandten im Stich zu lassen und ihre Vergangenheit zu verleugnen. Deshalb sprach sie nie darüber.

Der Brief hatte Clara so aufgewühlt, dass sie sogar auf den Eintopf verzichtete, den O'Donnell ihr anbot. Zum Sonderpreis, wie er mehrfach betonte. Sie schob ein plötzliches Unwohlsein vor und verabschiedete sich von den Männern. Sie brauchte die Wildnis und den frischen Wind, um sich von der Nachricht zu erholen. »Bewegt euch!«, feuerte sie das Hundegespann an, als sie den Schlitten auf den Trail lenkte. »Wollt ihr euch wohl bewegen, Chief!«

Der eisige Wind tat gut und vertrieb das leichte Kopfweh, das sie während des Lesens ergriffen hatte. Weiche Schneeflocken trieben ihr ins Gesicht. Die Huskys waren gut in Form und hatten sich schon so sehr an sie gewöhnt, dass sie ihr blind folgten und bereitwillig schneller wurden, als sie »Vorwärts, Chief! Nur keine Müdigkeit vortäuschen!«, über ihre Köpfe rief. Über den Bäumen flackerte Nordlicht, diesmal nur in grünen und gelben Farbmustern, überzog die verschneiten Schwarzfichten mit magischem Glanz, als würden sie zur farbenprächtigen Kulisse eines Theaterstückes am Broadway gehören.

Clara zog ihren Schal über den Mund und ließ ihre Hunde die Arbeit verrichten. Das Scharren der Kufen wirkte überlaut in der nächtlichen Stille. Erst das Heulen eines einsamen Wolfes übertönte das Geräusch, es schien minutenlang in der Luft zu hängen und sich wie ein dumpfes Echo durch die Wildnis fortzupflanzen. Niemand antwortete ihm. »Maluk!«, flüsterte sie ergriffen.

21

Clara hatte mit den Indianern verabredet, den Schlitten ein paar Tage später im neuen Jahr zurückzubringen. So blieb ihr Zeit für einen weiteren Ausflug. Für sie gab es inzwischen nichts Schöneres, als ein Huskyteam durch die verschneiten Wälder zu treiben und die Schönheit des rauen Landes hautnah zu erleben. Das Scharren der Kufen auf dem verharschten Schnee, das Hecheln der Hunde, wenn sie eine Steigung erklommen, und das Rauschen des Fahrtwindes waren zu vertrauten Geräuschen geworden, zu einem »Lied des Hohen Nordens«, wie es in einem ihrer neuen Bücher genannt wurde, das mit dem Anblick der scheinbar endlosen Wälder und der schroffen Berge, die weit hinter den Schwarzfichten aufragten, auf beinahe perfekte Weise harmonierte.

Weder die Kälte noch die Dunkelheit machten ihr etwas aus. Sie trug inzwischen wollene Hosen unter ihrem Mantel und dem Kleid und hatte eine Schirmmütze mit dicken Ohrenschützern bei den Finlays gekauft, die sie noch besser gegen den eisigen Wind schützte. Ihren Schal hatte sie mehrfach um den Hals geschlungen. So dunkel, dass sie den Trail nicht mehr erkennen konnte, war es nur an wenigen Stellen in den Wäldern und auch nur dann, wenn schwere Wolken am Himmel hingen. Sobald er klar war und der Schnee das Licht des Mondes und der Sterne oder die farbenfrohen Muster des Nordlichts reflektierte, sah sie genug, um die Hunde ständig anzufeuern.

Sie erreichte Porcupine am späten Nachmittag. Der Brief brannte in ihrer Tasche und ließ sie, gleich nachdem sie die Hunde ausgespannt und versorgt hatte, zum Laden der Finlays hinübergehen. Unterwegs begegnete sie keinem Menschen, nur die Lichter in den Häusern waren ein Zeichen dafür, dass der Ort bewohnt war. Die Huskys, die vor einigen der Blockhäuser angebunden waren, lagen im Schnee und genossen die Kälte.

Auch im Laden der Finlays war es ungewöhnlich still. Anscheinend warteten die Leute auf die neue Ware, die Jerry Anderson und seine Männer aus Dawson City bringen würden. Weder Reverend Smith noch der Doktor saßen vor dem Schachbrett, und Alfred Finlay, der sonst meist damit beschäftigt war, ein Regal oder eine Schublade umzuräumen, rechnete einen Tag vor Ankunft des Postmasters wohl nicht mit einer Kundin.

Dafür ließ sich seine Frau blicken. Alma Finlay wirkte besorgt und auch ein wenig verärgert und bedachte Clara mit einem mürrischen Blick. »Ach, Sie sind's! Und ich dachte, Sie sind mit Ihren Indianerfreunden unterwegs.«

»Wie Sie wissen, komme ich inzwischen allein mit einem Hundeschlitten zurecht«, erwiderte Clara etwas spitz. »Wo sind denn die ganzen Leute?«

Alma Finlay stützte beide Hände auf den Tresen. »Krank … Sie haben die Grippe. Reverend Smith, die Walker-Zwillinge, der alte Tommy Ashley. Meinen Alfred hat's auch erwischt. Hoffentlich wird das keine Epidemie.«

»Was sagt Doc Gardiner?«

»Den mussten wir erstmal aus dem Delirium holen«, erwiderte Alma Finlay genervt. »Einige dachten wohl schon, er hätte die Trinkerei aufgegeben, aber am Eggnog der Witwe konnte er nicht vorbeigehen, und danach hat er sich gleich wieder mit Whiskey vollgeschüttet. Jetzt funktioniert er wieder.«

»Und?«

Alma Finlay zuckte die Achseln. »Die übliche Grippe, was sonst? Husten, Schnupfen, Gliederschmerzen. Erwischt uns jeden Winter mindestens einmal. Doc Gardiner hat uns Hustensaft und eines seiner Zauberwasser verschrieben, wahrscheinlich gefärbtes Zuckerwasser mit etwas Alkohol, und hofft wohl, dass wir von allein gesund werden. Mit dem Geld, das er uns aus der Tasche zieht, stockt er wahrscheinlich seinen Whiskeyvorrat auf. Wenn Sie mich fragen, ist er ein Quacksalber, nicht besser als die Medizinmänner der Wilden.«

»Ist Ihr Mann schwer krank?«

»Ach was, der hustet und schnieft ein bisschen und erwartet wohl, dass ich ihn von morgens bis abends bediene. Aber da hat er sich geschnitten.« Sie klopfte ungeduldig mit den Fingern auf den Tresen. »Sind Sie nur gekommen, um sich nach meinem Mann zu erkundigen, oder wollen Sie etwas kaufen?«

»Ich wollte zu Ihnen, Mrs Finlay. Kann uns Ihr Mann hören?«

»Nein … Wieso? Was soll die Geheimnistuerei?«

Clara zog den Brief aus der Manteltasche und nahm das Foto heraus. »Ich habe Jerry Anderson in Benny's Roadhouse getroffen. Er hat mir diesen Brief aus Dawson mitgebracht. Kennen Sie das Mädchen auf dem Foto … Molly?«

Alma Finlay betrachtete die Fotografie und wurde kreidebleich. Sie musste sich mit beiden Händen am Tresen festhalten, um nicht das Gleichgewicht zu verlieren. »Das … Das ist …«, stammelte sie. »Wo … Wo haben Sie das her?«

»Von Ihrer Mutter, Mrs Finlay. Ihr Vater ist schon lange tot.«

»Das ... das bin ich nicht! Das ist alles eine große Lüge!«

»Sie wissen genau, dass Sie das Mädchen sind«, konterte Clara. »Sie wissen sogar noch, wo die Fotografie aufgenommen wurde. In einem Internat in Whitehorse, Mrs Finlay. Selbst wenn man es nicht wüsste, würde man Sie an Ihren Augen erkennen. Sie hatten Glück, dass Sie kaum etwas von Ihrem Vater geerbt haben, sonst würde man Sie vielleicht für eine Indianerin halten.«

»Ich bin keine Wilde!«, fauchte Alma Finlay leise.

»Das weiß ich, Mrs Finlay. Sie sind eine respektable Frau.« Sie meinte es nicht zynisch. »Manchmal hart und ungerecht, aber keine ... keine Wilde.«

Alma Finlay blickte sich ängstlich um, sie befürchtete doch wohl, dass ihr Mann sie hörte, und schloss rasch die Verbindungstür. »Wollen Sie mich erpressen, Miss Keaton?«, zischte sie. »Sie wollen sich an mir rächen, nicht wahr? Weil ich die Wilden nicht ins Schulhaus lasse. Weil Sie sich ungerecht von mir behandelt fühlen. Aber das lasse ich nicht mit mir machen. Ein falsches Wort, und ich schreibe einen Brief an den Commissioner, und dann ...«

»Ich will Sie nicht erpressen, Alma Finlay«, schnitt Clara ihr das Wort ab. Sie betonte das »Alma«. »Ich möchte Sie lediglich um etwas bitten. Besuchen Sie Ihre Mutter in Dawson City, und wenn es nur für ein paar Minuten ist.«

»Die Besitzerin eines Hurenhauses!«, antwortete Alma Finlay verächtlich.

Clara ließ sich nicht beirren. »Sie ist eine gute Frau, Mrs Finlay. Und sie hat Sehnsucht nach Ihnen. Tun Sie ihr den Gefallen, und sehen Sie mal bei ihr vorbei. Sie brauchen keine Angst zu haben. Sie würde Sie niemals verraten.«

»Gehen Sie, Miss Keaton! Lassen Sie mich allein!«

Clara erkannte, dass es keinen Zweck hatte, die Ladenbesitzerin weiter zu bedrängen, und steckte den Brief in ihre Manteltasche. Die Fotografie ließ sie auf dem Tresen liegen. »Auf Wiedersehen, Mrs Finlay … Alma«, sagte sie.

Vor dem Laden holte sie erst einmal tief Luft. Sie hätte Alma Finlay die Nachricht etwas schonender beibringen und auf einige spitze Bemerkungen verzichten können, aber dieses Vorhaben hatte sie bereits bei ihrem Anblick begraben. Die Präsidentin des Schulgremiums forderte sie mit ihrem arroganten Gehabe und ihrer selbstgerechten Art so sehr heraus, dass sie gar nicht anders konnte. Mit Frauen, die sich für besser als alle anderen hielten und sich als Lehrmeisterin einer ganzen Stadt aufspielten, kam sie nicht zurecht.

Clara verbrachte den Abend bei der Witwe Johnson, hütete sich aber, etwas von dem Brief und der Fotografie zu erzählen. Sie hatte fest vor, den Wunsch von Rose Galucci zu erfüllen und den Inhalt für sich zu behalten. Und auch wenn sie Alma Finlay nicht ausstehen konnte, lag es ihr fern, die Frau zu verunglimpfen oder einen Vorteil aus ihrem Wissen zu schlagen.

Stattdessen genoss sie ihre heiße Schokolade, die nach einer so langen Fahrt besonders gut schmeckte, und erzählte von dem weißen Wolf, den sie in der Wildnis zu hören geglaubt hatte. »Ich bin sicher, er ist noch in der Nähe«, sagte sie, »so wie ein Schutzgeist der Indianer. Glaubst du an so etwas?«

»Hier in Alaska halte ich so ziemlich alles für möglich«, erwiderte die Witwe. »Joe Perry und Ben Richmond haben mir mal von einem Grizzly erzählt, der sprechen kann. ›Kommt mir bloß nicht beim Angeln in die Quere‹, soll er gesagt haben, ›die Lachse gehören alle mir!‹ Und ich hab ihnen jedes Wort geglaubt. Ich hab die beiden jedenfalls nie mit einer Angel gesehen.«

Sie saßen bis in die späte Nacht beisammen, tranken heiße Schokolade und später auch von dem Beerenwein, den sie in ihrer Speisekammer aufbewahrte. Clara berichtete von ihren Ausflügen und wie sie immer besser mit dem Huskyteam zurechtkam, die Witwe erzählte von den schlechten Angewohnheiten ihrer verstorbenen Männer, und beide beratschlagten, wie sie das »Break-up Festival« im Frühjahr begehen sollten. Das Aufbrechen des Eises war ein ganz besonderer Tag im Hohen Norden, weil es das Ende des Winters bedeutete. Zu weit vorgerückter Stunde kam die Sprache auch auf Mike Gaffrey.

»Keine Bange, der geht dir nicht verloren«, sagte die Witwe. »Außer seinem Grizzly hat er doch niemanden da draußen, und der hegt alles andere als freundschaftliche Gefühle für ihn. Jede Wette, nächstes Mal läuft er dir nicht davon. Der bleibt dir dein ganzes Leben, für so was hab ich ein gutes Auge.«

»Außer bei deinen eigenen Männern«, erwiderte sie lächelnd.

»Außer bei denen.«

Um zehn Uhr am nächsten Morgen, als sich die erste Helligkeit am östlichen Horizont zeigte, spannte Clara erneut die Hunde an. Chief leckte ihr freudig die Hände, als sie ihm das Geschirr anlegte, und auch die anderen Huskys waren begierig darauf, wieder über einen verschneiten Trail zu laufen. Sie hatten sich bereits daran gewöhnt, dass Clara täglich mit ihnen ausfuhr.

Sie mochten die eisige Kälte und den Schnee und schliefen sogar nachts draußen.

Bevor sie losfuhr, winkte sie der Witwe Johnson zu, die vor ihrem Café stand und sich den frischen Morgenwind um die Nase wehen ließ. Mit einem kräftigen »Heya! Lauft, ihr Lieben!«, brauste sie über die Main Street und in den nahen Wald hinein. Schon nach wenigen Augenblicken waren die Häuser der kleinen Stadt hinter ihr verschwunden, und sie war wieder allein mit der Wildnis, ein beinahe erhebendes Gefühl, das sie nicht mehr missen wollte.

Selbst um die Mittagszeit, als die Sonne am höchsten über dem Horizont stand, lag nur trübes Zwielicht über dem Land. Während einer kurzen Rast auf einem Hügel, von dem sie meilenweit über die scheinbar endlosen Wälder blicken konnte, kam sie sich wie in einer riesigen Kirche vor, so andächtig und geheimnisvoll war die Stille. Das orangefarbene Licht der Sonne lag in feinen Schleiern über den Ebenen und ließen den Schnee und das Eis wie flüssiges Gold glänzen. Es versah die verschneiten Schwarzfichten mit einem Heiligenschein, die zu der Ehrfurcht beitrugen, die Clara beim Anblick der verzauberten Natur empfand. Auf einer Lichtung weit in der Ferne glaubte sie eine Karibuherde auszumachen, hirschähnliche Tiere, die sie bisher nur von Bildern kannte. Ein Raubvogel zog seine einsamen Kreise über den Bäumen.

Clara wusste nicht, wohin sie fuhr, sie ließ sich von ihrer Neugier und dem Gespür der Hunde treiben, die stets unruhig mit den Pfoten scharrten, wenn sie irgendwo stehen blieb und sich die Umgebung ansah. Sie wollten vor allem laufen, nur wenn sie sich bewegten, lebten sie wirklich, und nur wenn es so kalt war wie heute, fühlten sie sich richtig wohl. Es mussten dreißig

Grad unter null sein, eine Temperatur, an die sich Clara inzwischen gewöhnt hatte. Wenn man sich warm genug anzog, konnte einem in der Kälte nichts passieren. Ab und zu dachte sie auch darüber nach, wie sich wohl ein Mann wie ihr ehemaliger Bräutigam in dieser wilden Umgebung gefühlt hätte. Er wäre wohl Hals über Kopf ins warme Kalifornien zurückgekehrt. Seltsamerweise verspürte sie überhaupt kein Heimweh. Als hätte sie sich schon seit ihrer Kindheit nach diesem wilden Land gesehnt, als hätte sie erst jetzt ihr wahres Zuhause gefunden. Als wäre Alaska immer ihre Heimat gewesen.

An einer Weggabelung stieß sie auf frische Spuren. Vier oder fünf Pferde, schätzte sie, vielleicht war auch ein Maultier dabei, die Pferdeäpfel dampften noch. Es hatte nicht geschneit, und die Abdrücke waren deutlich zu sehen. Ein erfahrener Fallensteller hätte erkannt, dass sie zu drei Pferden und einem Maultier gehörten, die Pferde beritten, das Maultier mit Vorräten beladen, und dass sie vor ungefähr einer Stunde hier vorbeigekommen waren. Clara erkannte lediglich, dass sich die Reiter noch in der Nähe aufhalten mussten.

»Dynamite Dick!«, flüsterte sie entsetzt.

Obwohl ihr die Vernunft riet, sofort umzukehren, lenkte sie den Schlitten auf den Seitentrail. Er war gerade breit genug für ihren Schlitten. Sie erkannte die Abdrücke eines anderen Schlittens, und am Wegesrand lag Hundekot. Irgendjemand war erst vor Kurzem mit einem Schlitten über diesen Trail gefahren. Wollten die Schurken bei einem Fallensteller unterkriechen?

Die Sonne war bereits hinter den Bergen verschwunden, und zwischen den Bäumen hingen dunkle Schatten. Clara ließ die Hunde etwas langsamer laufen, jederzeit darauf gefasst, die Umrisse eines Blockhauses oder den Schein eines Lagerfeuers in der Dunkelheit auszumachen. Sie tastete nach dem Revolver in ihrer Manteltasche. Obwohl sie die Waffe noch nie abgefeuert hatte, fühlte sie sich sicherer damit. Und wenn sie ein Verbrecher wie Dynamite Dick angreifen würde, hätte sie auch keine Skrupel, sie zu benutzen.

Nur ein glücklicher Zufall verhinderte, dass sie Dynamite Dick und seinen Kumpanen direkt vor die Gewehrmündungen fuhr. Vor einer Wegbiegung glaubte sie ein Pferd schnauben zu hören. Sie lenkte den Schlitten ins Unterholz und rammte den Anker in den Boden, flüsterte beruhigend auf die Huskys ein, bevor sie den Revolver aus der Tasche zog und geduckt auf die Schatten zulief, sie sich dunkel gegen den Schnee auf dem Trail abzeichneten.

Sie hielt sich im Schatten einiger Sträucher und spähte vorsichtig auf den Trail. Auch ohne ihre Gesichter zu sehen, erkannte sie Dynamite Dick, Roscoe und Billy LeBarge. In Roscoes Brille spiegelte sich der Schnee. Sie saßen auf ihren Pferden, die Gewehre über den Sätteln. Billy LeBarge hielt das mit Vorräten beladene Maultier an den Zügeln. Die Männer wirkten unentschlossen und, ihren Bewegungen nach zu urteilen, auch erschöpft und ausgelaugt.

»Woher sollte ich denn wissen, dass sich der verdammte Pilot aus dem Staub gemacht hat?«, sagte Dynamite Dick gerade. »Wenn wir ein paar Tage gewartet hätten, wäre er vielleicht zurückgekommen. Ihr habt einfach keine Geduld.«

»Wir hatten keine Lust, uns von den Marshals einfangen zu lassen«, stellte Roscoe richtig. »Die hätten uns am Yukon doch wie Fallobst eingesammelt.«

»Und du meinst, jetzt sind wir besser dran?«

»Das werden wir gleich sehen«, erwiderte Roscoe. »Auf jeden Fall hab ich keine Lust, den restlichen Winter im Freien oder in einem stinkenden Indianerlager zu verbringen. Bist du sicher, dass der Fallensteller hier wohnt?«

Dynamite Dick deutete nach Norden. »Ganz sicher. Ungefähr eine Meile von hier, unten am Fluss. Wir essen uns bei ihm satt, und dann zwingen wir ihn, uns auf irgendwelchen geheimen Pfaden nach Fairbanks zu bringen. Da gibt's genug Piloten. In zwei Wochen sitzen wir in Kalifornien oder Mexiko.«

»Und in Fairbanks wartet niemand auf uns? Ich habe eine bessere Idee: Wir legen den Kerl um und nisten uns in seiner Hütte ein. Bis zum Frühjahr vermisst den sowieso keiner, und dann sind wir längst über alle Berge.«

Billy LeBarge bekundete seine Zustimmung mit einem heftigen Nicken.

»Mord ist zu gefährlich«, erwiderte Dynamite Dick. »Wenn's eine Rothaut wäre, würde kein Hahn nach ihr krähen, aber ein weißer Mann? Der Kerl hat viele Freunde in Dawson. Die knüpfen uns auf, wenn sie uns erwischen.«

»Wenn ...«, sagte Roscoe.

Weiter kam er nicht. Er hatte das Wort kaum ausgesprochen, als ein Mann zwischen den Bäumen auf der anderen Seite des Trails hervortrat und die Banditen mit seinem Gewehr bedrohte. »Sieh an«, begrüßte er sie spöttisch. »Dynamite Dick, Roscoe und Billy LeBarge. Ich habe gehört, ihr habt die Bank in Dawson City ausgeraubt. Habt ihr euch verirrt, oder wolltet ihr mich besuchen? Ist wohl noch nicht zu euch durchgedrungen, dass ich einen lausigen Kaffee braue. Und Kuchen hab ich leider auch nicht im Haus.« Er trat zwei Schritte näher und entsicherte sein Gewehr. »Lasst die Waffen fallen!«

»Verdammt!«, fluchte Roscoe wütend.

»Mike!«, flüsterte Clara in ihrem Versteck.

Die Männer ließen ihre Gewehre fallen und funkelten den Fallensteller wütend an. An der Art, wie sie im Sattel saßen, verkrampft und mit angespannten Muskeln, sah man ihnen an, dass sie sich am liebsten auf ihn gestürzt und ihm den Hals umgedreht hätten. Billy LeBarge grunzte wütend.

Clara erhob sich vorsichtig aus ihrem Versteck und beobachtete, wie Roscoe die rechte Hand hinter seinem Rücken verschwinden ließ und ein Messer hinter seinem Gürtel hervorzog. Die Klinge funkelte im fahlen Mondlicht.

»Lassen Sie das Messer stecken!«, warnte sie Roscoe. Sie wunderte sich selbst über ihre feste Stimme, spürte kaum Angst. »Ich hab einen Revolver!«

»Clara! Bist du das?«, rief Mike überrascht.

»Ich wusste nicht, dass du hier wohnst«, erwiderte Clara mutig, »sonst hätte ich einen anderen Trail genommen. Du hast mich ziemlich schäbig behandelt, weißt du das? Eine andere Frau würde kein Wort mehr mit dir reden.«

»Ich bin froh, dass du hier bist, Clara.«

»Hört endlich auf zu quatschen!«, mischte sich Dynamite Dick ein. »Erschießt uns meinetwegen oder hängt uns am nächsten Baum auf, aber verschont uns mit eurem blöden Liebesgeflüster! Das ist ja nicht auszuhalten!«

Er griff nach einem versteckten Revolver, und möglicherweise wäre es ihm sogar gelungen, ihn zu ziehen, aber eine weitere und bisher nicht in Erscheinung getretene Stimme hinderte ihn daran: »Polizei! Waffen runter und Hände hoch!«

Wie sich herausstellte, war ein Aufgebot von fünf

Marshals den Banditen gefolgt. Sie besaßen eine Landkarte, auf der alle Trapperhütten eingezeichnet waren, und hatten vor allem an den Ufern der Flüsse nach Dynamite Dick und seinen Männern gesucht. Sie hatten einen indianischen Spurenleser dabei, der in den Indianerdörfern nach den weißen Männern gefragt hatte, und waren ihnen vor wenigen Tagen auf die Spur gekommen. Seitdem verfolgten sie die Verbrecher.

Dynamite Dick und Roscoe fluchten wie die Maultiertreiber, als die Beamten ihnen die Handschellen anlegten. Billy LeBarge gab durch Blicke und obszöne Gesten zu verstehen, was er davon hielt. »Wir sprechen uns noch!«, rief Dynamite Dick dem Fallensteller und Clara zu. »Das werdet ihr uns büßen!«

»Daraus wird wohl in nächster Zeit nichts«, sagte der Anführer der Marshals zu dem Verbrecher. »Ihr landet für eine ganze Weile hinter Gittern!«

Clara wartete, bis die Marshals mit den Gefangenen davongeritten waren, dann schob sie den Revolver in den Mantel. »Gott sei Dank musste ich nicht schießen«, sagte sie. »Ich glaube, ich würde nicht mal einen Elch treffen.«

Mike blickte sie an. »Du hast mir das Leben gerettet, Clara.«

»Ich habe uns das Leben gerettet«, verbesserte sie.

»Ich war ein ziemlicher Idiot, was?«

»Ziemlich«, bestätigte sie.

»Wie wär's mit einem Becher Kaffee?«, fragte er.

»Mir wär's lieber, wenn du mich jetzt küsst«, erwiderte sie lächelnd. »Und zwar sofort. Und bilde dir ja nicht ein, dass du mir wieder weglaufen kannst.«

22

Clara selbst war daran schuld, dass sie sich auch diesmal mit Tränen in den Augen von dem Fallensteller verabschiedete, ähnlich wie vor ein paar Tagen, als er schon nach einem einzigen Tanz die Weihnachtsfeier verlassen hatte.

Als sie ihm in seine Hütte folgte, hing der Himmel noch voller Geigen, und sie ließ sich von ihm sogar über die Schwelle tragen. Seine Umarmung war so fest und die Berührung seiner Lippen so leidenschaftlich wie in ihren Träumen, und während sie sich küssten, schien sie weit über dem Boden zu schweben und in andere Sphären zu tauchen. In dem wundervollen Paradies, das sie betreten hatten, gab es nur noch sie beide und ihre aufrichtige Liebe. Vergessen waren alle Vorbehalte und aller Kummer, eingerissen die Mauer, die sie getrennt hatte, nichts konnte sie in diesem Augenblick noch trennen.

Sich aneinander klammernd wie zwei Betrunkene, wankten sie zur Schlafstelle, rissen dabei den Vorhang ein, der das breite Messingbett vom Wohnraum trennte, und sanken auf die Wolldecken, die unordentlich auf der harten Matratze lagen. Beide wurden von ihrer Leidenschaft überwältigt, küssten und liebkosten sich, und stammelten heisere Liebesschwüre. Sie nestelte an seinem Anorak und er an den Knöpfen ihres Mantels, sie riss sich die Mütze vom Kopf und zerrte ihre Stiefel von den Füßen, half ihm, seine Stiefel auszuziehen, und beobachtete schwer atmend, wie er sich den Pullover über den Kopf streifte. Sie drängte sich erneut an ihn und küsste ihn, spürte seine Hände unter ihrem Kleid und ihrer Unterwäsche, beantwortete seine zärtliche, aber fordernde Berührung mit einem Stöhnen, das beinahe schon verzweifelt klang, um ihn im nächsten Moment zurückzustoßen und sich von ihm zu lösen. Über sich selbst erschrocken, kehrte sie aus dem Paradies zurück, immer noch benommen, aber klar denkend, und blickte ihn aus großen Augen an.

»Nein … bitte nicht!«, stammelte sie. »Wir dürfen … Ich kann nicht …«

»Clara«, flüsterte er heiser.

Sie wich vor ihm zurück und zog ihr Kleid nach unten, bat ihn mit feuchten Augen um Verzeihung. »Es … Es tut mir leid, Mike. Ich wollte nicht …«

»Es ist gut, Clara.«

»Ich … Ich muss jetzt gehen, Mike.« Sie setzte sich auf den Bettrand und schlüpfte in ihre Stiefel, wagte nicht, ihn anzublicken, als sie ihren Mantel anzog und mit zitternden Händen die Knöpfe schloss. Viel zu hastig stülpte sie sich die Mütze auf die gelösten Haare. Sie schlang sich den Schal um den Hals, lief rasch zur Tür und kehrte noch einmal zurück. Sie beugte sich zu ihm herunter und küsste ihn auf die Stirn. »Tut mir leid«, flüsterte sie, »es tut mir wirklich leid. Ich wollte nicht … Ich liebe dich, Mike!«

Erst unterwegs, als sie an einer Wegbiegung hielt und eine kurze Rast einlegte, band sie ihre Haare zusammen. Sie ordnete ihre Kleidung, wischte sich mit ihrem Schal die Tränen aus den Augen, nur um gleich erneut in Tränen auszubrechen und laut Mikes Namen zu rufen. Die Huskys drehten sich erstaunt nach ihr um, sie spürten wohl, wie sehr sie der Aufenthalt bei dem

Fallensteller verunsichert hatte. »Sorry, Chief«, rief sie ihrem Leithund zu. »Ich weiß, ich benehme mich wie ein verliebtes Schulmädchen, aber ich kann nicht anders. Zuerst verzehre ich mich vor Sehnsucht nach ihm wie die Prinzessin im Märchen, dann heule ich ihm nach, weil er mich auf der Weihnachtsparty sitzengelassen hat, und nimmt er mich dann endlich in die Arme, kriege ich kalte Füße und laufe davon. Ich hab ihm wehgetan, Chief, für einen Mann gibt es bestimmt nichts Schlimmeres als auf diese Weise von einer Frau vorgeführt zu werden, aber was hätte ich denn tun sollen? Ich darf nicht mit ihm schlafen, Chief, noch nicht, das wäre nicht recht, Chief, oder doch?«

Der Husky wusste auch keine Antwort auf diese Frage und winselte nur leise. Was wohl so viel heißen sollte wie: Ich fühle mit dir, Clara, aber noch lieber wäre mir, wenn wir endlich weiterfahren würden. Sie tat ihm den Gefallen und zog den Anker aus dem Schnee, feuerte die Hunde mit einem lauten »Heya! Lauft, ihr Lieben! Vorwärts, Chief!« an und hielt ihr Gesicht in den Fahrtwind, um die Tränen auf ihren Wangen zu trocknen. Sie hatte jegliches Gefühl für Zeit und Raum verloren, hatte keine Ahnung, ob es noch vor oder schon nach Mitternacht war, und wo sie sich gerade befanden. Der Himmel war immer noch klar, und der Mond und die Sterne leuchteten über den Schwarzfichten, gossen ihr trübes Licht auf den verharschten Schnee. Vereinzelt flackerten bunte Nordlichter über den Himmel. Es war bitterkalt, mindestens dreißig Grad unter null, und das Land lag wie erstarrt vor ihr.

Als sie das Indianerdorf erreichte, fiel ihr zuerst die Stille auf. Nicht einmal die Hunde bellten, sie hoben lediglich die Köpfe und senkten sie gleich wieder, als fehlte ihnen die Kraft für eine weitere Bewegung. Zuerst glaubte Clara, sie wäre zu spät dran und alle schliefen schon, doch als sie den Schlitten vor dem Blockhaus von Indian Charly parkte, entdeckte sie Licht hinter den Fenstern. Auch in den meisten anderen Hütten und Zelten brannten noch Lichter.

Sie klopfte fest, öffnete vorsichtig die Tür, als sich niemand blicken ließ, und sah die Frau des Häuptlings am Tisch sitzen, einen Becher mit heißem Tee vor sich. Ruth wirkte müde und abgespannt, sie blickte mühsam auf, als Clara die Tür öffnete, und winkte sie herein. »Was ist passiert?«, erschrak Clara, als sie Indian Charly und die Kinder Sarah und Johnny erschöpft in ihren Decken liegen sah. »Warum ist es so still in eurem Dorf? Bin ich zu spät dran?«

Indian Charly wollte etwas sagen, war aber zu schwach, um den Mund zu öffnen. Johnny stemmte sich von seinem Lager hoch, seufzte »Ma'am! Sie müssen uns helfen, Ma'am!«, und sank wieder zurück. Sarah weinte leise.

»Sie sind krank«, sagte Ruth leise. Auch sie schien am Ende ihrer Kräfte. »Sie sind alle krank. Ich weiß nicht, warum ich noch gesund bin. Das ganze Dorf ist krank, sogar unser Medizinmann. Er gibt den bösen Geistern die Schuld.« Sie blickte Clara direkt an. »Ich glaube nicht mehr an Geister. Es muss eine Krankheit des weißen Mannes sein, die unser Dorf zerstört. Die Schwindsucht oder die Cholera ... Ich weiß nicht, wie jemand aussieht, der diese Krankheiten hat. Unsere Leute haben Husten und Schnupfen und hohes Fieber ... wie bei einer Erkältung. Aber dieses Mal ist es was Ernsteres, das spüre ich. Diese Krankheit bringt den ...« Sie blickte auf ihre Kinder und begann, leise zu weinen. »Es ... Es gibt keine ... keine Hilfe mehr für uns«, sagte sie.

»Ich hole Doc Gardiner. Er wird euch helfen«, erwiderte Clara.

Ruth schüttelte den Kopf. »Er wird nicht kommen. Ich war bei ihm … heute Mittag … Die Menschen in Porcupine sind auch krank … Der weiße Doktor sagt, dass nur starke Medizin aus dem Krankenhaus in Dawson den Leuten helfen kann … Er schickt einen Mann nach Dawson … Aber das kann dauern … Wir werden … Wir werden …« Wieder der Blick auf die Kinder. »Es ist zu spät.«

»Unsinn!«, widersprach Clara. »Es ist nie zu spät!« Ein verantwortungsloser Satz, wenig logisch und viel zu oft gebraucht, aber sie wusste nicht, was sie sonst sagen sollte. »Ich spreche mit Doc Gardiner, und wenn wir Medizin aus Dawson brauchen, werden wir sie holen. Deine Leute werden gesund.«

»Ich glaube … Ich glaube nicht mehr daran.«

»Die Krankheit ist nicht schlimm«, tröstete Clara die Indianerin, obwohl sie nicht die geringste Ahnung hatte, worunter die Bewohner des Dorfes litten. Wenn die Weißen in Porcupine die gleichen Symptome hatten, war bestimmt nicht damit zu spaßen. »Das sehe ich doch. Eine Grippe, weiter nichts. Du wirst sehen, in ein paar Tagen sind alle wieder auf dem Damm.« Sie lächelte Indian Charly und den Kindern zu. »Darf ich den Schlitten behalten?«

»Natürlich«, erwiderte Ruth. »Du bist eine gute Frau.«

Clara verabschiedete sich und fuhr mit gemischten Gefühlen nach Porcupine weiter. Auf den ersten Blick sah die Krankheit tatsächlich wie eine Grippe aus, unangenehm, aber harmlos und bald vorüber, wenn man die richtigen Medikamente hatte und viel heißen Tee oder heiße Brühe zu sich nahm. Aber sie wusste auch, dass es viele tödliche Krankheiten gab, die ähnlich begannen. Die Cholera, die Schwindsucht ... Nicht auszudenken, wenn so eine Plage unter den Menschen in der Wildnis wütete. Das nächste Krankenhaus lag in Dawson City, und man konnte doch nicht komplette Dörfer dorthin verlegen.

Auf der Main Street in Porcupine war es ähnlich still wie im Indianerdorf, sogar das Walzenklavier im Saloon war verstummt. Doch fast überall flackerten die unruhigen Flammen von Kerosinlampen hinter den Fenstern. Aus einem der Häuser drang leises Stöhnen und Jammern nach außen. Wie bei den Indianern blieben auch die Huskys in Porcupine stumm, benommen und anscheinend ebenfalls krank lagen sie vor den Blockhäusern.

Clara verankerte den Schlitten vor dem Haus des Doktors und stieg die Treppe zum Eingang hinauf. Sie klopfte ein paarmal. Als Doc Gardiner die Tür öffnete, drängte sie sich an ihm vorbei. Er trug einen Mantel über seinem Nachthemd und eine Schlafhaube und hatte seine schmale Brille auf der Nase sitzen. Er roch nach Alkohol, machte aber einen nüchternen Eindruck. Aus dem Kinderzimmer drang das heftige Husten und Schniefen seiner Tochter.

»Was ist passiert?«, fragte Clara nervös. Sie blieb ungeduldig im Flur stehen. »Ich war gerade im Indianerdorf. Da sind die Menschen auch alle krank. Was haben die Leute, Doc? Was ist das für eine schreckliche Krankheit?«

Doc Gardiner führte sie in seinen Praxisraum und deutete auf die schmale Liege, doch sie war viel zu aufgeregt, um sich zu setzen. »Das habe ich mich bis vor ein paar Minuten auch gefragt. Als es losging, dachten alle, es würde sich um einen grippalen Infekt handeln, wie er jedes Jahr vorkommt, wenn es kälter wird, aber als sich die Fälle innerhalb weniger Stunden häuften ...« Er blickte auf die aufgeschlagenen Nachschlagewerke auf seinem Schreibtisch. »Erinnern Sie sich an die Diphterie-Epidemie vor zwei Jahren in Nome?«

»Dunkel«, erwiderte sie. »Ich meine, ich habe in der Zeitung darüber gelesen. Sie brachten den Impfstoff mit dem Hundeschlitten in die Stadt, nicht wahr? Über eine Strecke von tausend Meilen. Einen der tapferen Schlittenhunde führten sie in Kalifornien auf dem Jahrmarkt vor. Wie hieß er noch?«

»Balto«, klärte sie der Doktor auf, »aber das spielt jetzt keine Rolle. Ich habe den starken Verdacht ... Ach was, ich weiß ganz sicher, dass wir es ebenfalls mit Diphterie zu tun haben, und das Serum gibt es nur in Dawson City.«

»Und? Ist schon jemand unterwegs?«

»Wie denn? Die Männer, die einen Hundeschlitten fahren können, sind alle krank, und Joe Perry und Ben Richmond haben es wohl mit der Angst bekommen und lassen sich gar nicht erst blicken.« Er blickte sie hoffnungsvoll an. »Sie können doch mit einem Hundeschlitten umgehen. Könnten Sie nicht ... Ich weiß, das ist reichlich viel von einer jungen Frau verlangt, aber ...«

»Ich bin schon unterwegs, Doc! Geben Sie mir eine Vollmacht, damit mir die Leute im Krankenhaus glauben, und schreiben Sie auf, was ich holen muss.« Sie zögerte. »Sie sind sicher, dass es sich um Diphtherie handelt?«

Er deutete ein Lächeln an. »Sie fragen sich, ob ich nüchtern genug bin, um das zu erkennen? Ja, Ma'am, das bin ich, und weil ich erst jetzt erkannt habe, wie sehr meine Tochter darunter leidet, werde ich es auch bleiben.« Er schrieb die Vollmacht und steckte sie in einen Umschlag. »Hier, das dürfte genügen. Ich wollte, wir hätten eine Telefon- oder Telegrafenverbindung, dann wäre vieles leichter, aber wir leben hier mitten in der Wildnis, und es werden wohl noch Jahre vergehen, bis wir so was bekommen. Ich ... Wir alle sind Ihnen zu großem Dank verpflichtet. Beeilen Sie sich bitte, Ma'am! Wir haben nicht mehr viel Zeit. Ich sage den anderen Bescheid, dass Sie unterwegs sind. An Schule ist in den nächsten Tagen sowieso nicht zu denken.«

Clara verstaute den Umschlag in ihrer Manteltasche und lief zum Schlitten zurück. »Ein Notfall, Chief!«, rief sie ihrem Leithund zu. »Wir müssen dringend nach Dawson und Medizin für die vielen Kranken holen! Habt ihr mich verstanden? Ihr müsst so schnell laufen wie noch nie in eurem Leben! Heya!«

Sie wendete den Schlitten, und die Hunde rannten los, als wäre der Leibhaftige hinter ihnen her. Die Anfeuerungsrufe der Lehrerin in den Ohren, mobilisierten sie alle Kräfte, ungeachtet des böigen Windes, der inzwischen aufgekommen war und eiskalte Luft aus der Tundra brachte. Sie kannten den Weg nach Dawson, schienen sich an jeden Hügel und jede Biegung zu erinnern und wussten wohl auch um die Bedeutung dieser Fahrt. Von ihrer Ausdauer und ihrem Können hing es ab, ob rechtzeitig Hilfe für die Kranken kam.

Clara stand federnd auf den Kufen, sie war sich der Bedeutung ihrer Aufgabe nur allzu bewusst. Von ihr hing das Leben vieler Menschen ab. Nur mit einem Flugzeug wären sie schneller an das Serum gekommen, und eine solche Maschine gab es im weiten Umkreis nicht. Das hatten Dynamite Dick und seine Kumpane erst auf schmerzliche Weise erfahren müssen. Ohne technische Hilfe war man mit einem Hundeschlitten immer noch am schnellsten, auch im 20. Jahrhundert, und so würde es noch eine ganze Weile bleiben.

»Habt ihr gehört?«, rief sie den Hunden zu. »Ohne euch geht es nicht! Nur wenn ihr durchhaltet, bringen wir die Medizin rechtzeitig nach Porcupine!«

Und nicht nur dorthin, auch im Indianerdorf würden die Menschen von dem Serum profitieren. Doc Gardiner würde schon dafür sorgen, dass alle Kranken die Medizin bekamen, egal welcher Hautfarbe, denn eine Krankheit wie die Diphtherie musste vollkommen ausgerottet werden, wenn man eine weitere Verbreitung verhindern wollte. Selbst um eine Fahrt zu den entlegenen Hütten der Fallensteller würde der Doktor nicht herumkommen. Sie vermutete, dass sich sogar die territoriale Gesundheitsbehörde einschalten würde.

Vor Benny's Roadhouse hielt Clara, aber nur lange genug, um etwas Proviant für sich und ausreichend Futter für die Hunde zu fassen. In der Eile hatte sie in Porcupine gar nicht daran gedacht. Während sie die Vorräte in einem Leinensack auf ihrem Schlitten verstaute, erzählte sie dem Iren, warum sie Dawson City so schnell wie möglich erreichen musste. »Verstehen Sie jetzt?«

»Ein Grund mehr, sobald wie möglich eine Telegrafenleitung hierher zu legen«, schimpfte der Ire, »aber das erzählen Sie mal der Regierung!« Er blickte zum dunklen Himmel. »Passen Sie gut auf sich auf, Ma'am! Sieht ganz so aus, als würden wir bald einen Sturm bekommen. Ich hab eine Nase für so was. Und wenn es hier mal stürmt, sehen Sie keinen Zoll mehr weit.«

»Ich hab den besten Leithund der Welt«, erwiderte sie zuversichtlich.

»Ich kenne Chief, ein guter Hund. Aber der hilft Ihnen dann auch nicht mehr.« Clara wollte bezahlen und kramte in ihren Taschen nach Münzen, doch er winkte ab. »Lassen Sie mal. Die Vorräte gehen auf mich. Wäre doch schäbig von mir, eine solche Situation auszunutzen und Geld zu verlangen.«

»Danke, Benny.«

Clara stieg auf die Kufen, zog den Bremspflock aus dem Schnee und trieb das nimmermüde Huskygespann über den verschneiten Trail. Seitdem die Wolken am Himmel aufgezogen waren, lag tiefe Dunkelheit über dem Land, und sie hatte es nur dem Instinkt der Huskys und dem hellen Schnee zu verdanken, dass sie nicht vom Weg abkam. Sie fuhr ohne Pause, feuerte die Hunde immer wieder an und sprang vor jedem Anstieg von den Kufen, um den Hunden dabei zu helfen, die Steigung zu erklimmen. Bergab stand sie mit gebeugten Knien auf dem Schlitten und federte jede Erschütterung geschickt ab. Das viele Training hatte sie zu einer guten Musherin gemacht.

Die Fahrt nach Dawson kam ihr wie eine halbe Ewigkeit vor, doch schneller als ihre Huskys lief kaum ein Hundeteam, und sie war, ohne es zu wissen, doppelt so schnell wie viele Fallensteller und Indianer. Ein Seufzer der Erleichterung kam über ihre Lippen, als das breite Band des Yukon Rivers und die Stadt in Sichtweite kamen. Sie hatte keine Uhr dabei, nahm aber an, dass es zwischen zehn und elf Uhr morgens war, denn erst seit wenigen Augenblicken waren einige helle Streifen am fernen Horizont zu erkennen. Im Januar hatte die Sonne nicht die geringste Chance gegen den arktischen Winter.

Seltsamerweise verspürte sie überhaupt keine Müdigkeit. Das Adrenalin in ihrem Körper und die Hoffnung, die Kranken in Porcupine und im Indianerdorf rechtzeitig mit dem lebensrettenden Serum zu versorgen, hielt sie wach. Mit lauten Rufen trieb sie die Huskys zur Stadt hinauf und lenkte den Schlitten zum Krankenhaus an der Hauptstraße. Die neugierigen Blicke der wenigen Passanten, die bei dieser Kälte auf der Straße waren, folgten ihr. Sie bremste den Schlitten, sicherte ihn durch den Bremspflock und rannte auf den Eingang zu.

23

Der diensthabende Arzt hob entsetzt die Augenbrauen, als er den Brief des Doktors las. »Diphtherie! Das hat uns gerade noch gefehlt!«, sagte er. »Sie verstehen sicher, dass ich die Polizei und die Gesundheitsbehörden in Kenntnis setzen muss. Mit einer solchen ernsten Krankheit ist nicht zu spaßen.«

Er hängte sich sofort ans Telefon, bekam aber nur die Polizei an den Apparat. Der Chef der Gesundheitsbehörde war nicht zu Hause. Die Polizei brauchte nur wenige Minuten, um mit Warnlicht und Sirene vor dem Krankenhaus vorzufahren und erschien mit zwei Uniformierten im Büro des Arztes. »Constables McKenna und Howe«, stellten sich die Männer vor. Sie musterten die hübsche Lehrerin. »Sie haben ein Problem, Ma'am?«

Der Arzt antwortete für sie und erklärte in wenigen Worten, um was es ging. »Wir müssen das Serum so schnell wie möglich nach Porcupine schaffen. Wenn die Kranken rechtzeitig geimpft werden, haben wir nichts zu befürchten. Ich nehme an, die RCMP übernimmt den Transport. Miss Keaton hat eine lange Fahrt hinter sich und braucht sicher erstmal ein wenig Ruhe.«

»Wir erledigen das«, sagte McKenna, ein rothaariger Jüngling mit Sommersprossen. »Es wäre zwar klüger gewesen, die amerikanischen Kollegen aus dem Territorium zu schicken, aber ich denke, die Marshals in Alaska haben nichts dagegen, wenn wir aus humanitären Gründen die Grenze überqueren. Porcupine, sagen Sie? Ein abgelegenes Nest, wenn ich mich nicht irre?«

»Sie wissen, wo es liegt?«, fragte Clara misstrauisch.

»Wir haben gute Karten, Miss. Keine Sorge.«

»Dann fahren Sie am besten gleich los«, sagte sie besorgt. »Wir dürfen keine Zeit verlieren. Jede Minute zählt. Soll ich nicht doch lieber mitfahren?«

»Sie brauchen Ruhe, Ma'am«, erwiderte der Arzt.

»Verlassen Sie sich auf uns, Ma'am«, beruhigte McKenna sie. »Wir sagen nur noch schnell unserem Super Bescheid ... Unserem Superintendent ... Dann kann es losgehen. Unser Huskygespann gehört zu den besten der Gegend.«

Clara ließ sich widerwillig auf den Deal ein. »Melden Sie sich bei Doc Gardiner«, gab sie den Constables mit auf den Weg. »Er wohnt in dem zweistöckigen Haus neben dem Post Office. Sie können ihn nicht verfehlen.«

»Wir beeilen uns, Ma'am.«

Clara wartete, bis die Polizisten mit dem Serum verschwunden waren, und verabschiedete sich von dem Arzt. »Vielen Dank für alles«, sagte sie.

Doch schon auf dem Weg zu ihrem Schlitten beschlich sie das Gefühl, einen großen Fehler begangen zu haben. Sie wusste selbst nicht, warum. Die Royal Canadian Mounted Police war eine erfahrene Polizeitruppe und schickte bestimmt keine Anfänger in die Wildnis. Auch junge Beamte wie McKenna und Howe hatten eine gründliche Ausbildung hinter sich und konnten garantiert besser mit einem Hundeschlitten umgehen als sie. Es war eine vernünftige Entscheidung, sie den Transport des Serums übernehmen zu lassen.

Vielleicht waren es ja auch nur die Anstrengung und die vielen Stunden ohne Schlaf, die sie unruhig werden ließen. Oder ihr Bedauern, plötzlich nicht mehr an dem Unternehmen beteiligt zu sein. Mach dich nicht lächerlich, tadelte sie sich in Gedanken, du bist hundemüde und würdest es kaum noch bis zum Fluss schaffen. Spätestens in der ersten Kurve fliegst du vom Schlitten. Der Transport ist viel zu ernst für persönliche Eitelkeiten. Du hast deinen Teil geleistet, und damit hat es sich. Ruh dich erstmal gründlich aus!

Sie löste den Bremspflock ihres Schlittens und stieg auf die Kufen. Im gemächlichen Tempo fuhr sie auf die Hauptstraße zurück und in die Nebenstraße zum Haus von Rose Galucci. Die Bordellbesitzerin trat wütend aus der Tür, als sie die Huskys vor ihrem Haus hörte. »Hey, seit wann hab ich hier eine Hundepension? Ich glaube, ich sollte euch Fallenstellern mal wieder kräftig das Fell über den Kopf ...« Sie hielt überrascht inne. »Ich werd verrückt! Bist du das, Clara? Und ich dachte, du wärst längst erfroren in deinem Nest!«

Clara stieg vom Schlitten und umarmte ihre Freundin. »Ich hab deinen Brief bekommen, Rose«, sagte sie, »und ich hab deiner Tochter ins Gewissen geredet. Wenn ich ehrlich bin, verstehen wir uns nicht besonders gut. Sie war ziemlich platt, als ich ihr das Bild gab. Ich bin sicher, sie besucht dich mal.«

»Ich könnte ihr nicht verdenken, wenn sie es nicht tut«, erwiderte Rose. Sie wartete geduldig, bis Clara die Hunde ausgespannt und versorgt hatte, und führte sie ins Wohnzimmer. »Ich hätte sie damals besser behandeln sollen. Ein Internat ist nichts für junge Mädchen. Aber was hätte ich tun sollen? Du weißt, welchen Beruf ich hatte. Als Tochter einer stadtbekannten Hure und eines Indianers hätte man sie doch wie eine Aussätzige behandelt.« Sie nahm Clara den Mantel und die Mütze ab. »Wie wär's mit heißem Kaffee?«

»Hast du auch heiße Schokolade?«

»Heiße Schokolade?«

»Nicht so wichtig. Kaffee tut's auch«, sagte Clara schnell. Sie machte es sich auf dem Sofa bequem und genoss die angenehme Wärme, die ein bulliger Kanonenofen vor der Wand verbreitete. Nachdem Rose den Kaffee gebracht und sie vorsichtig daran genippt hatte, fügte sie hinzu: »Du fragst dich sicher, warum ich mitten im Winter nach Dawson City gekommen bin.«

Sie erzählte ihr von den vielen Menschen in Porcupine und im Indianerdorf, die an Diphtherie erkrankt waren, und wie wichtig es war, das Serum rechtzeitig dort hinzubringen. »Wir können von Glück sagen, dass Doc Gardiner die Krankheit so früh erkannt hat. Ich glaube, er ist ein besserer Arzt, als manche denken. Und ein lausiger Schachspieler«, erwähnte sie lächelnd.

Der Kaffee weckte Claras Lebensgeister und wärmte sie von innen her auf, konnte aber nicht verhindern, dass sie immer müder und schläfriger wurde. Die Anstrengung der langen Fahrt und die Aufregungen der letzten Tage hatten deutliche Spuren hinterlassen. Ihre Stimme wurde langsamer und schleppender, und sie schreckte nur einmal hoch, als Rose von einem Operettenhaus erzählte, dass sie in Whitehorse eröffnen wollte. »Mein letzter Versuch, auf einigermaßen anständige Weise an Geld zu kommen«, sagte sie fröhlich.

»Ein Operettenhaus?«, erwiderte Clara. »Stellst du auch Mädchen ein, die bisher im Saloon aufgetreten sind und nur so einigermaßen singen können?«

»Denkst du an jemand bestimmten?«

Clara nickte. »Blanche. Ich meine, sie heißt eigentlich Susan … Susan Bower, aber im Saloon nennt sie sich Blanche. Sie ist die Tochter des Saloonbesitzers in Porcupine und würde ihre rechte Hand dafür geben, einmal auf der Bühne eines Operettenhauses stehen zu können. Sie wird dir gefallen, Rose.«

»Dann schick sie her. Und sie sieht wirklich gut aus?«

»Blond wie ein Rauschgoldengel. Aber du musst mir versprechen, sie nicht in deinem Bordell unterzubringen. Wenn du das tust, bringe ich dich um!«

»Und das wäre doch jammerschade. Ich verspreche es, Schätzchen.«

Clara lehnte sich zurück und schloss die Augen. Sie merkte gar nicht, wie sie einschlief und mit dem Kopf auf die Lehne sank. Rose legte vorsichtig ihre Beine hoch und deckte sie mit einer Wolldecke zu. Nachdem sie die Lampe gelöscht hatte, verließ sie auf Zehenspitzen das Wohnzimmer.

Nicht einmal der heftige Wind störte Clara in ihrem tiefen Schlaf. Sie versank in einem Traum, an den sie sich später kaum mehr erinnern konnte und nur noch so viel wusste, dass Mike Gaffrey auf sie zugekommen war, und sie vergeblich versucht hatte, ihn auf sich aufmerksam zu machen. In einem anderen Traum hörte sie den weißen Wolf heulen, so wie in der Nacht, als sie ihn zum ersten Mal gesehen und aus den Händen der Banditen befreit hatte.

Auch diesmal weckte er sie wieder, und wie damals hörte sie das durchdringende Heulen, das so laut in ihren Ohren klang, als würde Maluk direkt vor der Tür stehen. Sie setzte sich erschrocken auf, brauchte eine Weile, um zu erkennen, wo sie sich befand, und blickte zum Fenster. Benommen rieb sie sich den Schlaf aus den Augen. Als sie wieder einigermaßen klar denken konnte, erkannte sie, dass das Heulen nicht von Maluk, sondern vom Wind kam. Aus den frischen Böen war ein mächtiger Sturm geworden, der heulend um das Haus tobte und so heftig an den Fenstern und Türen rüttelte, als wäre er auf der Flucht vor himmlischen Heerscharen und würde Einlass begehren.

Sie schlug die Decken zurück und lief zum Fenster. Immer noch leicht benommen von der anstrengenden Fahrt und ihren seltsamen Träumen blickte sie in die wirbelnden Flocken hinaus. Die Sonne war längst untergegangen, und dunkle Schatten lagen über der Stadt. Nur wenige helle Fenster leuchteten in der Dunkelheit. Im Schnee neben dem Haus sah sie ihre Huskys liegen.

Im trüben Lichtschein, der aus einem der Häuser auf der anderen Straßenseite fiel, bewegten sich Schatten. Zwei Männer kämpften sich mit einem Hundeschlitten durch den Sturm, der eine auf den Kufen, gebeugt wie ein alter Mann, der andere auf der Ladefläche, in eine Decke gehüllt, und beide so erschöpft, als hätten sie soeben die Berge der Brooks Range bezwungen. Sie hatten längst resigniert, machten sich nicht mehr die Mühe, die Hunde anzutreiben. »Die Mounties!«, erschrak Clara. »Sie haben es nicht geschafft!«

Sie griff nach ihrem Mantel, den Rose über das Sofa gelegt hatte, und schlüpfte hastig hinein. Ohne lange nachzudenken, öffnete sie die Tür. Eiskalter Wind fegte ihr entgegen und riss sie beinahe von den Beinen. Ein Schwall feuchten Schnees raubte ihr für Sekunden den Atem. »Constables!«, rief sie so laut sie konnte. »McKenna! Howe! Ich bin hier drüben! Halten Sie an!«

Hinter ihr brannte kein Licht, und sie musste mehrmals rufen und sogar schreien, bis die Mounties auf sie aufmerksam wurden. McKenna, der auf den Kufen stand, lenkte den Schlitten zu ihr herüber und rief: »Sind Sie das, Miss Keaton? Bleiben Sie im Haus! Sie holen sich ja den Tod bei dem Wetter!«

Sie hörte nicht auf ihn. »Was ist passiert? Warum kommen Sie zurück?«

»Der Sturm«, antwortete er, »der Sturm ist viel zu stark!« Er hatte den Schal von seinem Mund geschoben, um sich besser verständlich machen zu können, und fühlte sich sichtlich unbehaglich. Seine Augen schützte er mit der flachen Hand gegen den wirbelnden Schnee. »Dagegen kommen wir nicht an! Wir müssen warten, bis es ruhiger wird. Vielleicht in drei, vier Stunden.«

»Aber so lange können wir nicht warten!« Sie war so verstört, dass sie die Kälte kaum spürte. Ihr Kleid und ihr Mantel flatterten im stürmischen Wind. »Warum sind Sie nicht weitergefahren? Die Leute brauchen die Medizin!«

McKenna schüttelte den Kopf. »Selbst wenn wir gewollt hätten … Die Huskys kamen nicht mehr weiter. Sie können sich nicht vorstellen, was da draußen los ist!«

»Wo ist das Päckchen mit dem Serum?«

»Hier«, rief Howe vom Schlitten, »bei mir ist es sicher.«

»Geben Sie es her!«, befahl sie.

»Aber das geht nicht«, antwortete Howe irritiert. »Der Super würde uns vierteilen, wenn wir es aus der Hand geben. Sie …« Seine Augen weiteten sich, als er ahnte, was sie vorhatte. »Sie wollen doch nicht allein fahren?«

»Doch!«, erwiderte Clara mit fester Stimme. Sie wusste selbst nicht, woher sie ihre Zuversicht nahm. »Ich habe das Päckchen bezahlt. Es ist Privatbesitz, und die RCMP hat kein Recht, es mir wegzunehmen. Geben Sie es mir!«

Howe wechselte einen Blick mit seinem Kollegen und murmelte etwas, das sie nicht verstand. Erst nach einigem Zögern stand er auf und reichte es ihr. »Meinetwegen«, gab er nach, »aber ich kann Ihnen nur dringend abraten, bei diesem Wetter loszufahren. Sie sind eine mutige Frau, das wissen wir, aber gegen diesen Sturm kommen Sie nicht an. Warten Sie, bis er vorüber ist.«

»Ich komme durch, Constable. Und ich entbinde Sie hiermit von jeglicher Verantwortung. Ich fahre auf eigene Gefahr. Das Risiko liegt allein bei mir.«

»Warten Sie, Miss Keaton!«

»Auf Wiedersehen, Constables.«

Sie kehrte ins Haus zurück und zog ihre Stiefel an. Als sie ihre Mütze aufsetzte und den Schal um ihren Hals wickelte, erschien Rose auf der Treppe, verschlafen und in ein langes Nachthemd gehüllt. »Clara! Wo willst du denn hin? Du willst doch bei dem Sturm nicht los? Das ist viel zu gefährlich!«

»Ich muss«, erwiderte Clara. Sie hielt das Päckchen hoch. »Die Mounties sind mit dem Serum zurückgekommen. Wenn ich nicht fahre, sterben vielleicht Menschen in Porcupine und im Indianerdorf. Ich muss es versuchen!«

Rose schüttelte ungläubig den Kopf. »Aber du ... Du bist eine Frau! Wenn die Mounties nicht durchkommen, schaffst du es erst recht nicht! Ich weiß, du hast einiges gelernt in der Wildnis, aber ... Das ist wirklich viel zu gefährlich, Clara! Warte wenigstens ein paar Stunden, bis der Sturm nachgelassen hat.«

»Ich kann nicht anders, Rose. Ich schaffe es.«

»Und wenn nicht?«

»Ich weiß, dass ich es schaffe. So wie die Medizinfrau in der indianischen Legende, die mir Indian Charly erzählt hat. Als sie sich in einem Schneesturm verirrte, verteidigte sie der weiße Wolf, dem sie das Leben gerettet hatte, gegen seine Artgenossen. Auch ich habe einen Schutzgeist, Rose ... Maluk.«

»Du glaubst diesen Hokuspokus? Eine Frau aus Kalifornien?«

»Ich habe viel gelernt in der Wildnis.«

»Du bist verrückt, Clara! Du bist total verrückt!« Rose konnte es noch immer nicht fassen. »Du bist erst seit ein paar Monaten in Alaska und hast noch nicht mal einen ganzen Winter durchgemacht. Du weißt nicht, wie heftig so ein Blizzard werden kann. Sieh raus ... Das ist nur ein laues Lüftchen im Vergleich zu dem, was sonst manchmal auf uns zukommt! Bleib hier, Clara!«

»Ich kann nicht, Rose. Vielen Dank für alles.«

Clara umarmte ihre Freundin und trat in den Sturm hinaus. In dem stürmischen Wind, der an ihren Kleidern zerrte, verstaute sie das Päckchen in dem Leinensack an ihrem Schlitten. Sie band ihn mit einem doppelten Knoten so fest an das Gestänge, das er selbst bei starkem Wind nicht herunterfallen konnte. Das Serum durfte sie auf keinen Fall verlieren.

Leicht gebückt, um dem Wind möglichst wenig Angriffsfläche zu bieten, spannte sie die Hunde an. Sie wirkten ausgeruht und begierig darauf, wieder laufen zu können. Clara munterte jeden Husky mit ein paar Worten auf, tätschelte ihm den Hals oder den Rücken und umarmte ihn liebevoll. »Ich weiß, ich bin verrückt«, sagte sie zu Chief, »bei dem Wetter jagt man nicht mal seinen Hund vor die Tür.« Sie lächelte. »Aber es geht nicht anders. Wenn wir nicht versuchen, durch den Sturm zu kommen, müssen vielleicht Menschen sterben. Jetzt kommt es auch auf euch an. Ich verlasse mich auf euch, hört ihr?«

Sie gab dem Leithund einen letzten aufmunternden Klaps, stieg auf die Kufen und rief: »Vorwärts! Lauft, Huskys, lauft!« Die Hunde hatten nur auf das Signal gewartet und liefen so plötzlich los, dass Clara sich mit beiden Händen an den Lenkstangen festhalten musste. »Heya! Lauft, ihr Lieben!«

Clara drehte sich nicht mehr um, sah nicht das besorgte Gesicht ihrer Freundin, die am Wohnzimmerfenster stand und ihr zweifelnd nachblickte.

24

Auf der breiten Wagenstraße blies ihr Sturm mit voller Wucht entgegen. Der Wind pfiff und heulte, und die Flocken wirbelten so dicht, dass sie kaum ihre Hunde sah. Weder der Himmel noch der Waldrand und der breite Yukon River, der irgendwo östlich von ihr liegen musste, waren in der weißen Flut zu erkennen. Es war weder dunkel noch hell, es gab nur den Schnee, der wie die Wogen eines eisigen Meeres über das Land fegte und mit winzigen Eiskristallen durchsetzt war, die auf der wenigen Haut brannten, die sie dem Sturm aussetzte. Sie hätte sich eine Schneebrille kaufen sollen, aber welche Lehrerin rechnet schon damit, in einem solchen Schneesturm unterwegs sein zu müssen.

Die Huskys taten sich schwer, sie mussten sich mit voller Kraft in die Geschirre legen, um gegen den Wind anzukommen. Clara half ihnen, indem sie von den Kufen sprang und den Schlitten mit beiden Händen anschob, während sie sie immer wieder anfeuerte. Es kam ihr vor, als würde der Sturm immer stärker. Sie befand sich in einem ausgewachsenen Blizzard, einem dieser fürchterlichen Stürme, über die sie in einem der Romane von Jack London gelesen hatte. Selbst erfahrene Fallensteller und sogar Indianer hatten sich schon in solchen Unwettern verirrt und waren irgendwo in der einsamen Wildnis gestorben.

Sie verdrängte die Gedanken daran. Mit grimmiger Entschlossenheit stemmte sie sich gegen den Atem des Wintergeistes, wie die Indianer einen Blizzard nannten, kämpfte gegen den Schnee und die Kälte, die das Land fest im Griff hatten und ihr auf beeindruckende Weise zeigten, wie mächtig die Natur sein konnte. Wenn der Wintergeist wollte, bekam er jeden klein, zermalmte er selbst harte Männer zwischen seinen eisigen Pranken, bedeutete er jedem zweibeinigen Wesen, sich aus seinem Reich zurückzuziehen oder einen grausamen Tod zu sterben. Nur mit einem besonderen Zauber konnte man ihn besiegen, mit der magischen Kraft eines Maluk, wie sie hoffte, doch der weiße Wolf ließ sich nicht blicken, und sie blieb allein mit dem Wind und dem Schnee und dem frostigen Atem des zornigen Wintergeistes.

Ein heftiger Windstoß traf sie von der Seite und warf sie zu Boden. Sie behielt eine Hand an der Lenkstange, hielt sich krampfhaft fest, um zu verhindern, dass die Hunde durchgingen, und zog sich mühsam wieder hoch, stolperte ein paar Schritte hinter dem Schlitten her, sprang auf die Kufen und ließ sich eine Weile tragen, bis sie wieder Kräfte gesammelt hatte. Die Mounties hatten recht, wurde ihr schon nach wenigen Meilen bewusst, ich schaffe es nicht, keiner besiegt einen solchen Sturm. Und es war naiv von ihr zu glauben, dass Maluk ihr Schutzgeist war und ihr in diesem Wetter beistand. Er war sicher schon über alle Berge und erfreute sich seiner Freiheit.

Dennoch kämpfte sie sich weiter durch den Schnee. Allein der Gedanke, so schnell wie möglich mit dem Serum bei den Leuten in Porcupine und den Indianern zu sein, trieb sie vorwärts. Die Hunde spürten ihre Entschlossenheit, fühlten sich durch ihren Mut herausgefordert und kämpften ebenfalls. Mit aller Kraft stemmten sie sich gegen den Sturm und zerrten den Schlitten durch den teilweise tiefen Schnee. Um sie herum tobten die Flocken wie ein weißes Meer, das sie mit seinen eisigen Wogen unter sich begraben wollte, pfiff der Wind mit einer solchen Wucht, dass es ihnen schwerfiel, die Richtung beizubehalten. Doch ihr Instinkt trieb sie weiter, ließ sie auch in diesem Blizzard die Spur halten. Die Huskys waren ganz andere Stürme gewöhnt.

Die Abzweigung ins Unterholz, die sie auch bei klarem Wetter kaum gesehen hatte, fand sie nur, weil Chief den Weg genau kannte und rechtzeitig nach Nordwesten abbog. Zwischen den Bäumen lag weniger Schnee, und der Wind verfing sich in den Ästen und Zweigen, dafür lagen entwurzelte Bäume und Strauchwerk im Weg und erschwerten das Vorwärtskommen. Doch sie und die Huskys genossen den Schutz der Bäume und waren froh, sich wenigstens für eine Weile mit erhobenem Kopf bewegen zu können und den Schnee nicht im Gesicht zu haben.

Umso bitterer war das Erwachen am Ufer des Sees, der auf der anderen Seite des Waldes auf sie wartete. Als hätte der Blizzard nur auf sie gewartet, empfing er sie mit einer solchen Wucht, dass die Hunde ins Taumeln gerieten und sie für einen Augenblick weder klar sehen noch klar denken konnte. »Weiter!«, rief sie in den heulenden Wind. »Weiter, Chief! Wir müssen weiter!« Sie stieg vom Schlitten und schob mit aller Kraft an, fiel der Länge nach in den Schnee und rappelte sich wieder hoch, bekam die Lenkstangen zu fassen und schob weiter, schon nach wenigen Schritten heftig atmend und keuchend. »Wir … Wir dürfen nicht aufgeben!«, stammelte sie. »Weiter!«

Doch der Wintergeist kannte keine Gnade und blies noch kräftiger und wütender über das Land. Es wurde noch dunkler, beinahe stockfinster, und das Pfeifen des

Windes wuchs zu einem kräftigen Orgeln an, erinnerte sie an die schweren Güterzüge, die sie in Salinas gehört hatte. Die wirbelnden Flocken standen wie eine weiße Wand vor ihr und hüllten sie mit einer eisigen Decke ein, die sich immer enger um ihren Brustkorb legte, unter ihre Kleider und bis tief unter ihre Haut drang und ihr die Luft aus den Lungen zu pressen drohte.

Sie rettete sich auf die Kufen, klammerte sich mit beiden Händen an den Schlitten und machte sich so klein wie möglich. Der Wind und der Schnee peitschten sie von allen Richtungen, versuchten mit aller Macht, sie von den Kufen zu schleudern und dem sicheren Tod auszuliefern. Doch sie blieb auf dem Schlitten, vertraute den Huskys, rief ihnen etwas zu, obwohl sie wusste, dass ihre Worte sie nie erreichten. Wir schaffen es nicht, erkannte sie, die Mounties hatten recht, es ist unmöglich, einen solchen Sturm zu besiegen.

Nicht weil sie plötzlich aufgab und losließ, sondern wegen eines gewaltigen Tieres, das urplötzlich aus dem Wald trat und sich wie ein gewaltiges Ungeheuer gegen den Schnee abhob, verlor sie den Kampf. Ein Grizzly, der aus seinem Winterschlaf erwacht war? Ein mächtiger Elch, der vor dem Sturm in den Wald floh? Der Wintergeist, der sich in ein riesiges Monster verwandelt hatte und ihr auf grausame Weise klarmachte, wie vergeblich ihr Kampf gegen seinen stürmischen Atem war? Sie würde es niemals erfahren, denn kaum hatte sich der Schatten gezeigt, gerieten ihre Huskys in Panik und brachen so plötzlich nach links aus, dass sie im hohen Bogen von den Kufen geschleudert wurde und mit einem Aufschrei in einer Schneewehe landete.

Ihr einziger Trost war, dass der angehäufte Neuschnee ihren Aufprall milderte und sie wie auf ein riesiges weiches Kissen fiel. Doch als sie prustend aus dem staubenden Schnee hervortauchte, waren die Hunde mit dem Schlitten schon verschwunden und mit ihnen der Leinenbeutel mit dem Serum.

»Nein!«, schrie sie. »Kommt zurück! Bitte, bitte, kommt zurück!«

Sie rannte den Spuren nach und sah sie im Wald verschwinden, sank zu Boden und begann hemmungslos zu weinen. Ihr Körper zitterte und bebte. Sie spürte weder die Kälte noch den Wind, der ihr kräftig ins Gesicht blies, presste beide Hände in den Schnee und schluchzte, war wieder die behütete junge Frau aus Kalifornien, die Alaska und die Wildnis nur vom Hörensagen kannte und es schon für ein Abenteuer hielt, auf einem hölzernen Floß über den Salinas River zu schippern. Sie weinte vor Schmerz, den Schlitten und das Serum verloren zu haben, aber auch aus Wut, unbändiger Wut, den Kampf gegen den Wintergeist verloren zu haben. »Verdammt!«, fluchte sie so laut wie sie konnte, ein Wort, das sie sonst nie benutzte. »Verdammt, verdammt, verdammt! Ich hätte niemals losfahren dürfen! Jetzt ist alles vorbei!«

Erst als sie den Kopf hob und sich die Tränen aus den Augen wischte, entdeckte sie den weißen Wolf am Waldrand. Zuerst glaubte sie, das Ungeheuer wäre zurückgekehrt, und zuckte ängstlich zurück, doch dann erkannte sie Maluk. Er stand unbeweglich am Waldrand, als könnte ihm der Blizzard überhaupt nichts anhaben. Er blickte sie direkt an und schien etwas sagen zu wollen, heulte so laut, dass sie ihn selbst im Toben des Sturms hörte, und wandte den Kopf zum Wald, als wollte er sie auffordern: »Folge mir, Clara!«

Sie rieb sich die Augen trocken, sah ein zweites Mal hin, um sicherzugehen, dass sie sich nicht getäuscht hatte, und stand auf. Auf die Wucht des Sturmes war sie nicht gefasst und fiel erneut zu Boden. Sie wischte sich den Schnee vom Gesicht und stemmte sich geduckt gegen den böigen Wind, dann lief sie schwankend in die Richtung, in der sie den weißen Wolf gesehen hatte.

Im Augenblick war er verschwunden, aber als sie den Waldrand erreicht hatte, sah sie sein weißes Fell zwischen den Bäumen aufblitzen und folgte ihm, überzeugt davon, dass er sie zu den Huskys und dem Schlitten führen würde. Woher sie diese Gewissheit nahm, wusste sie nicht. Vielleicht, weil Maluk ihre einzige Hoffnung war, sie niemandem sonst in dieser Wildnis vertrauen konnte. Natürlich war es aberwitzig, einem wilden Tier zu vertrauen, das man in Kalifornien als »Bestie« bezeichnet hätte, auch wenn sie ihm vielleicht das Leben gerettet hatte, aber sie vertraute ihm, glaubte zu spüren, dass Maluk ein ganz besonderer Wolf mit magischen Kräften war. Ein Schutzgeist, wie die Indianer ihn nannten. In langen Gesprächen mit Indian Charly und den anderen Indianern hatte sie gelernt, dass man nicht alles, was aus einer fremden Kultur kam, als Hokuspokus abtun durfte. Und genauso wenig war ein Medizinmann nur ein Scharlatan oder wilder Zauberer, den man am besten einsperrte. Warum sollte es denn keinen Schutzgeist geben?

Wie zur Bestätigung tauchte Maluk erneut zwischen den Bäumen auf. Auch hier lag der Schnee inzwischen beinahe kniehoch, und immer wieder versperrten ihr Verwehungen den Weg. Der Wind heulte in den Baumkronen und fand einen Weg nach unten, riss Äste und Zweige ab und wirbelte den Schnee zwischen den Schwarzfichten auf. Clara blieb dem Wolf auf den Fersen, merkte einmal, wie er stehen blieb und auf sie wartete, um gleich darauf ein noch schnelleres Tempo einzuschlagen. Er wusste, dass sie es eilig hatte und keine Zeit vergeuden durfte, wenn die Kranken den Impfstoff rechtzeitig bekommen sollten. »Chief!«, rief sie in den heulenden Wind. »Wo bist du?«

Die Huskys warteten am Rande einer Lichtung. Auf ihrer überstürzten Flucht durch das Unterholz, war der Schlitten ins Schleudern geraten und hatte sich um den Stamm einer beinahe kahlen Schwarzfichte gewickelt. Chief und die anderen Hund hockten betreten im Schnee. Sie hatten nicht kapiert, was geschehen war, aber längst erkannt, dass ein Weiterkommen unmöglich war.

»Chief! Gott sei Dank! Da seid ihr ja!« begrüßte Clara sie.

Maluk war spurlos verschwunden, als sie die Leinen entwirrte und den Schlitten wieder auf die Kufen stellte. Zu ihrem Schrecken stellte sie fest, dass der Leinenbeutel mit dem Serum nicht mehr am Gestänge hing. Sie rammte den Ankerpflock in den Schnee und suchte fieberhaft danach, stapfte mit gesenktem Kopf durch das Unterholz, von steigender Panik ergriffen das Serum nicht mehr zu finden. Doch diesmal war das Glück auf ihrer Seite. Nach ungefähr zehn Minuten entdeckte sie den Beutel mit dem Päckchen neben einem umgestürzten Baumstamm und hob es erleichtert auf. Sie schloss für einen Moment die Augen, bis ihr Puls sich beruhigt hatte.

Sie band den Beutel erneut fest und wollte zum See zurückfahren, doch Maluk hatte eine bessere Idee. Gerade als sie umkehren wollte, zeigte er sich weit vor ihr und gab die neue Richtung vor. Clara überlegte nicht lange. Solange der Blizzard mit dieser Heftigkeit tobte, war es beinahe unmöglich auf dem Trail am Seeufer vorwärtszukommen. Der Weg, den Maluk ausgesucht hatte, konnte nur besser sein. Auch wenn sie keine Ahnung hatte, wohin er sie führen würde, folgte sie ihm, blindlings darauf vertrauend, dass er ihr half, diesem Blizzard zu entkommen und das rettende Serum rechtzeitig abzuliefern. Die Huskys spürten ebenso wenig Angst wie sie und folgten ihm willig.

Schon bald erkannte Clara, welches Ziel der weiße Wolf verfolgte. Sein unsichtbarer Trail führte durch die Wälder, vermied offenes Land und weite Ebenen, überquerte nur ein paar Lichtungen oder schmale Täler. Sie blieben meist so tief im Wald, dass sie kaum noch etwas von dem Blizzard mitbekamen, hatten dort aber nahezu kein Licht und tasteten sich wie Blinde durch die manchmal stockdunkle Nacht. Ohne den hellen Schnee hätten sie stehen bleiben und bis zum nächsten Mittag warten müssen. Dennoch blieb Clara dicht hinter dem Wolf. Manchmal verlor sie ihn aus den Augen, aber immer, wenn sie zu suchen begann, tauchte er weit vor ihnen wieder auf und gab ihnen die neue Richtung vor. Sie hatte nicht die geringste Angst vor ihm.

Tatsächlich kamen sie auf diese Weise schneller voran als auf dem Trail, über den sie mit dem Postmaster geritten war. Sie ließen sogar Benny's Roadhouse links liegen und blieben im Wald, kämpften sich durch eine weite Senke, die ihnen noch einmal alles abverlangte, und erreichten die Wagenstraße wenige Meilen vor Porcupine. Als Clara ihre Hunde auf den bekannten Trail lenkte, stellte sie erstaunt fest, dass der Blizzard abgeklungen war und nur noch böiger Wind aus dem Norden wehte. Inzwischen war es wieder Mittag geworden war, und über den Schwarzfichten im Osten tauchten helle Streifen auf. Maluk, der weiße Wolf, war verschwunden.

Sie bremste den Schlitten und suchte nach ihm, konnte ihn aber nirgendwo entdecken. Er war so lautlos verschwunden, wie er gekommen war. »Maluk!«, rief sie in den Wind. »Hörst du mich, Maluk? Ich werde dir ewig dankbar sein! Du hast mir und vielen anderen Menschen das Leben gerettet!«

Sie fuhr weiter und kämpfte sich durch den tiefen Schnee nach Porcupine. Ihr Herz hüpfte vor Freude, als sie die Häuser der Main Street im arktischen Zwielicht auftauchen sah. »Heya!«, feuerte sie die Hunde noch einmal an. »Wir haben es geschafft, meine Lieben! Zeigt den Leuten, was ihr könnt!«

Sie hielt vor dem Haus des Doktors und brachte ihm das Päckchen. Er blickte sie verwundert an, als er ihr die Tür öffnete, und konnte nicht fassen, dass sie das rettende Serum so schnell gebracht hatte. »Miss Keaton ... Ma'am! Ich will doch ... Wie haben Sie das gemacht? Bei dem Sturm hätte es nicht mal ein erfahrener Fallensteller von Dawson hierher geschafft, geschweige denn ...«

»... eine unerfahrene Schoolma'am?«, fragte sie lächelnd.

»Ja, so ungefähr ... Wie haben Sie das angestellt?«

»Das bleibt mein Geheimnis, Doc. Wie geht es Maggy inzwischen?«

»Sobald ich ihr das Serum gespritzt habe, sicher besser«, erwiderte er hoffnungsvoll. »Wollen Sie mich begleiten, Ma'am? Ich weiß, Sie haben eine lange Fahrt hinter sich, aber die Leute wollen sich sicher bei Ihnen bedanken, und ich hätte eine tapfere Schoolma'am, die mir beim Impfen assistiert.«

Obwohl Clara hundemüde war und am liebsten gleich schlafen gegangen wäre, begleitete sie den Doktor auf seinem Rundgang und fuhr ihn auch ins Indianerdorf, wo Indian Charly schon fast die Hoffnung aufgegeben hatte.

»Du bist durch den Sturm gefahren?«, fragte er erstaunt.

»Ich hatte einen Schutzgeist«, antwortete sie.

»Kaluk«, sagte er.

»Maluk«, verbesserte sie.

Als sie zwei Stunden später nach Porcupine zurückkehrten, dämmerte es bereits. Sie verabschiedete sich von dem Doktor, der sich noch einmal überschwänglich bedankte, und ging zur Witwe Johnson, die nicht erkrankt war und sicher eine heiße Schokolade für sie bereithielt. Allein bei dem Gedanken an ihr süßes Lieblingsgetränk lief ihr das Wasser im Mund zusammen.

Sie öffnete die Tür des Cafés und rief: »Hey, Amy! Ich bin zurück …«

Weiter kam sie nicht, denn an einem der Tische saß Mike Gaffrey und empfing sie mit einem breiten Lächeln. »Hey, Amy«, rief er, als Clara die Worte im Hals stecken blieben. »Ich hoffe, du hast dieses französische Prickelwasser in der Speisekammer. Wir wollen nämlich heute noch heiraten …«